カササギの計略

才羽 楽

JN211453

宝島社
文庫

宝島社

カササギの計略

それは、季節の終わりを知った黄昏《たそがれ》のヒマワリ畑のように切なくて。
突然、降り出した雨のように止めどなく。
奔流に落ちた木の葉のように無力だった。

悲しみは驟雨《しゅうう》のごとく頭上に降り注ぎ、
僕のことをのみ込んでゆく。
木の葉のように回り、沈み、時に浮き上がり、
また沈められる。
一縷《いちる》の望みすら見えず、ただそうやって流されてゆく。
いっそこのまま深い川底に沈められたまま、
水に溶けて無くなりたいと思った。

僕はある女性と出会い、誰の声も届かない暗闇の深淵《しんえん》に突き落とされ、
生きることに絶望し、死ぬことを選んだ。

彼女が僕の前に現れたのは、夏の日の普通の夜だった。

一

いつもどおりだった。

いつもどおり大学で必修授業の講義を受け、いつもどおり夜の十時までアルバイトをこなし、いつもどおり自転車で帰途についた。人気《ひとけ》のない静かな住宅街を抜け、緩やかな勾配の坂道を立ち漕《こ》ぎでのぼる。昼が残していった町全体に淀《よど》む熱気。街灯の周りを踊るように戯れる蛾《が》。ペダルを漕ぐ度に錆《さ》びたチェーンが奏でる間抜けな音。すべてがいつもどおりだった。

アパートの駐輪場には乱雑に自転車が並べられており、これも普段と何ら変わりのない光景だった。空いたスペースに自転車を滑り込ませ、スタンドを下げると、カキンと鉄が割れるような無機質な音が、これもまた、いつもどおりに響いた。

靴底が古びた鉄板を弾《はじ》いて、大きな音が出ないように気をつけながら、二階建てアパートの階段をゆっくりとのぼる。

階段をのぼりきり、開放廊下に立つと、一番奥にある自分の部屋のドアの前の様子が目に飛び込んできた。

——いつもどおりではなかった。

開放廊下に付けられている頼りない電灯に照らされ、ぼんやりと浮かび上がった光景だけは、いつもどおりではなかったのだ。

部屋の前に誰かがいる。

人が薄暗い通路にしゃがみこんでいるのだ。一瞬、この世のものではないソレかと思い、思わず声を上げてしまいそうになったが、目を眇《すが》め、やがてしっかりとしたフォルムを捉えると、それが髪の長い女性だということに気付いた。この世のものではありそうだが、不気味さは拭いきれない。

誰だ？　嫌な汗がじわっと脇に滲《にじ》むのを感じた。頭を高速回転させるが、自分の部屋の前で座り込むような女性は誰も思いつかなかった。

頭の中で、だれだ、の三文字が駆け巡る。

混乱する頭を落ち着かせ、恐る恐るその女性に近づく。

暗闇の中、徐々にその輪郭が濃くなっていく。

白いワイシャツに黒色のズボンを穿《は》いている。靴はズボンと同じ色のパンプスだ。

自分の鼓動が速くなっていることに気付き、必死に落ち着かせる。

女性は僕に気付くと、おもむろに立ち上がり、こちらを向いた。

やはり見知らぬ女性だ。

背が高く、細身のズボンのせいか、特に腰から下にすうっと伸びる足は細く、美しい線を描いていた。女性もこちらに一歩、二歩と歩み寄ってきた。

戸惑いと緊張により、口の中はすでにカラカラに乾いていた。必死に絞り出した唾液で、口の中を湿らせ、近づいてくる女性に声をかけようとしたそのとき、向こうが先に口を開いた。

「岡部《おかべ》くん」

僕は反射的に「はい」と返事をしていた。

彼女が微笑を浮かべる。

「どちらさまですか？」平静を装い、訊《たず》ねた。

「ミシェル」

女性がぽつりと、合言葉のように呟《つぶや》く。

「ミシェル？」僕は知らない外国人の名前を呟く日本人に見える彼女に、いささか恐怖を感じながらも「どちらさまでしょうか」と再び訊ねた。

周囲の僅《わず》かな光たちを閉じ込めた女性の瞳が、じっと僕を見つめる。彼女の瞳に身体の動きが奪われる。そして時間が止まる。

次の瞬間、僕の視界が大きく揺れた。

何が起こったのか、理解ができなかった。

身体の力が抜け、腰からくずおれ、尻餅《しりもち》をついてしまった。

廊下に、ずしん、と派手な音が響く。

左の頬が熱を発している。状況を理解するのに数秒、いや十秒以上を要したかもしれない。

僕は力いっぱい頬を叩《たた》かれたのだ。

暗闇に浮かぶ彼女の顔は、なぜか冷たい表情をしていた。

視線が彼女に釘《くぎ》づけになる。言葉は出ない。

「はやく、開けてよ」

彼女は僕の部屋のドアを指で示して、馴《な》れ馴れしく、そう言った。

少しだけ潤ったはずの僕の口の中は、またすっかり乾いていた。残念なことに、もう、どれだけ頑張っても唾液は出てこなかった。

何なんだ、この女性は。誰なんだ。どうして僕は平手打ちをされたのだ。なぜ彼女は、僕の部屋を開けてと言っているのだ。考えても皆目わからなかった。いきなり平手打ちをする女性だ、このまま部屋に入れてしまえば何か恐ろしいことが起こる。これ以上の危害を加えられる可能性だって大いにある。絶対に部屋に入れては駄目だ。混乱する頭の中で、僕は何度も自分にそう言い聞かせていた。

彼女はもう一度、「はやく」と言った。

※

部屋の空気がゆっくりと動いている。そう思った理由は、女性モノの香水の匂いが撫《な》でるように嗅覚を刺激したからだ。もちろんその香りは、ローテーブルを挟んだ、ちょうど向かい側に座っている、つい先ほど僕に強烈な平手打ちをお見舞いしてくれた、見知らぬ女性のものである。

張りつめた糸のように胸の辺りまで真っ直《す》ぐ伸びる茶色の髪は、毛先で内側に柔らかな曲線を描いている。透き通るような、という月並みな表現が至極適切で、もう少し色素が薄くなれば、文字どおり後ろの黄ばんだ壁が見えるのではないか、と思うほど透き通るような肌の色をしている。年齢は十代後半ぐらいとみた。先ほどは暗くて気付かなかったが、彼女の虹彩《こうさい》は真っ黒でもこげ茶色でもなく、その髪の色に近い鮮やかな茶色だった。ブランデーのような色をしている。整った鼻はかかとの高いハイヒールを、長い睫《まつげ》毛はキリンのそれを彷彿とさせた。

とても美しい女性だった。よく見ると、外国人とまではいかないが、混血にも見えなくはなかった。彼女をそんなふうに観察しながら、僕には全く見覚えがないことを再確認した。

「なにしてるの？」彼女は、白く細い人差し指をこちらに向けた。

「冷やしてるんですよ」

冷凍庫から出した保冷剤をタオルで包み、頬に当てている僕を見て、彼女は微《かす》かに笑った。

「お酒を飲まれているのでしょうか？」

彼女の危険な行為を踏まえ、なるべく失礼のない言い回しを選ぶ。

彼女は整った眉を寄せ、不愉快そうな表情を見せた。

「いや、その、酔っておられるのかなと思いまして……、ですね」

「一滴も飲んでない」

「そうですか、ごめんなさい」無意識に謝ってしまった。

沈黙が流れる。彼女は膝を抱えた姿勢で、前後にゆっくりと身体を揺らし、キッチンスペースと繋《つな》がった十畳ほどの僕の住まいを見渡している。

「あの、なぜ僕の名前を知っておられるのでしょうか」

そう言うと、彼女はこちらに視線を戻し、髪を掻《か》き上げた。

「本当に覚えてないの？」

僕は、いや、その、と、しどろもどろになる。

「覚えてないんだ？」

彼女の声に思わず背筋をぴんと伸ばした。まるで、悪戯《いたずら》を咎《とが》められた飼い犬のようである。

「覚えてないです……」

「ふーん」彼女は、退屈そうな顔をした。ただ、残念ながら、僕の名前を知っている理由を教えてくれそうな気配はなかった。

「以前、どこかでお会いしましたか？　僕たち」負けじと、食い下がる。

再び、彼女は眉間に皺《しわ》を寄せた。

「思い出してよ」と彼女は言った。そして「必ず思い出せるから」と続けた。

仕方がないので質問を中断し、もう一度、彼女の顔を眺めた。美しい顔だった。ただ、何度見ても、見覚えのない顔だ。手がかり無しで、彼女の正体を突き止めるのは確実に無理だと思えた。殺人事件の現場に到着したばかりの刑事に、犯人は誰ですか、と訊《き》くようなものだ。仏さんに手を合わせた後、刑事は呆《あき》れた顔できっとこう言うだろう、まだわかるかよ、と。

刑事が被害者の残したダイイングメッセージから犯人を突き止めるように、何か手がかりが欲しい。手がかりをくれ。心の中でそう願った。

すると、そんな僕の気持ちを察したかのように、彼女が口を開いた。

「じゃあ、ヒントをあげるわ。私とあなたの関係についての、ヒント」

思いがけない言葉に、僕は生唾を飲みこむ。

「ぜひとも、お願いします」

彼女はローテーブルに両肘をのせ、前のめりになった。茶色の瞳が僕を見据える。

「あなた、七夕伝説って知ってる？」

彼女の突飛な言葉に困惑した。返す言葉に戸惑う。

また部屋に沈黙が流れた。いたずらに回る換気扇の風切り音だけが、やたらとうるさく聞こえる。何を言っているのだ、この女性は。

「た、な、ば、た」彼女が一字ずつ、丁寧に発音する。

「七月七日のですか？　織姫《おりひめ》と彦星《ひこぼし》の」

機織りの姫と、牛飼いの男が、一年に一度だけ会うことができるという、その伝説を思い出す。

「そう、天の川の西のほとりに住んでいる織女《しょくじょ》と呼ばれる天女と、東側に住む牽牛《けんぎゅう》っていう牛飼いの青年の話よ」

「知ってますよ。一度はひっついた二人が、ぐうたら生活を送ったせいで離ればなれにされてしまう話ですよね」

彼女は、光沢のある長い髪を揺らし、頷《うなず》いた。

「そう、働き者の織女は父親の勧めで牛飼いの男との結婚を決めるの。でもその後、怠惰な生活を送る二人を見るに見かねた織女の父親が、二人を天の川のほとりに戻してしまうの。一生懸命働くのなら年に一度だけ二人を会わせるという条件で。で、その二人が年に一度会える日が、七夕」

彼女はそう言うと、すっと立ち上がり、そのままキッチンスペースにある冷蔵庫に向かった。冷蔵庫の扉を開け、中を物色し、紙パックのオレンジジュースを取り出した。

「ちょっと、勝手に何してるんですか」彼女の奔放な行動を咎める。

けれど、彼女は僕の言葉など、どこ吹く風で、手に取ったパックをまじまじと見ている。賞味期限を確認しているのだろう。それから食器棚のマグカップを手に取ると、彼女は僕の向かい側に戻ってきた。そしてパックのオレンジジュースをマグカップに注ぎ、それを飲んだ。

「ちょっ……」おずおずと指さす。

「え、なに?」彼女は首を傾げる。僕は、「なんでもありません」と返すことしかできなかった。なんなんだ僕は。全く、不甲斐《ふがい》ない。

ため息をもらす。

「で、その七夕伝説がどうかしたんですか」

「たとえばさぁ」

彼女はマグカップをローテーブルに置くと、僕の顔をしげしげと見つめた。なにかを考えながら話している、そんな顔つきだった。換気扇がグングン回っている。

しばらくの沈黙ののち、彼女が口を開いた。

「もし、織女か牽牛のどちらかが、その一年に一度の会う約束を忘れてしまったら、どうなると思う？」

「まさか」と僕は笑う。「そんな大切な約束を忘れないでしょう」

しかし、彼女が真顔のままだということに気付き、すぐに表情を戻した。

彼女の言葉を反芻《はんすう》し、その状況を考える。僕は誤魔化すように立ち上がり、キッチンに向かうと、換気扇のスイッチを切った。再び定位置に戻る。

「でも、もし、そんなことになったら、忘れられたほうは怒るんじゃないですかね」

「そう。それから？」

彼女は僕の返答に満足していない様子だった。僕は年に一度の待ち合わせに相手が来なかったことを想像してみた。

「会いに行く？　自分から」僕は探るように言った。

「そうでしょ」僕の返答に満足したのだろう、彼女がやっと相好を崩した。

そして彼女は理解しがたい、言葉を続けた。

「だから、会いに来たのよ、あなたに」

とても柔らかく耳に響いたその声は、彼女の第一印象とは、およそ似つかわしくないものにも思えた。この世に存在する、ありとあらゆる音たちが、その言葉に嚥下《えんか》されてしまったかのように、部屋の中を静けさが包む。とても長い沈黙に感じた。

僕は、え――、と言葉を絞り出し、自分の顎を指さす。「僕、なにか約束したんですか」

「そうよ」彼女はコクリと頷いた。茶色の髪が羽のように、ふわりと柔らかく揺れる。彼女の顔をじっくりと見る。やはり見覚えがなかった。次に、過去にした約束を思い出すが、やはりそんな記憶は出てこなかった。

「すみませんが……、人違いではないでしょうか」

僕がそう言うと、再び彼女の表情が険しくなった。彼女は自分の右頬を擦《さす》りながら「もう一発、いっといた方がいい？」と言った。

僕は、慌ててかぶりを振る。

「いいわ。ゆっくり考えて。また明日の夜、ここに来るから」

そう言うと、彼女は立ち上がり、玄関の方に向かった。

「ちょっと」僕は慌てて彼女に声を掛ける。しかし、僕の声は彼女に届いていないようだった。彼女は壁に手を添え、パンプスを履く。

明日も来る？　何をしに来るのだ？　それより彼女はいったい誰なのだ？　僕の頭の中の疑問が許容量に達しつつあった。

「あの！」気付くと僕は立ち上がり、ドアノブに手をかける彼女を、再び呼び止めていた。

「なに」彼女は顔をこちらに向けた。少し険のある言い方に聞こえた。

「いや……、その」頭を駆け巡っているたくさんの質問を投げかけようとしたが、また頬を叩かれる一抹の不安がよぎり、それらを頭の中に閉じ込めた。

「カラーコンタクトですか？」

その代わりに出てきた質問は、自分でもはっきりと分かるくらい、どうでもいいことだった。その間抜けな台詞に、案の定、彼女は訝《いぶか》しげな顔をした。

何度目かの沈黙が流れた。

「裸眼だけど……なに？」彼女の茶色の瞳が僕の目を捉える。「生まれつき、この色なの」

「もしかして、ハーフですか」さらにどうでもいいことを訊いてしまった。自分でもなぜ、そんなことを訊いているのか分からなかった。もっと訊くべきことがあるだろう。

「違うけど」彼女は短く答えた。

「そうですか。あまりに綺麗《きれい》な目の色だったので」

「口説いてる？」彼女はドアノブから手を離し、勢いよくこちらに向き直った。彼女に頬を叩かれた記憶がフラッシュバックする。

「いや、めっそうもない」後ずさりし、うしろにあった冷蔵庫の角に、かかとをぶつけてしまった。電気を流されたような激痛が走る。かかとを押さえ床に転がり、もんどりを打つ。痛みのあまり、豚の断末魔のような声が出てしまった。振動で、シンクの上にあった鉄の手鍋が頭の上に落ちてきて、脳天を直撃した。賑やかな音とともに次は蛙《かえる》が潰れたような声が出た。目から火が出る。

「コント？」彼女が失笑する。僕は痛みを必死に堪《こら》え、「ええ、まあ」と返した。

「今の、ちょっとだけ面白かったから、私のことを一つだけ教えてあげる」

彼女は人差し指を立てた。

僕は頭と、かかとを擦りながら、再び生唾を飲み込む。

「名前はカコ。中華の華に、子供の子」

頭の中でその文字を思い浮かべた。もちろん、記憶の中にない名前だった。それより、〝ミシェル〟というのはなんだったのだ？　一層謎が深まる。

「華子《かこ》さんですか、いいお名前ですね」なんと言えば良いのか分からず、通り一遍の言葉しか出てこなかった。お見合いの時に言いそうな台詞に恥ずかしくなる。そもそも〝いい名前〟とはなんだ。

「だから口説いてるの？」

僕は、水浴びをした後の大型犬のように顔を振った。

「ってか、敬称は外してよ。お見合いじゃないんだから」彼女が言う。すみません、とまた反射的に謝ってしまった。

「明日も来るんですか」すばやく話題を変える。華子と名乗る、奔放な女性をじっと見る。彼女の唇がゆっくりと動く。

「楽しみでしょ」

また僕は言葉を失った。頭の中の疑問が飽和状態になる。

「そういうことだから。じゃあ、また明日」

彼女はドアを開けると、一瞬笑顔を見せて、南国の果実の香りを残し、部屋から出て行った。

僕はしばらくドアの前で立ち尽くした。頭の中で多くの疑問が縺《もつ》れる。彼女は誰だ。ほどこうとすればするほど、こんがらがっていく。大きくため息をつき、ベッドに横になる。彼女の整った顔が目の前に浮かぶ。目を瞑《つぶ》ってみるが、しばらくそれは瞼《まぶた》の裏に張りつき、消えることはなかった。

二

カササギという名前の鳥を初めて知った。サギという名前だけに、鷺《さぎ》の仲間かと思っていたが、見た目はお腹と羽の一部分を白くしたカラスだった。七月七日にカササギの群れが天の川にやってきて、羽を広げて橋をつくるのだという。その橋を渡り、織女は牽牛に会いに行くらしい。

僕は広げていた本を閉じ、机に数冊積まれた本の上に置いた。静まり返った大学の図書館では、学生たちが思い思いのことをしている。パソコンで調べものをしている学生や、本棚の横に備え付けられた椅子で読書をしている学生、窓際の陽だまりの席で顔を伏せて睡眠をとっている学生もいる。学生たちが黙々とそれぞれの目的を遂行しようとしている、その空間に僕もいた。机に本を積み、備え付けのパソコンに向かっている。提出期限が迫っているジェンダー論という講義のレポートを作成するためだ。もちろん、七夕伝説とは全く関係のない講義である。文献を探している途中、七夕伝説について書かれている本が目に入ったので、手に取ってみたのだ。

けれど、そんなものを読んだところで、華子という女性の詳細に結びつく手がかりはなく、余計に気持ちをヤキモキさせるだけだった。

彼女はいったい誰なのだろう。どういった目的で僕に会いに来たのだろうか。なぜいきなりビンタをされたのだろう。ミシェルとはなんだったのだろう。正解の見つからない疑問が何度も頭を掻き回す。そして、掻き回された頭の中を泡のように、彼女の容姿を構成するパーツが浮かび上がってくる。透明感のある白い肌、しっかりと筋の通った鼻、大きな輪郭を持つ茶色の瞳に長い睫毛。あれほど美しい女性と出会ったことがあったなら、覚えているはずだが、一切、記憶にない。

そして僕は再び思う、彼女は何者なのだろう。

そんなふうに考えを巡らせていると、背後に人の立つ気配がした。

「よお、岡部」

聞き覚えのある声に反応し、振り返る。ツナギの作業着を着た男性が立っていた。アルバイト先のガソリンスタンドで働く、社員の勝矢《かつや》さんだった。

三十分ほど前に勝矢さんから携帯電話に〝いま何してる？〟とメールが入った。僕は、大学の図書館でレポートをしています、と返したが、まさか勝矢さんがここに現れるとは露《つゆ》ほども思っていなかった。

「なにって、サッカーの試合中に見えるか？」

「見えませんけど、そうじゃなくて」声のボリュームを最小限に絞る。ツナギの作業着を着た人間が大学の図書館にいるのは、銃弾が飛び交う戦場の最前線にタキシードを着て、花束を持って立っているくらい違和感がある。

「大丈夫だ、仕事は夕方からだから」白い歯を見せ、自慢げに胸を張った。そういうことじゃないでしょう、と言おうとしたが言葉を飲み込んだ。

「ムシェとジェンダー」勝矢さんはパソコンの画面に表示された、レポートのタイトルを読み上げた。

「ジェンダー論という講義のレポートです」

「なんだムシェって」

「メキシコのある民族は、男性として生まれてきて、女性として生きる選択をした男性をムシェと呼ぶんです。彼らの存在はとても喜ばれるんです、特に母親から。ってべつに興味ないでしょ？」

「ふうん、よく分からんけど、大学生は大変だということは分かった」と勝矢さんは、関心なさげに言った。

「ところで何かあったんですか」

「何かって？」

何か無茶苦茶な頼みごとをされるのではないかと、警戒する。勝矢さんは、僕にメールで何をしているかと訊くと、決まってその場所に現れる。家に居ると答えれば、夜中でも家にやってくる。その用件のほとんどは暇つぶしなのだが、バイト先から距離のある大学の図書館にまで暇つぶしにやってくるとは思えない。

「こんなところまで来るなんて、珍しいじゃないですか」

「別になんもないけど」

まさかのその言葉に拍子抜けする。

「要するに、暇なんですね」

「正解」勝矢さんは、オールバックの黒髪を後ろに撫でつけた。

僕は困った顔を作り、頭を掻く。静かな図書館に沈黙が流れた。誰かの靴底が床を鳴らす音だけが、遠くで聞こえる。僕は、ほぼ手のつけられていない未完成のレポートを上書き保存し、図書館を出る支度をする。潔く諦めることにした。勝矢さんからのメールに返信をしてしまった時点で、こうなることは決まっていたのだ。

「お昼ご飯でも食べましょうか」僕が誘うと、勝矢さんは「いいな。学食行こうぜ。俺、行ったことねえんだよ」と子供のようにはしゃぎ、太陽みたいな笑顔を見せた。

勤勉な学生の中の誰かが大きな咳払《せきばら》いをした。僕は咳払いのした方向に申し訳なさそうな表情を作り、頭を下げる。

「とりあえず、ここを出ましょう」

昼のピークの時間帯を過ぎているということもあり、食堂はあまり混雑していなかった。遅めの昼食をとっている学生や教授らが疎《まば》らに座っている。僕と勝矢さんは巨大なガラス窓が並ぶ窓際の席に座った。日当たりの良い席だ。窓からは割石を貼り付けたコンクリートで模《かたど》られた小さな長方形の池が見え、その傍ではチアリーダーたちが暑さに耐《た》えて踊りの練習をしていた。

席に着いた時、女子学生の四人グループが、僕たちのテーブルの脇を通り過ぎた。通り過ぎる際に、勝矢さんの方をちらっと見て、その後、こちらに聞こえる声で〝やだ、ほんと、かっこいい〟と黄色い声を上げた。

勝矢さんは、そんなことお構いなしでからあげ定食を前に感嘆の声を上げ、目を輝かせている。

「大学の食堂に来てみたかったんだよなぁ」

まるで遊園地に初めて連れてきてもらった子供のようだ。からあげを頬張り、うまい、と唸《うな》った。

※

僕が勝矢さんに頭が上がらないのには、理由がある。

彼と出会ったのは、今年の春——僕がこの町に引っ越してきて一年が経《た》った頃だった。ピンクの花びらが散り始め、希望に満ちた瞳の若人《わこうど》と、憂鬱を閉じ込めた瞳の中年サラリーマンをぎゅうぎゅうに乗せた、朝の電車に僕は乗っていた。

　いつになっても慣れないすし詰め状態に身動きすらとれない僕は、おじさんの頭皮の脂の匂いと、誰か特定できない大蒜《にんにく》の口臭に耐えながら、必死に窓の外に歪《ゆが》めた顔を向けていた。早く目的の駅に着かないか。一駅ごとに律儀に開くドア。少しだけ降車する人。たくさん乗車してくる人。どんどん酸素が薄くなる車内。すべてに、げんなりしていた。

　次こそは――次の朝から講義のある時こそは、一時間早い電車に乗ろう、そう思ったすぐ後、僕は都会の電車の洗礼を受けたのだった。

　途中の停車駅でドアが開き、例に漏れず何人かが降車した。それを何の気なしに目で追っていると、僕の左手首が強く圧迫された。咄嗟《とっさ》に目をやると、僕の手首が何者かに摑《つか》まれていた。それが女性の手だと気付くのに、数秒もかからなかった。そして、耳を劈《つんざ》くような声が発せられた。

「痴漢です！　痴漢です！」まさか、と思った。

　突き上げられる僕の左手。

「この人痴漢です！」女性は、まるでボクサーの勝利を称《たた》えるレフェリーのように、僕の腕を高く突き上げた。

　いくつもの目が、僕を捉える。初めは状況を理解できなかった。しかし、僕はすぐに状況を理解させられた。正義感の強い、三十代前半くらいのニット帽を被った男性が、僕の右腕を掴み、車外に引きずり降ろしたのだ。次の電車を待つ人たち、電車の中の人たち、たくさんの視線が僕に突き刺さる。完全にロックオンされた。

「君、逃げるなよ」正義感の強い男がすごむ。左手首を掴んでいたのは、眼鏡をかけた、まだ若いが、仕事のできそうな女性だった。僕は右腕と、左手首を掴まれ、身動きが取れなかった。

痴漢に間違えられたら、とりあえずその場から逃げろ。誰かが言っていた気がする。痴漢に間違えられたら、とにかく名刺を置いてその場から立ち去れ。テレビでそんなことを言っていた気もする。あいにく、僕は立ちすくむ足のせいで、逃げることも、名刺は無いのだが、その代わりの身分証を置いて立ち去ることすらもできなかった。それ以前に周囲の視線は僕に集中しているので、逃げきれる可能性は極めて低かった。もちろん、声も出なかった。

なんてついていないのだ。

そう思っていたら背後で声がした。

「おい、下衆《げす》ども」

ハスキーな声だった。僕の左手首を掴む女性と、右腕を掴む男性が頭《こうべ》を回《めぐ》らす。僕もつられて後ろに顔を向ける。黒髪をオールバックにした容姿端麗な男性が立っていた。

「俺ずっと、見てたぞ。そいつは何もしてねぇだろ」オールバックの男は僕の方を見た。「なあ？」

僕は壊れたバネ仕掛けの玩具のように、必死に頷く。

「なに言ってるの、触られたのよ！」と女性は気色ばんだ。

オールバックの男は鼻で笑った。

「違うって。そいつが何もしてないのを見てたのもそうだけど、お前らが電車に乗る前、駅のベンチでコソコソ作戦会議をしていたのも見てたんだよ」

僕の右腕を摑んでいた力がすっと緩んだ。

「どんなやつをカモにする？　って相談していたのをよ。なんだ、示談金とかで小銭稼ごうとしているくちか？」

男がそう言った次の瞬間、正義感の男が改札の方に走りだし、女性の方は停車していた電車に飛び乗った。そして間もなく、停車していた電車のドアが閉まり、僕たちが乗っていた電車は発車した。再び、改札の方を見遣《みや》ったが、先ほどの正義感の男の姿はすでに人ごみの向こうに消えていた。

目の前にはオールバックの容姿端麗な男が渋面を作っていた。

「腐った世の中だよな」男は舌打ちをした。

※

僕も、いただきます、と掌《てのひら》を合わせる。目の前には勝矢さんと同じく、からあげ定食がある。勝矢さんが奢《おご》ってくれたものだ。僕が勝矢さんに頭が上がらない理由は窮地を救われたことの他にもある。アルバイトがなかなか決まらない僕にアルバイト先を紹介してくれたのも勝矢さんだ。それが今のアルバイト先のガソリンスタンドだ。

勝矢さんは恩人であり、アルバイト先の先輩社員であり、友人のような存在でもある。

勝矢さんは、からあげを口に放り込んだ。目を細めて、美味しそうな顔をしている。

そして、それを飲み込むと、

「岡部って、ロマンチストだろ」と不意に言った。

突然の言葉に僕は箸《はし》を止める。

「本」勝矢さんが言う。

〝ロマンチスト〟という言葉と〝本〟という言葉を掛け合わせると、七夕伝説という言葉が頭に浮かんだ。勝矢さんは図書館で僕が読んでいた本を、チェックしていたのだと推測した。

「ちがいますよ、あれは」勢いよく切り出したが、途中で言葉を止め、昨日の不可解な出来事を勝矢さんに話すべきか逡巡《しゅんじゅん》した。

「あれは？」勝矢さんが言葉の続きを催促する。

少し悩んだ結果、勝矢さんに昨日起こったことを話すことにした。心のどこかで、あの理解しがたい出来事を、僕は誰かに聞いてほしかったのかもしれない。

アルバイトの後、帰ると見知らぬ女性が部屋の前に座っていたこと、その女性にいきなりビンタをされたこと、その女性の口から七夕伝説の話が出たこと、また今日家に来ると言っていたことなど、出来事のあらましを話した。

僕の目の前に現れた女性の話を聞くと、勝矢さんは声を出して笑った。

「なんだそれ、嘘《うそ》だろ。そんなファンキーな女いるかよ」

「本当ですよ」

「いきなり、ビンタして、勝手にひとんちのジュース飲んで、わけ分かんない話して、さよなら、また来ますって、なんだよそれ」お腹を抱えて笑っている。

「おかしな行動をする男がいるんだから、そりゃ女性だっているでしょう」僕は皮肉を言ったつもりだったが、勝矢さんは真顔に戻り、まあそうだなあ、と頷いた。

「お前に会いに来た、って言ったんだよな、その女。お前、何か約束したんじゃねぇの」

「それがですね、覚えが無いんですよ。全く」

「じゃあ岡部が忘れてるんだろ。たとえば、べろんべろんに酔っ払った時に声をかけた女性と約束をしたとかさ。俺は酔っ払った時に女性としゃべった内容はほとんど覚えてない」勝矢さんは、くくく、と喉を鳴らして笑った。

「僕は意識や記憶が無くなるまでお酒を飲まないですし、ましてやナンパなんてしません」

「まあ、酔っ払って忘れているってのは冗談だが、記憶なんて普通にしてても、すぐに忘れ去られてしまうもんだ」

「そうですかね……」

「そして不意に、なんかのきっかけで蘇《よみがえ》ってくるもんだ」勝矢さんは、そう言うとからあげを頬張った。頬っぺたを膨らませて、じっくりと咀嚼《そしゃく》している。相変わらず幸せそうな顔をしている。

「そんなもんですかね」

「そんなもんだ」勝矢さんの隆起した喉仏が蠕動《ぜんどう》する。「昔の恋人のことを忘れていたけど、なにかのきっかけで思い出すようなことはよくあるだろ？」

「恋人がいたことないんで」僕は正直に言う。僕は恋愛をしたことがない。

「知ってる」勝矢さんは笑った。

「馬鹿にしてるでしょう」

「まあまあ、聞け」勝矢さんが箸を指揮者のように振る。「こういうことはよくあるんだ。当時付き合っていたその相手と観に行った映画がテレビで放送されているのを観た時とか、二人でよく聞いていた歌がラジオで流れた時とか、街ですれ違った人の香水の匂いがその相手のつけていた香水と同じ香りだった時とか、そんな時に埋没していた記憶がいきなり蘇る」

「五感で蘇る記憶ですね」

「そう、五感で蘇る記憶だ」勝矢さんはその言葉が気に入ったのか、深く頷いた。

「えーと、映画が視覚で、ラジオが聴覚、香水が嗅覚。味覚と触覚は？」僕は指折り数えながら訊く。

　勝矢さんはお皿の上でウスターソースとマヨネーズを混ぜ合わせ、できたソレに最後の一個のからあげを絡めると、口に放り込んだ。それが美味しいのかは不明だったが、勝矢さんは幸せそうな顔をしていたので、よしとした。

「味覚と触覚ね……」

　勝矢さんは考えるような仕草をし、口の中のものを飲み込んだ。

「こんなのはどうだ？　グルメライターをしている男の話だ。男は売れていない頃、料理の上手な女性と同棲《どうせい》をしていた。その料理上手な女性には、いつか自分のお店を出したいという夢があった。そして、もし、お店を出したら、あなたに記事を書いてほしい、とグルメライターの男に言っていた。だけど、二人はお互いの夢を追いかけ、やがて忙しくなり、次第にすれ違い、別れてしまう。それから何年もの月日が流れたある日、男は仕事の帰りにお腹を空かせ、何の気なしに場末の洋食屋に入った。家族で切り盛りしているような感じの小さな店だ。席に着くと小さな女の子が注文を聞きに来る。そうだな、小学生ぐらいの可愛い女の子だ。男が、おすすめは？　と訊ねると少女は笑顔で、ビーフシチュー、と答えた。男はそれを注文した。しばらくすると、少女がビーフシチューを運んできた。男は礼を言い、ビーフシチューの香りを楽しんだ後、スプーンで一口すくい、口に運んだ。その時だ、彼の舌と脳に衝撃が走った。昔によく食べていた味と一緒だったんだ。まさか、と厨房に目をやると、駆け出しの頃に同棲をしていた昔の恋人がいた」

「なんとなく、切ない話ですね」

「切ないだろ。五感で思い出される記憶は、押しなべて切ない記憶だ」その台詞に、どんな根拠があるのだ、今のは完全に創作だろう、と思ったが頷いておいた。

「では、触覚は」

勝矢さんは、再び「そうだなぁ」と考える仕草をし、「こんなのはどうだ」と話し出した。

「あるアイドルとオタクの話だ。昔むかし、あるところに冴《さ》えない少女がいました。

その女の子は付き合っていた彼氏に突然振られてしまい、落ち込んでしまいます。容姿にコンプレックスを持っていた彼女は、振られた原因が自分の容姿にあると思い込み、整形手術を決意します。彼女は昼夜問わず、寝る間も惜しんでアルバイトでお金を貯め、整形を重ね、劇的な変身を遂げます。誰もが羨む美貌を手に入れることに成功した彼女を、当然、世間が放っておくはずもありません。すぐに彼女は街で芸能事務所にスカウトされ、やがてトップアイドルにまでのぼりつめるのでした」勝矢さんは真剣な面持ちで話している。

「全く話が読めませんが、大丈夫ですか」

「大丈夫だ。まあ待て、最後まで聞け」

「はあ」と僕は言う。

「一方のオタクは昔、スポーツ万能な野球少年でした。将来はプロ野球選手になるだろう、と周りの人間も期待していました。もちろん、学校の女子からも人気でした。しかし、練習中に肩を壊してしまい、野球を続けることを断念しなければいけなくなってしまいます。挫折した彼は、失意の底に沈みました。生きる希望を失ったのです。付き合っていた彼女とも別れ、彼は家から一歩も出なくなってしまいました。髪はボーボー、髭《ひげ》はモジャモジャ。いわゆる引きこもりの完成です。歳月が流れたある日、彼は何の気なしに観ていたテレビで、あるアイドルに恋をします。彼は夢中でＣＤや雑誌を買いあさりました。あ、引きこもりなので、もちろん、ネットで購入です。便利な世の中です。しかし、彼の彼女に対する想いはそれだけでは留まらず、彼女にどうしても会いたくなり、彼は意を決して握手会に足を運ぶのでした」

勝矢さんは、立て板に水のリズムで話し続けると、喉が渇いたのか、一旦話を止め、お茶を一口啜《すす》った。

「すごいですね、家から出たんですね」

「ああ、すごいだろ。引きこもりが玄関から出る一歩は、初めて月面着陸したアームストロング船長の一歩をも凌《しの》ぐ価値とも言われているからな」

「そんなことは無いと思いますが、それで、どうなったんですか」僕は続きを促す。

「それでだな、その握手会で、二人は出会うんだ。握手を交わした時、二人は、はっと見つめ合う。アイドルは髭モジャオタクの顔に見覚えがない。だが、手の感触は中学の頃に帰り道で毎日握っていた感触と同じだった。オタクも思う、怪我《けが》のせいで自分に自信が無くなってしまい、泣く泣く別れを告げてしまったあの彼女の手の感触と同じだと。歳月が流れ、二人の風貌は全く変わってしまっていた。けれど手のぬくもりや弾力は、あの頃のままだった。おしまい」

「なんか素敵ですけど……、無理やり感があるような」

「うるさい、とにかく記憶は不意に五感で蘇るんだよ」

五感の一つである視覚で、華子と名乗る彼女の顔を確認したが、僕の記憶が蘇ることはなかった。

「そういえば、彼女、すごく美人でした」彼女の顔を思い出す。

勝矢さんは興味なさげに、ふうん、と言った。

その後、勝矢さんは「あの女性とどっちが美人だ？」と僕の後方を箸で指した。つられて頭を回らす。そこには布巾でテーブルを拭く、食堂のおばさんがいた。三角巾を頭に着けた、ふくよかなおばさんだった。そもそも美人かどうかすら、難しいラインだった。勝矢さんは真剣な顔をしていたので、返答に窮した。

「いやぁ……」と顔を戻すと、僕のお皿の上から最後の一個のからあげが無くなっていた。その代わりに、勝矢さんが頬っぺたをハムスターのように膨らませ、口をもぐもぐと動かしていた。〝やられた〟と思ったが、この人はそういう子供のようなことをする人だと分かっていたので、そこまでの驚きはなかった。

「イリュージョンですね」

勝矢さんは口の中のからあげを飲み込むと、くっくっく、と満足げに笑った。

僕も真似《まね》するように笑って見せた。

「てかさ、美人てなんだよ？」勝矢さんは、いきなり真顔になった。

出し抜けな質問に頓狂な声が出た。

「いやな、美人てどういう意味だったかなと思ってな」勝矢さんは湯呑《ゆの》みに入ったお茶を再びすすった。

僕は、美人、と口の中で呟き、その意味を考えた。改めて訊かれると、本来の意味が合っているのかどうかすら、少し不安になった。

「一般的には、容姿の美しい女性のことを指すんじゃないですかね」僕が答える。そう言った後で、勝矢さんは美人について、また何らかの理屈を捏《こ》ねようとしているのだと察した。そんな言葉をど忘れするわけがない。

「そうか、美人とは容姿の美しい女性のことをいうのか」勝矢さんが窓の外を眺める。僕もそれに倣《なら》うように視線を移す。ちょうど、チアリーダーたちが決めのポーズを取っているところだった。遠くて確認はできないが、その中にも何人か美人と呼ばれる女性がいるのだろう、と想像した。勝矢さんは、綺麗に真っ直ぐに伸びる鼻梁《びりょう》をこちらに戻した。

「美人は夕暮れと一緒である」勝矢さんは、ぼそりと呟いた。

「なんですか、それ」聞いたことのない台詞だった。「誰かの名言ですか」

「ああそうだ。俺の作った名言だ」

「はぁ、そうなんですか……」

「ああ、覚えておいたほうがいいぞ」

「美人は夕日のように綺麗ってことですか」僕がそう訊ねると、勝矢さんはいきなり大きな声で笑った。

「さすがロマンチスト」くくく、と声を出し大袈裟《おおげさ》にお腹を抱えて笑っている。嘲笑《ちょうしょう》の色が窺《うかが》え、僕はムッとする。

「ロマンチストじゃないですよ」

　勝矢さんはひとしきり笑うと、満足したのか表情を元に戻した。

「まあ、岡部の言うとおり、確かに夕日は綺麗だ。見ていると、心がその色のように温かくなる」

「そうですね」あなたが言っている言葉も充分ロマンチックですよ、と抗議したかった。

「だが、それを見て、切なくなると言う人間もいる」僕はもう一度、そうですね、と生返事をする。

「それと一緒だ。岡部が美人と思っても、俺が思わない場合もあるということだ」

「そうですか」人のどうでもいい話を聞く時は、そうですね、と、そうですか、があれば充分だ。

「あとな、夕暮れ時は、『逢魔《おうま》が時』とも言ってな、妖怪や幽霊が現れる時間帯を言うんだ。もうひとつ、禍《わざわい》が起きやすい時間という意味でも『大禍時《おおまがとき》』とも書く」勝矢さんは指でテーブルに漢字を書いた。そして名言の発表会を続けた。どこでそんな情報を収集するのか、いつも感心する。

「多くの禍は美人とともにやってくる」勝矢さんは、したり顔だった。

昔に観た外国のサスペンス映画の連続殺人事件の犯人が、すごく美人だったのを思い出した。間抜けな男たちが、彼女に次々と殺害されていった。

「禍は美人とともに、ですか」

〝わざわい〟と口にすることで、その言葉が持っている禍々《まがまが》しい響きに気付く。自分の発した言葉が耳に戻ってきた時に、若干だが、背筋に悪寒が走った。

「美人は怖い。心を惑わせる」勝矢さんが言う。

「ひょっとして勝矢さん、美人に騙《だま》されたことがあるんですか」僕がそう質問すると、勝矢さんは、再び哄笑《こうしょう》した。食堂の一画に勝矢さんの高笑いが広がる。

「俺が？　俺は顔で女を愛する男じゃない。見た目なんかで人に惚《ほ》れたらロクなことはない。脳は視覚によって騙される」

「どういうことですか」

「外見に騙されちゃダメってこと。本質が見えなくなってしまう」

「本質がですか……」

「隠し絵って知ってるか」

「あれですかね、昔、教科書とかに載っていた」

「ああ、それだ。同じ絵だけど、二通りの見え方があって、それを見ているうちに初めにどういうふうに見えていたか、分からなくなるやつだ」

　小学生の頃、図工の教科書に載っていた女性の絵が脳裏に浮かんだ。初め、その絵は後ろを向いた若い女性の姿を描いたものだと思い込んでいた。しかし、視点を変えるとその絵は老婆の姿に変わり、衝撃を受けたのをはっきりと覚えている。その後、何度その絵を見ても、真っ先に浮かんでくるのは、その老婆の姿だった。そのことを思い出し、不覚にも納得してしまった。

「それに、顔なんて、すぐに変えられる」勝矢さんが言葉をつづけた。

「整形手術とかですか」

「ああ。エンジンスワップみたいなもんだな」勝矢さんが得意げに言う。前に勝矢さんが教えてくれた、車のエンジンを載せ替える作業のことを思い出す。「見た目が気に入らなければ、エンジンを載せ替えて、好きな見た目にすればいい。もちろん何でもかんでもってわけじゃないし、手間もかかるけどな。顔もそれと一緒で変えればいい。日本はそれができる優秀な国だ」

　華子という女性の整った鼻や顎のラインを思い浮かべる。整形手術をしていてもおかしくないほどに美しく、輪郭や目と鼻、口のバランスに黄金比が存在するのであれば、すべての線は計算されつくしたそれで成り立っているようにも思えた。

「まあ、美人には気をつけろってことだな。魂胆が分からないうちは、うかつに近づかない方がいい。特に彼女を美人と思っているキミは」勝矢さんが長い睫毛を瞬かせる。彼もまた美形だ。

明日、また来るから——。僕の脳裏に彼女の昨日の言葉が思い出される。

「もし、向こうが近づいてきたら、どうしたらいいんですかね」

「避けろ。絶対に深入りはするな。絶対にだ」勝矢さんが間髪を容れず言う。その言葉を聞き、自分はなにか大きな事件の入り口に足を踏み入れてしまったのではないか、という不安がこみ上げてきた。

「彼女がまた現れたら、追い返せばいいってことですね」

「そういうこと。ビンタでもお見舞いしてやれ」

勝矢さんは柱にかかっている時計を見遣り、「じゃあ、俺はそろそろ行くわ」と言うと、席を立った。そして最後に「往復ビンタでもいいぞ」と言い残し、食堂から出て行った。

勝矢さんの食べ終わった食器と自分のものを返却コーナーへ持って行く。窓の外を見ると、チアリーダーたちはいなくなっていて、代わりに真面目そうな男女の学生が池の縁に腰掛け、仲睦《なかむつ》まじく話していた。

食堂を出る時、レポートのことを思い出し、憂鬱になった。はたして、自分はレポートを仕上げられるのか？　集中できるのか？　また新たな不安が過《よぎ》った。

三

日本には四季がある。桜の花びらがはらはら舞う春の後には、木々たちが艶《あで》やかに葉を茂らせる新緑の夏が来る。並木道が黄金色の絨毯《じゅうたん》を敷き詰める凋落《ちょうらく》の秋が過ぎれば、吐息さえも白く染めてしまうほどの寒い冬が来る。そんな当たりまえのことのように、その夜、華子は来た。

銀色のスーツケースをコロコロと転がし、大きな黒色のバッグを抱え、僕の部屋のチャイムを鳴らしたのだ。

「重たかったー」

華子は部屋に入るなり、大きなバッグを床に置くと、クッションの上に腰を下ろした。白色のシフォン生地の半袖ブラウスと、デニム素材のショートパンツから突出した白くて長い手足を、気持ちよさそうに伸ばしている。

旅行だ。沓《くつ》脱ぎに放置されているスーツケースを見て、僕はそう思った。角を削られた銀色の長方体は、脱ぎ捨てられた彼女のパンプスや、僕のスニーカーを眼下に見下ろせる聳《そび》え立った高層ビルのようにも見える。

「高飛びですか？」海外旅行さながらの荷物を指さして、僕は冗談めかして言った。

華子は目を細め「笑った方がいいの？」と訊き返してきたので、「大丈夫です、笑わなくて……」と答えた。

どうやら、冗談が伝わらなかったようだ。

「なんで立ってるの」華子が顎を突き出す。「座りなよ」

僕は、言われるまま、テーブルを挟んだ向かい側のクッションに座り、後ろのベッドに背中を凭《もた》せ掛ける。そして、一息ついた後、自分は何をやっているんだ、と我に返った。彼女を家に招じ入れ、またテーブルを挟み、彼女と向き合っている。

絶対に深入りはするな——。勝矢さんの言葉を思い出す。僕は彼女を追い返さなければいけないのだ。

大きく息を吸い込み、右手の掌を広げ、力を込める。それから目の前で、その手を右から左、左から右と勢いよく振ってみた。僕の掌が空気を切り裂く。よし、と腹を決める。

「何してるの？」

華子の声に動きが止まる。

「いや、その」

「虫でもいたの？」

「いや……」僕は右手を自分の太ももの上にゆっくり置いた。「虫がいました」

「へんなの」華子がうっすら笑う。

「あの、ところで、旅行はどちらに行かれるんですか」僕は気を取り直して、質問をした。

　華子は「旅行？」と眉を顰《しか》め、すぐに笑顔を見せた。

「あの」と僕が、話を切り出そうとしたのと同時に華子の唇が動いた。そして、僕の言葉にかぶせるように言った。

「今日、ここに泊まるの」

　僕は完全に言葉を失う。

　華子はあたかも、それが前から決まっていたことかのように告げた。思わず、ここが自分のアパートではなく、誰か彼女の友人の住まいのように錯覚してしまいそうになった。

　それじゃ僕はそろそろ帰りますね、という言葉が出そうになる。

「今日？」と僕が言う。華子が頷く。「ここに？」もう一度華子が頷く。「泊まる？」最後に華子は大きく頷いた。

彼女の言葉をじっくりと反芻した結果、そんな無茶苦茶なことがあるか、という真っ当な答えが出た。

「冗談ですよね」冗談だと言ってください、の意味を込めて僕は言う。

「冗談？　そう思うなら、笑えばいいじゃない」

僕は少し考えた後、口の端で、へへ、と笑ってみせた。それを見て華子はもう一度、笑顔を見せた。その笑い方を見て、僕は彼女が冗談を言っているのではない、と確信した。

冗談じゃない！　と大声を張り上げる。心の中で。

「いやいや、それは困りますよ」

華子は首を傾げた。

「困る？　泊めてくれなきゃ、私が困る」

「そんな無茶苦茶な……」再び、勝矢さんの忠告を思い出す。美人は怖い――。

「分かったわ、じゃあ、想像してみて。行く当てのない私がここを追い出されます。外は真っ暗です。とぼとぼ夜道を歩いていると、前から変質者が現れます。私、襲われます。そして殺害されます。明日の新聞でその事件のことをあなたは知ります。罪悪感に苛《さいな》まれないかしら？　あなたは。それでも関係ないって言えるのかしら？　追い出した張本人」張本人という言葉にアクセントを置いた。

「そんな理不尽な……」

「この世の中は、理不尽なことばかり。覚えておいた方がいいわ」蛍光ペンでアンダーラインも引いておくこと、と付け加えそうな、悪びれた様子の無い言い方だった。

「だからと言って、僕がどうしてこんな目に」こんな目に、という言葉に、昨日からの一連の出来事を含めた。

「別に私は、世界中の困っている人たち全員を助けてあげて、なんて言ってないわよ。もし、目の前に自分を頼っている人間がいたら、その人だけでも助けてあげたらいいんじゃないかしら？　喉が渇いて死にかけている人がいれば、コップ一杯の水を差しだしてあげればさ。そういった行動で、世界は少しずつ、良くなっていくんじゃないかしら」華子は立ち上がると、僕の右側に歩み寄り、膝をつき座りこんだ。少し遅れて、香水の香りが鼻に侵入してきた。甘い、うっとりとする、南国の果実のような香りだった。華子が僕に顔を寄せる。彼女の顔を見る。

「いや、それは、そうだと思いますが……」

「じゃあ、お願い」

華子が茶色の瞳で、僕の瞳を覗《のぞ》き込む。やはり綺麗な色の瞳だった。その瞳に見つめられると思考が停止し、身体の動きが奪われてしまう。間もなく、なぜか分からないが、彼女が僕の唇に視点を定め、唇を近づけてくるシーンが自動的に想像された。

彼女の唇が徐々に近づいてくる。彼女の瞼がゆっくりと閉じる。唇が十センチ、五センチ、四センチと近づいてくる。艶やかな唇がすぐ目の前に迫る。

頭の中の華子の唇が僕の唇に触れる寸前で、想像が停止した。我を取り戻す。

華子が泊まれば、そんなことが起こるのだろうか。気の小さい僕でも、そんな状況になれば、彼女を押し倒すのだろうか。

胸の鼓動が早鐘を打っていることに気付く。

続いて、華子が暴漢に襲われてしまうことを想像した。恰幅《かっぷく》のいい男に羽交い絞めにされた彼女は、草むらに引きずり込まれる。暗闇で彼女のシフォン生地の服が引き裂かれ、白い肌が露わになる。四肢をばたつかせ、彼女が泣き叫ぶ。男のごつごつとした手が彼女の口をふさぐ。胸が張り裂けそうになった。そんな鬼畜な男を想像し、腹立たしい気持ちが湧き上がり、僕は知らぬ間に、「泊めます!」と返事をしていた。

不意に出た言葉に驚く。

そして後悔する。

眩暈《めまい》も感じた。

「ありがとう」華子は立ち上がり、艶《なま》めかしくほほ笑んだ。

「いえ、とんでもない……」

嘆きたくなった。なぜ僕はこれほどまでに、とんでもないお人よしなのだ、と。

「でも」僕は付け加える。「一日だけですよ。明日には帰ってくださいね」

　素性の知れない女性を家に泊めるなんて、僕は危機感ゼロの馬鹿男だ。昔に観たサスペンス映画の殺されていった男たちと自分が重なる。男たちは、美女の色仕掛けにまんまとはまり、殺害されていったのだ。

「そしてもう一つ」人差し指を目の前に出す。「殺さないでくださいね」

「え、なに」華子は僕の言葉が聞き取れなかったのか、耳を疑ったのか、訊き返してきた。

「いや、寝ている間にアイスピックで刺したり、飲み物に毒物を混入したりして、僕を殺さないでくださいね」

「馬鹿じゃないの」華子は僕の言葉を一笑に付すと、クッションの位置に戻っていった。

「じゃあ、お金目当てですか」僕は彼女の魂胆を探ろうと、当てずっぽうに言った。

「あなた、そんなにお金持ちなの？　そうは見えないけれど」華子は部屋を見渡し、笑った。あまり感じの良い笑いではなかった。

「学生ですから」僕は口を尖《とが》らせる。「だったらいったい、何が目当てなんですか」

　華子は、居住まいを正し、真剣な表情を作った。彼女の瞳が持つ、不思議な何かに引き込まれないよう、意識を集中させる。

「医者にあなたの命はあと一日です。って言われたら、あなたはどうする」彼女の言葉が僕に何を言わせたいのか分からなかったので、とりあえず頭の中で、そのありえないシチュエーションを想定してみた。

「そりゃあ、え、嘘でしょ？　って聞き返しますよ。そして別の病院で、もう一度検査してもらいますよ」

部屋に数秒間、沈黙が流れた。華子が少し困った顔を見せる。僕の返答は、どうやら期待外れだったようだ。

「私の質問が悪かったのかな。質問を変えるわ。じゃあ、二十四時間後に地球に大きな隕石《いんせき》が衝突して地球が消滅します。あなたは今からこの二十四時間、何をして過ごしますか」華子は相変わらず、真面目な顔をしている。僕は、そんな映画みたいなことが起こるわけないだろう、と思いつつも、仕方なくその状況を想像してみた。

「大学もアルバイトも休みますね。ていうか大学もアルバイトも休みになりますよね、そんな状況だと。食べたいものを食べようと思っても、お店もやってないだろうし、どうしようかな……」僕がそう言うと、華子は嘆息をもらした。

「もういいわ。あなたに訊いたのが間違いだった。私がその質問をされた時には、死ぬ一日前も普段と同じ生活をします、って答えたいの。地球が終わる六時間前には歯を磨いてベッドに入って眠りにつきますってね」僕は首を傾げる。華子の言っていることが、理解できなかった。いったい何の話なのだろう。

「最後の一日なのに、普段と同じ生活をするんですか」

「ええ、そうよ。二十四時間と限られた時間では、やりたいことをすべてやり遂げることは無理でしょ。だからって諦めるって意味じゃないわよ」

「どういうことですか」

「日ごろから後悔のないように生きて、いつ地球が終わる日が来ても後悔したくないってこと」

やっと意味を理解した。

「なるほど、すごく、いい答えですね」僕がそう言うと、華子は真面目な顔をした。何を企んでいるのだ、と眉に唾をぬる。

「だから、あなたに、私の願いを叶《かな》えるのを手伝ってほしいのよ」

「ちょっと待ってください」安請け合いは禁物だ、と警戒心を高める。「僕は神様でも、ランプの精でもないですし」

「大丈夫よ、あなたならできる」

「どこかの予備校のキャッチコピーみたいですね」

「そうでしょ」華子は誰もが見破れるような、愛想笑いを見せた。

「で、なんですか？　願いごとって。僕なんかじゃ叶えられないと思いますが、一応、聞いてみます」

華子は右手で髪を後ろに梳《す》いた。

「星と映画を観せて」

綺麗な茶色の髪の隙間から耳の先端が顔を出す。そして華子は念を押すように、もう一度言った。

「星と映画」

※

えっ、と、おのずと声がでていた。どんな無理難題が与えられるのかと構えていたが、正直、拍子抜けした。なんと簡単な要望だろう、というのが率直な感想だった。

「お安いご用ですよ」

僕は立ち上がると窓際に行き、サッシをスライドさせた。心地よい夜の風が顔を撫で、部屋に入ってくる。僕は外に顔を出し、空を見上げた。黒い布に数ヶ所針で穴を空け、向こう側からライトで照らしたように、いくつかの星が白く光り、散らばっているのが見える。

「どうぞ」

振り返ると、華子は座ったままだった。おまけに無表情である。時間が止まっているみたいだった。

「見ないんですか」僕がそう訊ねると、華子は大きなため息をついた。

「あなたって、本当に変わってるわね。よく人に、天然とか、唐変木とか、無神経とか、頓珍漢とかって言われない？」容赦のない言われようだった。

華子は少し呆れた表情で、再び髪を掻き上げた。

「私が言ってるのはね、満天の星空。そんな普通の星空だったら、わざわざ頼まないでしょ？　私が見たいのは、星が降るような空なの。星が降るような」

「なるほど」

ようやく、彼女の言っていることを理解した。星が綺麗に見える場所へ連れて行って欲しい、と言っているのだ。

サッシを閉める。

「そういうことでしたか」僕は小刻みに頷いた。そしてすぐに静止し、華子の顔を見た。「いや無理ですよ。近くにそんな星が綺麗に見える場所なんて無いですし、遠くまで行くにしても車がありません」

華子は悪戯な表情をする。

「今から調達したらいいじゃない、車」

調達という言葉を聞き、海外のドラマや映画のワンシーンが頭の中に浮かんできた。落ちているコンクリートブロックを拾い、それで車の窓ガラスを叩き割り、ロックを解除し、車に乗り込む。そしてハンドルの下あたりから配線を引っ張り出し、それを繋ぐと、エンジンがかかる。

――そんな無茶苦茶な。

すぐさま、そのイメージを掻き消す。

「絶対に無理です。こんな時間に車を調達できる方法は、窃盗しかないじゃないですか」

沈黙が流れた。

「そうね、さすがに無茶を言っちゃったかもね」華子は意外とすんなり、素直に自分の非を認めた。

「仕方がないですよ。諦めてください」

「どうして諦めるのよ」

「だってこんな時間から、どうしようもないじゃないですか」

僕がそう言うと、華子は、うーん、と唸った。

何かを考えている顔にも、困ったような顔にもとれる表情だった。僕の胸の中で、ひょっとすると彼女は諦めて帰ってくれるかもしれない、という期待が膨らむ。華子はしばし唸ると、口を開いた。

「そうね、諦めるわ」

「それがいいです」僕は頷く。

「今日は諦めて、土曜日まで待つことにする。天気予報も、明日からしばらく曇りだったし。でも土曜日は晴れだったわ、だから土曜日に連れて行って。それまでここに泊まるから」

「ふぇっ？」

素っ頓狂な声が出た。思わず、ひっくり返りそうにもなった。今日は火曜日――つまり四日間もここに泊まるということだ。

「なんでそういうことになるんですか」言いながら、大きなカバンとスーツケースを交互に見る。初めから華子はこの部屋に何泊もするつもりだったのだ、と気付く。僕の部屋のチャイムを鳴らす前から、こういう流れに持っていこう、と華子はシナリオを描いていたに違いない。

「いいでしょ？　お願い」華子は両手を合わせ、窓際に立つ僕を上目遣いで見つめた。奔放で勝ち気な印象の彼女が要所要所で見せてくる、そのしおらしい仕草が作為的なものと分かっていても、不思議と嫌な気持ちにはならなかった。その瞳から視線を外し、冷蔵庫の前に移動する。ドアを開け、冷えた缶ビールを取り出した。飲まなければやっていられない。

「飲みますか？」

缶ビールを華子に見せる。

「いらない。私、飲めないから」

昨日、彼女にお酒を飲んでいるのかと訊ねたとき、彼女が不愉快そうな表情を見せたのを思い出した。缶ビールを床に置き、冷蔵庫からパックのオレンジジュースを出す。食器棚からマグカップを取り、それにオレンジジュースを注いだ。「どうぞ」と華子の前のローテーブルにマグカップを置く。

「あら、ありがとう」華子が少しだけ頭を動かし、細い髪が揺れた。

床に置かれた缶ビールを再び手に取り、クッションに腰を下ろした。プルトップを引き、一気に呷《あお》る。乾いていた喉の粘膜が、注ぎ込まれたビールによって潤いを取り戻す。僕はビールを半分ほど飲み終えると、ローテーブルに缶を置いた。

「頼まれると断れないタイプの人間なんですよ、僕は。昔からそうでした。小学生の頃は、みんなが嫌がる夏休みの飼育当番を六年間やり続けました。悪戯されてウサギ小屋に閉じ込められたこともありました。中学では嫌われ役の風紀委員をやりました。服装を注意して、不良に体育倉庫に閉じ込められました」

「ふうん」華子はマグカップに口をつける。

「高校の頃は、クラスメイトに旅行の幹事を頼まれました。宿や交通の手配、食事のコースからタイムスケジュール作成まで、完璧にこなしてやりました。僕は誘われていない旅行のですよ」僕は昔のエピソードを列挙した。このような話は枚挙にいとまがない。

「岡部くん、いじめられっこだったの？」

「いえ、いじめられてはいません。以前行ったことがあって、観光スポットを紹介していたらそんな流れで……いや何が言いたいかと言いますと、結局誰かがやらなければダメ、ということです」途中、出かかったおくびを飲み込んだ。「だから、僕が連れて行きます。星を見に」

「ほんとっ？」

春を待ちわびていた蕾《つぼみ》がパッと花開いたように、華子の笑顔がはじけた。それは、愛想笑いではなく、ごく自然な笑顔のように見えた。ありがとう、と華子が言う。

「土曜日よ、忘れないでね。他の用事とか入れたりしたら、ビンタだからね」

念のため、夜の予定を頭の中で確認する。その日はアルバイト以外の予定は無い。星は夜にしか見えないので、アルバイトが終わってからでも充分に間に合う。

「そうだそうだ、せっかくだし、お昼に映画も観に連れてってよ」華子が、お願い、と両手を合わせる。

僕は返事に窮する。

「デートしようよ」彼女は大きい瞳を輝かせていた。

彼女は何を考えているのだ。警戒心むき出しの僕を前にしてこの馴れ馴れしさは、なんなのだ。全く理解ができなかった。相当に図太い神経としか思えない。

「そんな急に言われても……」

ただ、こんなふうに女性にアプローチされるのは、正直なところ悪い気がしなかった。それに女性と二人でデートをする機会など、今までほとんどなかったので、それも悪くないと思った。

高校生の頃、一度、クラスメイトと二対二でデートをしたことがあった。そもそも最初は、そのいわゆるダブルデートというものに僕は参加する予定ではなかったのだが、もともとの来る予定だった男一人が、当日急に熱が出て、半ば強引に僕が参加させられる運びになったのだ。それも「頼む岡部、来てくれ」と懇願され断れず、参加することになったのだった。初めは四人で楽しくボーリングをして遊んでいたのだが、途中から男女二人ずつに分かれて行動することになってしまった。別行動を提案したのは僕を誘った男だったのだが、あとから考えると、彼は片方の女性に好意を抱いており、それは彼がかねてから用意していた作戦だったようだ。のちにその二人が付き合い、すぐに別れた、という噂《うわさ》を聞いた。僕は慣れないデートで会話が一切できず、それどころか、途中で入ったファミリーレストランで緊張のあまり水を飲み過ぎ、お腹を下してしまい、トイレに閉じこもってしまったのだ。案の定、トイレから戻ると、女の子は帰っていた。もちろん、その後、彼女と二人でデートをすることもなかったし、ダブルデートすることもなかった。

「あ、もしかして用事がある？」

「いえ大丈夫です」僕は即答した。

その日は、もともとなぜかアルバイトの人数が多くて、誰か休まないか、と所長に打診されていた日だった。言えば休みを貰《もら》えるはずだ。「そうですね、せっかくなので映画も観に行きましょう。それで願い事は二つとも叶いますね」再び、華子は顔いっぱいに笑顔を咲かす。

「やった、約束ね」

よし、彼女とデートをしよう。久しぶりのデートだ。少し、緊張もするが、楽しみでもあった。それに、勝矢さんの言葉を否定するわけではないが、彼女の魂胆を知るには近づかなければいけない気がした。手がかりを得られなければ、彼女が何の目的で僕に近づいてきたのかも分からない。それに、彼女は人並み外れた自己中心的な考えの持ち主だが、そこまで悪い人間にも思えなかった。流れに身を任せてみよう。僕は気付けば腹を決めていた。

「そういえば」華子はマグカップをローテーブルに戻し、掌に拳をぽんっと打ち付けた。「あなたにお土産があるの」

「僕にですか」〝お土産〟という言葉は何歳になっても胸を弾《はず》ませる。

華子は黒色の大きなカバンからネイビー色のサンドバッグのような袋を取り出し、僕に渡してきた。カバンの中身の大半をこのサンドバッグが占めていたようで、カバンは抜け殻のようにぺしゃんこになっていた。サンドバッグはそこそこの大きさと重みがあった。

「なんですか？　これ」

僕は渡されたサンドバッグの口を開ける。中から同色の寝袋が出てきた。

「私はそっちで寝るから」

華子は僕の後ろにある僕のベッドを指さした。

「これで、僕が寝るってことですか……」封筒型で幅は八十センチほど、長さは大人の男がすっぽり入りそうなサイズだった。

「そうよ。あなたのベッド、シングルタイプでしょ。二人で寝るのは無理かなと思って」華子は悪びれた様子もなく言う。

「そう……ですね……」

僕は頷きながら、彼女が悪い人間かどうかの件については、保留にしようと思った。

「シャワーを浴びるわ」華子は隙間のできた大きなカバンを肩にかけ、それを二度ポン、ポン、と叩いた。その中にシャワーの用意や着替えが入っているのだろう、と想像する。

玄関のすぐ横に位置する脱衣所まで華子を案内する。隣のドアがトイレであることと、バスタオルの入っている引き出しを教え、脱衣所のドアを閉めた。

おかしな展開に納得はいっていなかったが、部屋に戻る際に彼女のスーツケースを運ぶことにした。一度、持ち上げて運ぼうかと考えたが、思いのほか重たかったので、取っ手を伸ばし転がした。スーツケースを転がしながら僕はふと思う。このスーツケースを開ければ、華子が何者か知る手がかりが見つかるのではないかと。

いや、と僕の頭の中でもう一人の僕が言う。他人の、しかも女性の持ち物をあさるなんて倫理にもとる行為だぞ、と。

いやいや、ともう一方も言う。彼女の身勝手な行動を考えてみろ、それぐらいしても罰は当たらないだろうよ、と。

葛藤《かっとう》はそれほど長くは、続かなかった。

※

静まり返る部屋で、スーツケースを横に倒す。耳をそばだてると、風呂場の床を水が弾く音がした。彼女はしばらく出てこないはずだ。少し胸の鼓動が速くなる。スーツケースを見ると、側面のシャッターロック部分にダイヤル式の鍵が二つついていた。三桁の数字を組み合わせるものが二つ。ちょうど、両方000になっていたので、そのままシャッターロックをスライドさせてみた。シャッターロックは開かなかった。まあそうだろうな、と右側を001に合わせてみた。生温い唾を飲み込み、再びシャッターロックをスライドさせてみる。シャッターロックは動かなかった。次に002、003……と試みる。やはり開かなかった。010、011……と根気よく試みる。しかし、025までいったところで、僕はフローリングに倒れ込んだ。

百万通りあることに気付く。無理だ。彼女がどれだけ潔癖症で入念に身体を洗うタイプの女性であっても、戻ってくるまでに開けることなんて不可能だ。ダイヤルを000に戻し、部屋の隅までスーツケースを移動させた。寝袋の上に座る。缶ビールを手に取り、それを呷った。謎の手がかりは、そう簡単に見つかるものではなかったようだ。

そんなことより、だ。暗澹《あんたん》とした感情が立ち込めてくる。映画はともかく、僕は彼女に、星を見に連れて行くという約束をしてしまったのだ。星の綺麗な場所はあったかなと考えるが、全く思い浮かばなかった。次に、車はどうするのか、という問題が頭に浮かんだ。大学の友人の顔を思い浮かべる。けれど、その中に車を持っている者はいなかった。そもそも出席の代返を頼んでくる時や、テスト前にだけノートを貸してくれと話しかけてくる彼らは友達なのか、と疑問に思うが、そのことについては考えないようにした。次に勝矢さんの顔が浮かんできたが、すぐに抹消した。勝矢さんには、彼女に深入りするな、と言われているのだ。車を快く貸してくれるはずはない。

となると、レンタカーしかない。費用はかかるが、そのくらいの出費は仕方がない。安請け合いをしてしまった報いだ、と僕はひとり納得した。

華子はシャワーを浴び終えると、ドライヤーで髪を乾かし、部屋に戻ってきた。白い長袖のTシャツにピンクのタオル生地のズボンを穿いていた。ベッドに腰を下ろし、携帯電話を触り始めた。化粧を落とした彼女の顔は、幼さを残し、大人への入り口で立ち止まり躊躇《ためら》っている、高校生のそれにも見えた。化粧をしていなくても、彼女は美しかった。もともと化粧は薄いのだろう。

「いや、それにしても童顔ですね。お肌とかつるつるで」と、僕は彼女を褒めてみた。

「そうでしょ」華子は平然と答える。

照れたような表情を見せるかと期待したが、華子は全く動じなかった。ことなげに、携帯電話を操作している。

「僕よりもはるかに若く見えるんですが、おいくつですか」自然な流れで彼女のことを訊けた気がしたので、心の中で自分に拍手喝采した。

「二十一歳よ。あなたの一つ上」

二つの点で驚いた。僕より年上ということと、僕の年齢を知っていたという点だ。

「なぜ、僕の」そこまで言い、先の言葉を飲み込んだ。名前も家も知られているので、年齢ぐらい知られていてもおかしくはないか、と思った。そんな思いを巡らせている僕をよそに、華子は大きく欠伸《あくび》をしていた。

「重い荷物を持って歩いて疲れたから、もう寝るね」そそくさと彼女はベッドに横になると、タオルケットを被り、壁の方を向いて携帯電話をいじった。そして少しすると携帯電話を枕元に置き、動かなくなった。

マイペースな彼女に微苦笑したあと、僕は立ち上がり、部屋の電気を消した。

僕が「おやすみなさい」と言うと、華子は「おやすみ」と返した。

窓から入ってくる街灯のあかりが、部屋をほの白く浮かび上がらせている。二本目の缶ビールを冷蔵庫から取り出し、暗がりでそれを飲んだ。ふと思う。事件は始まってしまったのかもしれない、と。

四

すれ違う車のほとんどは、ヘッドライトを点《つ》けていなかった。日が長くなったことを改めて感じる。時計を見ると、夜の六時半を過ぎたところだったので、その車の多くは帰宅の途についているものだろう、と予想を立てた。

僕は、流れる景色をぼんやりと眺めながら、勝矢さんの運転する灯油配達用の小型ローリーの助手席に座っていた。もちろん、今の季節、ローリーに灯油は積んでいない。銀色のタンクを載せた、ただのトラックと化している。

大学の講義を終え、アルバイト先に着くなり所長に、「勝矢と二人で洗車の車を取りに行ってきてくれ」と言われたのだ。所長は常連客から電話で洗車の注文を受ける。そのたびに、僕たち従業員は車を引き取りに行き、洗車をし、納車までを行うのだ。一見、効率が悪く見えるその仕事は、ガソリン価格が比較的安いセルフスタンドの台頭により生まれた、失客を懸念した所長が考えた打開策である。所長の経営方針は、油外商品で購入単価を上げることと、購入頻度を上げること、そしてなにより、他にはないサービスをすること、らしい。「目先の売り上げばかりを考えていたら仕事は失敗する」ガソリンスタンドのセルフ化が進む昨今、お店の形態を変えず、繁盛させている四十代の経営者はそう言うのだ。

ローリーが信号に差し掛かり、停車した。

「おい、岡部、なんだあれは」勝矢さんは目の前の横断歩道を指さしていた。指の方向に目を向けると、ベビーカーを押した女性が横断歩道を左から右に渡っていた。見覚えのある女性だった。最近、この辺りで、奇妙な行動をする女性として有名な人だ。顔を覆うようにスカーフをしている。年齢は不詳。不気味な雰囲気を纏《まと》っている。

「ベビーさん」僕は同い年のアルバイト仲間が教えてくれた彼女の呼び名を言った。

「なんだそれは」

「渾名《あだな》みたいなもんですよ。それより、あのベビーカーの中を見てください」

勝矢さんは目を細める。

「なんだあれは？」

ベビーカーの中には赤ん坊ではなく、人形が乗っている。それこそがベビーさんが奇妙と言われる所以《ゆえん》だった。ベビーさんのその奇行についてもアルバイト仲間が教えてくれた。

〝噂だけど、ベビーさんは昔にこどもを亡くしたらしくて、その現実が受け止められずに、今もああやって人形を自分のこどもだと思って育てているらしいよ〟アルバイト仲間はそう言うと、最後にもう一度〝噂だけど〟と付け足した。僕はその話を聞いた時、悪寒が走った。悲しい話だが、同時に恐怖も感じた。

そのアルバイト仲間から聞いた話を勝矢さんに話すと、勝矢さんは、ふうん、と言い、ベビーさんの姿を目で追った。

ベビーさんが横断歩道を渡りきる直前だった。視界の左から小学校高学年くらいの三人組の少年が自転車で現れた。一瞬、ベビーさんを取り囲んだと思ったら、ベビーさんの足元に何かを放り投げ、すぐさま自転車を立ち漕ぎして、走り去っていった。

「おい、まずいぞ」勝矢さんがそう言った瞬間、複数の破裂音がした。ローリーの窓は閉まっていたが、その乾いた音の大きさと空気の揺れを感じた。爆竹だった。爆竹に火を点け、小学生の連中がベビーさんの足元に投げたのだ。ベビーさんは瞬時に爆竹から離れ、耳を押さえ、しゃがみこんだ。横断歩道を渡る人たちや遊歩道にいた人たちは、何事か？　と視線を向けたが、結局は傍観するだけだった。中には立ち止まり、ベビーさんに歩み寄る人もいたが、ベビーカーの中身が人形だと気付いたのか、見てはいけないものを見たかのような表情を浮かべた。そして、すぐに何事もなかったかのように再び歩き出した。ベビーさんは立ち上がり、横断歩道を渡りきった。顔を覆ったスカーフのせいで表情はつかめなかったが、驚いていたに違いない。

横断歩道の信号が赤に変わった。正面の信号が青になり、停まっていた周りの車が何事もなかったかのように動き出す。ローリーもゆっくりと走り出す。

「最近の小学生は、むちゃくちゃないたずらをするな」勝矢さんは少し怒っている口調だった。「それにしてもベビーさんってのは、少し〝問題〟がありそうだな」

勝矢さんは何かにひっかかっているようだった。

「問題を抱えていない人間の方が少ないですよ」

僕は今しがた起こった出来事の動揺を隠すように、努めて落ち着いた声を出した。

※

しばらくローリーを走らせると、勝矢さんは唐突に言った。

「ところで、昨日、美人は現れたのか？」

ハンドルの左側から伸びるシフトレバーを小刻みに動かしている。

美人という言葉で、一瞬にして意識は切り替えられた。僕は勝矢さんの「絶対に深入りはするな」という言いつけを守れなかったことに負い目を感じ、言葉を詰まらせる。

同時に、今日の家を出るまでの出来事を思い出した。

目が覚めたのは、朝の九時過ぎだった。それは極めて目覚めの悪く、そして甘い、一日の始まりだった。自分の体温の熱気で目が覚め、朦朧《もうろう》とする意識の中で、自分が寝袋で寝たことを思い出した。まるでホイル焼きにされている気分だった。寝袋から這《は》い出ると、シャツは汗で肌にへばり付き、バケツの水を頭から浴びたように全身が濡《ぬ》れていた。そんな僕を見て、先に起きていた華子は盛大に笑った。

それから華子は「シャワー浴びて、ご飯食べなよ」とテーブルを指さした。ローテーブルの上を見ると、朝食が用意されていた。スクランブルエッグにトースト、それに大根と水菜のサラダが並べられていた。立派な朝食だった。

まずシャワーを浴びた。風呂場で真っ先に目に入ってきたのは、見慣れないシャンプーとトリートメントだった。オレンジ色の容器を手に取り、匂いを嗅ぐと、南国の果実のような甘い香りがした。なるほど。香水だと思っていた、華子から漂っていた匂いはシャンプーの香りだったことに気付いた。

シャワーを浴びた後、脱衣所に出ると、洗面台にこれもまた見慣れない赤色の歯ブラシが立てかけてあることに気付いた。おまけに僕が使っていた白色の無地のハンドタオルは外されており、見慣れないブランドの刺繍《ししゅう》が施されているピンクのハンドタオルが吊るされていた。女性と同棲している男の部屋はこんな感じなのだろう、と想像した。

部屋に戻り、彼女の作ってくれた朝食を彼女と一緒に食べた。

「勝手にキッチン使ったけど、いいでしょ」

「冷蔵庫はほとんど、空だったと思うんですが」

「早く目が覚めたから、買い物に行ったの」

「わざわざですか？」

「泊めてくれたお礼」そんなやり取りをした。

僕が「おいしい」と言うと、華子は「泊めてくれたお礼だから」ともう一度にべもなく言ったが、その表情は少し喜んでいるようにも見えた。

朝食を食べ終え、大学に行く支度をした後、土曜日の車を借りるために駅前のレンタカー屋に電話をしてみた。二軒電話をしたが、二軒とも在庫の車がなかった。華子が「大丈夫かな」と心配したので、昼の大学の講義が終わった後に他のレンタカー屋を当たってみることを伝えた。

部屋を出ようとした時、華子が僕を呼び止めた。

「今日は何時に帰ってくるの？」

僕は講義の後、レポートを作成し、そのままアルバイトに行くことと帰る時刻を告げた。

「鍵は置いていきますから、出かける時はポストに入れておいてください」と伝え、僕はキーホルダーから鍵を外し、華子に渡した。

華子は受け取った鍵を見ながら、「敬語やめれば？」と言った。僕は一瞬、戸惑ったが、しっかりとした意志で首肯した。

「じゃあ、では、行ってくるね」と僕が言ってみせると、華子は、ぎこちない、と言って笑った。ドアを閉めた後、僕はなぜか、恋人ができ、その恋人と同棲を始めた気分になっていた。気付くと僕の胸の温度は上がっていた。目覚めの悪い、けれど、とても甘美な、そんな朝だった。今も胸の温度は上昇したままで、時折、華子の顔が目の前に浮かんでくる。

※

ローリーは赤信号で停車し、勝矢さんがシフトレバーをローに戻した。

「現れましたよ。そして、僕の家に泊まりました」僕は勝矢さんの方に顔を向ける。言いつけを守れなかったという申し訳なさは、朝の記憶をたどっているうちにすっかり消えてしまっていた。それよりも誰かと共有したい、そんな気持ちの方が強まっていたのだ。

「泊まった？　嘘だろ」

勝矢さんの驚いた顔を見て、僕は少し嬉《うれ》しくなった。

「ちょっと色々あって、泊めることになってしまったんです」

「俺の忠告を無視しやがって」勝矢さんが少し妬《ねた》んでいるようにも見えた。美人が家に泊まるということは、男なら誰しもが羨むことだ。僕は、すみません、と小さく呟いた。

「でも、勝矢さんが言うような悪い女性には思えないんです」

星を見に連れて行く、という約束をした直後の彼女の笑顔からは、僅かな悪意も感じられなかった。むしろ無邪気な印象を持ったくらいだ。

「馬鹿」勝矢さんは大袈裟に長大息をついた。「詐欺師って書いた名刺を差し出してくる詐欺師がいると思うか」

「いないと思いますけど」

「そうだろう」

「でも正直者って書いた名札を付けて歩いている悪人もいないと思います」僕も理屈を捏《こ》ねた。

「おもしろくねぇよ」勝矢さんが言う。

信号が変わり、勝矢さんは忙《せわ》しなくシフトレバーを動かした。車体が大きく揺れる。発進は加速が命、そう言っているかのようだった。ローリーが周りの車と、建物をぐんぐんと追い抜いて行く。

「まさか、お前……」勝矢さんは、ちらっとこちらを見た。何を言いたいかはその視線で理解した。

「何もしてないですよ」

「本当か？　ちょっとくらい何か、しようとはしただろ」腑《ふ》に落ちない表情を作っている。

「無いですって」

「美人と一緒に一晩過ごして、何もしないなんて、さすが草食系のロマンチスト」

「違いますよ」僕は即座に否定した。「だいいち、一緒にも寝てませんから」

「え、そうなの」勝矢さんは、もう一度こちらをちらっと見た。

「僕は、彼女が持ってきた寝袋で寝て、彼女は僕のベッドで寝ていましたから、一緒に寝てません。おかげさまで汗だくになりましたよ」

「寝袋で寝かされたの？　家の中で？　しかも自分の家の中？」

勝矢さんは声を出して笑った。

「やっぱりその女、悪い奴だわ」

※

洗車のオーダーをしてきた家に着いた時には、すっかり夜の帳《とばり》が下りていた。立派な門扉を構える煉瓦《れんが》造りの家のインターホンを押すと、チェック柄の服を着た中肉中背の男が出てきた。彫りが深く、ゴルフが趣味なのか日焼けをしていた。年齢は所長と同い年くらいで、四十代前半ぐらいに見えた。

家の中では小型犬と思しき犬の吠える声が聞こえて、ガレージには左ハンドルの高級外車が二台停まっていた。銀色の大きな車と、黄色の丸いボディの車だ。そしてその横には補助輪付きの自転車があった。誰が見ても、幸せな家庭の図だった。

「これだ、頼んだぞ」男は無愛想な口調で鍵を渡すと、すぐに踵《きびす》を返し、家の中へ戻って行った。自分に利益をもたらさない人間との関わりは必要最低限に済ませる、そんなタイプの人間に思えた。洗車する車は二台。僕が大きい方の高級車に乗り、勝矢さんは丸いボディの高級車に乗ってガソリンスタンドに戻ることになった。

車に乗り込むと、高級な皮の匂いがした。高級ブランドのキーケースをぶら下げた鍵を回し、銀色の車体をゆっくりと発進させた。

発進して早々にヘッドライトの点け方に戸惑ったり、交差点を曲がるときに方向指示器を出そうとしてワイパーを動かしたりしながら、なんとか乗りなれない外車を運転し、ガソリンスタンドまで到着した。

泡の付いたスポンジを握り、勝矢さんと二人で手洗い洗車に取り掛かる。時折、ホースから飛び出す水が頰にかかり、気持ちが良かった。一人、留守番をしていた所長は事務所で紫煙をくゆらせながら、電卓を弾いている。普段ならとっくに帰宅している時間帯だが、納車の際に店が留守になってしまうので、帰れずにいるのだ。

外面を洗い終わった後、車内清掃とボンネット点検、ワックス掛けを一時間ほどで終わらせ、納車に向かった。

再びお客さんの家に着いた頃には、すでに夜の九時を回っていた。家の窓からは温かい明かりがもれている。ガレージに車を入れ、インターホンを鳴らす。ほどなくして、先ほどの中年の男が現れた。「おまたせしました」と言うと、「ご苦労」と言って、洗車の代金を支払った。そして「缶コーヒーでも飲め」と無愛想に言うと、千円札を握らせてきた。そんなに缶コーヒーを飲んだら眠れなくなるだろうな、と思いながらも深くお辞儀をし、辞去した。家の中では、やはり小型犬が吠えていた。甲高い声だったので、ポメラニアンだな、と勝手な想像をした。

ローリーに乗り込もうとした時、勝矢さんが「チェンジ」と言ったので、帰り道は僕が運転することになった。僕は途中、ガソリンスタンドの近くのコンビニに寄り、三人分のコーヒーを買った。留守番をしている所長と勝矢さんと僕の分だ。おつりは勝矢さんと折半した。

コンビニの駐車場から車を出そうとした時、勝矢さんが「おい、岡部、なんだあれは」と言った。駐車場の横のアパートの二階辺りを指さしている。今度はなんだ、とそちらに目を向けると、アパートの部屋の前に小学生になるかならないかくらいの男の子が座り込んでいた。

「こどもみたいですね」

「いま流行ってるのか？　部屋の前で座り込むのが」

勝矢さんはローリーのドアを開け、車から降りるとアパートの方に歩き出した。僕もローリーを駐車場に停《と》め直し、勝矢さんの後を追いかけた。階段をのぼり、部屋の前に着く。

少年は僕らが隣に立っても、じっと一点を見つめ、部屋の前で膝を抱え座り込んだままだった。

「なにしてるの？」

異様な光景の状況は全く理解できなかったが、おそらくこの部屋に住む子供だろう。

「新聞屋さん待ちか？」勝矢さんはしゃがみ込み、話しかけた。

こんな時間になんでだよ、という返事を期待し、わざとそう訊ねたのかもしれないが、相変わらず男の子は返事をせずに、一点を見つめているだけだった。

「家の人は？」僕も中腰になり、男の子の顔を覗き込む。男の子は言葉がまるで聞こえないかのように、微動だにせず虚空《こくう》を見つめつづけていた。

「どんな理由があるのかは知らないけど、家の中に入ったら」真っ直ぐに揃《そろ》った前髪の下についている二つの瞳からは、本来少年が持つ、それの輝きを感じなかった。僕は立ち上がり、そっと部屋のドアを引いてみた。鍵はかかっていなかった。少しだけ開いた隙間から、中の暗闇が見えた。家の中には誰もいないようだ。

「待ってる……」ようやく男の子は口を開いた。囁《ささや》くような声だった。

「誰を」僕はすかさず訊いた。タイミングを逃せば、また貝のように口を閉ざしてしまう、そんな焦りがあった。

「おかあさん」男の子は細い蜘蛛《くも》の糸のように、今にも切れて風に飛ばされていってしまいそうな、そんな声を出した。

「お母さんはお仕事？　何時に帰ってくるの」僕はさらに質問を投げかける。

しかし、男の子は再びしゃべらなくなってしまった。その後、年齢や名前を訊ねても、全く返事をしなくなってしまった。

「夜は冷えるから、風邪引くぞ」勝矢さんが男の子の肩に手をやる。咄嗟《とっさ》に男の子は勝矢さんの手をふりほどいた。その一瞬、捉えることのできた男の子の視線に、凍るような冷たさを感じた。勝矢さんは立ち上がり、ため息をつく。「だめだ、行こう」

そう言って、先ほど上がってきた階段を下りて行った。

「おやすみ、じゃあ、行くね。部屋に入るんだよ」と僕は言い残し、勝矢さんの後を追った。

「いいんですかね、放っておいて」

「迷子じゃなさそうだし、大丈夫だろう。部屋にも鍵はかかってなかったし。なんせ、あの態度だ、どうしようもない。じきに親も帰ってくるだろ」

僕たちは再びローリーに乗り込み、コンビニの駐車場から車を発進させた。

車を引き取りに行った時より、明らかに交通量が少なくなった国道をもやもやした気分を発散させるように、ローリーを疾走させた。歩道の通行人も、たまに若者がコンビニ袋を下げているぐらいで、街は静けさを帯びていた。

また、華子の話題になった。

「じゃあ、その女、今も岡部の家にいるってことだろ？」薄暗い車内で、対向車のヘッドライトに照らされた勝矢さんの横顔が浮かび上がる。

「はい、おそらく。しばらくはいそうな感じです」

「家に帰ったら、金目のものと、その女の姿が消えていたりして」勝矢さんはお決まりの、くくく、という笑い方をした。

「僕、そんなにお金持ちに見えますか」華子に言われた、そうは見えないけれど、という言葉を思い出す。

「そういえばそうだな。簡素だもんな、お前の部屋。てかアパート自体、ボロいし」

「学生ですから」顎を突き出す。

彼女が大量の荷物を持ってきたことから、彼女の姿が消えている、というのは考えにくかった。

「謎だな、いったい何が目的なんだろうな」その勝矢さんの言葉で、華子とした〝星と映画を観に連れて行く〟という約束を思い出す。

会話が止まった。

約束したことを勝矢さんに言うか迷った。もし、言ったとしたら、勝矢さんは絶対一緒に行くと言い出すに違いない。そうなっては、彼女と二人きりで行けなくなってしまう、という気持ちが過った。そしてすぐに、自分のそのおかしな感情に気付き、自分は彼女に好意を持ち始めていると確信した。華子の顔が目の前に浮かび、胸の温度がさらに上がった。勝矢さんの〝美人は怖い〟という言葉を思い出し、目の前に浮かんだ華子の顔を頑張って掻き消そうとしたが、無理だった。

「なんだ?」勝矢さんがおかしな空気に勘付く。

「いや、なんでもありません」

「何か隠し事をしているだろ」

「何も隠してないですよ」

「お前、隠し事をする気か」

「そんなつもりはないですけど」僕がはぐらかそうとすると、勝矢さんは、ふうん、と不満そうに唇を尖らせた。

「そういえばお前さっき、色々あって泊めることになったって言ってたよな。色々ってなんだ」

「色々ですよ」

「はぁん」

「なんですか」

「ところで、本当に美人なのか、その女は」

「本当に美人ですよ」

「信じがたいな、それは。本当はブスだろ」

「美人ですって」

「本当かぁ？」

勝矢さんはしつこく疑った。その様子は、羨ましがっているようにも見えたし、お前の家に美人が泊まるわけなんかないだろう、と疑っているようにも見えた。

「なにが言いたいんですか」

※

終業時間になり、閉店作業を済ませ、いつものように自転車でアパートに帰宅した。アパートの前の坂道を上りきると、白色のセダンの車が見えた。その横にはオールバックのツナギ服の男が、車に凭れるようにして立っていた。その男を通り過ぎ、駐輪場に自転車を停める。

「遅ぇーよ」こちらに歩み寄りながら勝矢さんが言う。

「自転車だから、仕方がないじゃないですか」息を整えながら言った。

納車の後、ガソリンスタンドに戻る道すがら、勝矢さんはあまりにもしつこかった。美人な女が男の家に一人で泊まるか？　やっぱり、その女は美人じゃないだろう？美人という言葉を何度も繰り返していた。大学の食堂で、あれほど美人の定義について論じていた男の言葉とは思えなかった。気付くと、僕もむきになり、じゃあ見に来てくださいよ、と言い返していた。

華子が美人だということを証明したかった、というのもある。華子は、誰が見ても美人と判断する、そう言い切れる自信があった。そして、勝矢さんの口から、美人だ、という言葉を聞きたかったのだ。

「帰ってしまっていて、いなかったらごめんなさい」一応謝っておいた。昨日まで、華子が帰ってくれることを願っていたが、なぜか今は部屋にいて欲しいと思っている。不思議な気分だ。

「いや、いるよ。部屋に電気がついてるし、エアコンの室外機も回ってる」勝矢さんは、二階の一番端っこの僕の部屋を指さす。しかし、ここからでは僕の部屋の窓は見えない。おそらく、早く着いたので、アパートの裏に回り、窓の明かりを確認したのだろう。

「探偵みたいですね」僕がそう言うと、勝矢さんは嬉しそうに笑った。

「昔の夢は、探偵だったんだ」

「七夕には、短冊に書いてたんですか？」ふざけて言ってみたが、勝矢さんは「ああ、毎年書いていた」と真顔を見せた。

二人でアパートの階段をのぼる。いつもより、派手な音がする。階段をのぼりきり、ところどころペンキの剝《は》げた、ねずみ色のドアの前に立つ。

「顔を見たら、すぐに帰ってくださいね」

「分かってるって」勝矢さんは顔の前で親指を立てた。

ドアノブに手をかけ、回す。鍵はかかっていないようだったので、勢いよくドアを引いた。

僕は思わず息を呑む。

開いたドアをすぐに閉めた。

隣の部屋の前に置かれている植木鉢を見て、自分の部屋の位置が間違っていないことを確認する。勝矢さんが「どうしたんだ」と訊ね、僕は「なんでもないです」と答えた。

再び、ドアを開ける。靴を脱ぎ、キッチンスペースに上がった。

棚には見たことの無いマグカップや食器が並べられ、キッチンマットがピンクになり、フライパンやポットなども見覚えの無いものに変わっていた。

奥に見える部屋を見遣る。部屋の様子もガラリと変わっていた。部屋の真ん中に置いていたローテーブルが、大きなダイニングテーブルに変わっている。それ以外にも部屋の模様替えが行われていた。布団カバーが濃いピンク色のものに変わり、薄いピンク色の絨毯が敷かれている。ベッドの上には黒い猫のぬいぐるみが寝転がっていた。他にも引き出しの上にクマのキャラクターが印刷された卓上カレンダーが置かれていたり、女性ものの小物が色々と置いてあった。

「こ、これはいったい」

僕の周りでは理解不能なことが起こりすぎだ。あまりの目まぐるしさに気絶しそうになる。頭を抱え、部屋に進む。ダイニングテーブルの横に、華子がサラダの入ったボウルを持って立っていた。ピンクに白色のドット柄の可愛らしいエプロンをしている。

「あ、お帰り。そろそろ帰ってくるかと思ってたの」

華子がボウルを見慣れないダイニングテーブルの中央に置く。四人が座れる大きさのダイニングテーブルの上には、フライドポテトと人参が添え付けてあるハンバーグのお皿が二人分載っていた。「スーパーであいびき肉が安かったからね、ハンバーグにしたの。ハンバーグ嫌い？」

「いや、あの」あまりの衝撃に言葉が出ない。

「なんだ、この女の子みたいな部屋は」勝矢さんも部屋に上がるなり驚いたリアクションを見せた。「まさか、お前」勝矢さんがこちらを真っ直ぐ見る。

「ムシェ？」

もう何かを言う気力もなかった。

※

「そうなの、弟に手伝ってもらったの。私一人じゃこんな大きなテーブル運べないから」

見慣れない大きなテーブルの向かいの椅子に座った華子が言った。僕の右隣の椅子には勝矢さんが座り、ハンバーグを食べ終え、腹鼓を打っている。華子は勝矢さんという突然の来訪者に気付くと、三つ目のハンバーグを手早く作り、三人分の夕食をすぐに準備してくれたのだった。部屋の模様替えについて質問すると、「布団カバーが汚れていたから変えたくなって、自分の部屋から持ってくるついでに、色々持ってきたくなって、色々持ち込んだの」と説明した。洋服も持ってきて、クローゼットに入れてあるそうだ。そして、もともとあったローテーブルなどの不必要になったものは弟に処分させたらしい。すべて弟に手伝わせたのだという。華子には忠実な弟がいるようだ。弟を不憫《ふびん》に思い、同情する。因みにベッドの上の黒猫は〝おこげ〟という名前らしい。

「いいな、岡部、料理と模様替えの上手なカノジョがいて」勝矢さんは、くっく、と冷やかすように笑った。

「カノジョじゃないですよ、冗談はやめてくださいよ、僕が勝手にそう言って話してたみたいじゃないですか」

「あれ、言ってなかったっけか」勝矢さんは悪戯っぽい顔を作っている。華子の方を見ると、華子も笑っていた。どうやら勝矢さんの冗談を真に受けてはいないようだったので安心する。

「料理が上手なのは正解ですけど」本当に華子の料理は美味しかったので、褒めてみた。

「でしょ。今日のハンバーグはね、お豆腐が入ってるのよ。入れるとふわふわに仕上がるの。あとね、大蒜をみじん切りにして入れるのもポイント」華子は興奮気味に人差し指を振り回し、嬉々《きき》として説明した。

「料理、得意なんだね」

「苦手ではないわね。実は、バイト先の人気メニューなの」

「アルバイトしてるんだ？」

「え、なに？　ダメ？」華子が笑う。

「もちろんダメじゃないけど、どこのお店？」

「駅裏のカフェ」

「そうなんだ」華子のことが、また少し分かった。華子はもともとこの町に住んでいた、もしくは、アルバイトでこの町に来ることがあり、僕のことを知っていたということだろう。ただ、何の目的で僕に会いに来たのかは、まだ全く分からなかった。

「今日は休みだったの？」

「ええ、今日は休み」華子が白い歯を見せて、「土曜日もね」と僕と彼女の間にある空間を人差し指で突いた。

僕は焦って大きな咳払いをした。勝矢さんの方を一瞥《いちべつ》する。勝矢さんは、お腹をさすりながら、すっかり様変わりしてしまったフェミニンな部屋を見渡していた。華子の〝土曜日もね〟という言葉と、その合図のような仕草に気付いていなかったことに安堵《あんど》する。

「大丈夫？」僕の咳払いを華子が心配してくれたので、喉に何かが詰まったふりをして、飲みたくもないお茶を一気に飲み干した。

「それにしてもよぉ」

勝矢さんがいきなり、話し出したのでびくっとし、次は自然にむせた。

「噂どおりの美人だな」勝矢さんが小刻みに頷く。勝矢さんがいきなりそんなことを言うので、僕は少し戸惑った。

「そんな噂をしてくれていたの？」華子は頬に手を当て、わざとらしく科《しな》を作っている。こんなことを言われるのは、相当慣れているのだろう。

「ああ、夕暮れ時のように美しい」と、勝矢さんは僕にしか分からない台詞を続けた。

「意味わかんないけど、まあ、ありがとう」華子はさらっと受け流す。

「なあ岡部、夕日みたいだな」と勝矢さんがいきなり話を振ってきたので、僕は動揺して「目の色がとても綺麗ですよね」と誤魔化した。

「そうだな」と勝矢さんはそのことには興味が無いように短く言う。

「ウルフ・アイっていうのよ」華子は大きな目をさらに見開いた。蛍光灯の明かりを多く吸い込んだ虹彩は鮮やかさを増した。

「オオカミの目？」僕が言う。

「狼の目は黄色の色素が多いらしいの、それでそう呼ばれるそうよ。小さい頃は、よくからかわれたわ。特に男子に」

「そういう生き物なんだよ、男の子は。あんたのことが好きだったんだろ、そいつらは多分。好きな子にちょっかいを出すのはクソガキの麻疹《はしか》みたいなもんだ。必ず罹《かか》る病気だ」と勝矢さんは自分の言葉に納得するように頷いた。

「私は優しく接してくれる男の子が好きだったけどね」

こどもの頃の華子を想像する。周囲の男の子たちがちょっかいを出したくなるほど、可愛らしい女の子だったのだろう。

「そうだ岡部、お前、次の土曜日、何をするんだ」勝矢さんが突然言った。

僕は一瞬言葉に詰まる。どきりとした。

「大学に行ってレポートをしようと思ってます。この前のレポート。間に合わないかもしれないので」慌てて嘘をつく。課題のレポートはもう仕上がり、提出できた。華子は、ようやく、僕が勝矢さんに土曜日のことを隠そうとしていることに気付いたようで、口を真一文字に噤《つぐ》んでいる。勝矢さんは僕が今日、所長にそう言ってアルバイトのシフトを変えてもらったのを知っている。勝矢さんは、矢継ぎ早に次の質問を投げかけてきた。

「お前が急にシフトの変更をするのって珍しいよな」

「いや、その、レポートが全くできてないんですよ。それに出勤するアルバイトの人数が多い日だったので所長にも誰か休んでいいと言われていたので……」

勝矢さんはローリーの中で僕が隠し事をしていることを勘ぐっていた。そして、先ほどの華子の「土曜日もね」と言った言葉も実は聞き逃しておらず、その時にした仕草もしっかりと見ていたのではないだろうか。間違いなく、勝矢さんは僕の行動を怪しんでいる。

「じゃあ、昼メシ一緒に食べようぜ」

完全に詰みだ。逃げられない。もう、全部正直に話そう。そう思った。

「勝矢さん、ごめんなさい、嘘をつきました」

勝矢さんは、にやりと笑みを浮かべた。

「実は星を見に行くんです。昼間は映画を観に行きます、華子と約束をしたので」

「そう、私がお願いしたの」

「岡部は隠し事が下手だな」

「ごめんなさい」もう一度謝った。勝矢さんが一緒についてくると言いだしそうな気がした。

しかし、勝矢さんの口から出てきた言葉は、僕が全く予想していなかった言葉だった。

「じゃあ車貸してやるよ」

意外な言葉に驚く。

「なに変な顔してるんだ。車持ってねぇじゃねぇか、岡部は。まさか、星見に行くのに歩いて行かねぇだろ？」

「いや、レンタカーを借りようと思ってるんです」

「借りれたのか？」

「いえ、まだですけど」

「ムリだろう」

「何がですか？」

「レンタカー借りれないぞ」

「なんでですか？」

「お前、ニュース見てないの？　その日はみんなが星を見に行くからだ。しかも休日だし、かなり前もって予約しておかないとレンタカーなんて借りれないぞ」

僕は華子の方を見る。

「流星群がくるの」華子がほほ笑む。「かなり大規模な」

そういうことか、と合点する。そもそも今はみんなが海やバーベキューに出かける時期なのでただでさえ在庫が少ない。そのうえ、流星群到来のタイミングとが重なってしまいレンタカーの在庫がなかったのだ。今日の昼間にも、大学の講義の合間を縫って駅前のレンタカー屋に電話をかけていたのだが、どこのレンタカー屋も土曜日の夜の在庫が一台もなかったのだ。実のところ、自分でも八方ふさがりで、最終手段は隣町まで借りに行こうかとも思っていた。そういうことなら、隣町のレンタカー屋の在庫も期待できない。そもそも華子もその流星群の日を狙って、星を見に行く予定だったのだろう。自分の鈍感さに苦笑する。

「車の心配はするな。俺が貸してやる。金曜日の夜から日曜日の昼間まで貸しておいてやる」

「よかったじゃない、車が調達できて」華子は嬉しそうに笑った。

※

部屋から出て、勝矢さんを車の前まで送った。街灯の薄明かりの中、車の前で立ち止まる。

「華子が僕に合図をしたのに気付いていたんですか」

「なにが」勝矢さんはとぼけた口調で言うと、車に背中を凭せ掛けた。

「土曜日のことですよ」

「ああ、あれか、気付いていたけど、疑ったのには他の理由もある」と勝矢さんは言った。

「他のと言いますと？」

「お前の部屋の引き出しの上のカレンダーだ。卓上の」

僕は、引き出しの上に置かれていた目新しい卓上カレンダーを思い出した。

「あれがどうかしたんですか」僕がそう言うと、勝矢さんはため息をついた。

「気付かなかったのか、今週の土曜日に大きな星印が付いていたぞ」勝矢さんが空を指さす。「まさか本当に星を見に行く印だとは思わなかったけどな」

「なるほど」カレンダーの存在には気付いていたが、そこまでは気付かなかった。華子が書いたのだろう。

「ところでお前」勝矢さんが僕の方に視線だけ向けた。

「なんでしょうか」

「お前、あの女のこと、少し好きになってないか」

僕は突然の言葉に慌てる。

「なんでですか。好きになるわけないじゃないですか。こんな短期間で」胸の中を言い当てられ、動揺した。胸の温度の上昇。何度も浮かんでくる華子の顔。勝矢さんに邪魔されずに二人で星を見に行きたいと思ったり、恋人ができたような心地よさに陶酔したりしている自分は、明らかに華子に好意を抱きだしている。

勝矢さんは「そうか」と言い、車から背中を離し、こちらを向いた。

「とにかく、岡部はあの女が何を企んでいるのか掴めていないだろ。だったら、向こうの作戦に引っかかったふりをしてやれ」

「昨日は近づくなって言ってたじゃないですか」

「馬鹿野郎、もうお前は招き入れてしまったんだ。俺の忠告を無視して。それなら、こちらも探りに行くしかない」

「別に何も企んでいないと思いますけどね。流星群と映画に行くのが目的だったんですよ。星と映画を観せてくれと、僕に頼んだんです。それが目的ですよ」僕がそう言うと、勝矢さんは、甘い、と言った。

「その他にも本当の目的があるはずだ。星も映画も、本当の目的を叶えるための手段だ」

「本当の目的？」

「そうだ、絶対に、他にも何かがあるはずだ」

その言葉で僕は一気に不安になる。

「もしかして、殺害する気じゃないでしょうね」

勝矢さんは笑った。

「馬鹿、それだったら昨日の夜に寝首を掻かれてるだろう。汗だくの首を」勝矢さんは笑う。「それに俺に顔がばれた時点で、土曜日にお前のことを殺害はしないだろう。一緒にいるのを知られているのに」

「分からないですよ、ものすごく大胆な犯行をする殺人鬼だったら」

「彼女はそんなに大胆な行動をする人間には見えない」

「どうして、そう思うんですか」

「大きなスーツケースが部屋にあった。あれは彼女のだろ?」僕は、はい、と答える。

「あれには三桁のダイヤルロックが二つもついていた。あんなのを使用するヤツは相当慎重な人間だ。じゃなきゃ、見られて恥ずかしい相当過激な下着をつけている人間だ」

なるほど。確かにあのスーツケースは厳重すぎる。そう思いながら、勝矢さんの洞察力にも驚いていた。探偵になりたかったという夢は、あながち嘘ではないかもしれない。

「後者であることを祈りますよ」

「彼女を信用するのは、まだ早い。だから、一つずつ、彼女の狙いを探っていけ。困ったら、いつでも俺が手伝ってやる」

僕は笑顔を作る。

「名探偵の台詞みたいですね」

「だろ」勝矢さんは真顔で答えた。

勝矢さんは、じゃあな、と言い、車を発進させた。テールランプが坂道をくだり、流れるように路地を曲がって行った。

華子の本当の目的。その言葉の意味を考えると、突然、不安が過った。華子を信用しても良いのだろうか？　それとも勝矢さんを信じて、華子を疑ってかかった方が良いのか。頭がぐちゃぐちゃになる。

アパートの階段を上がる。そして部屋の前で立ちどまり、開放廊下から夜空を振り仰ぐ。空は雲のベールに包まれており、星を一つも見つけることはできなかった。天気予報どおりだ、と思った。

五

翌日、僕は朝食を済ませ、時計の針が十時を指す頃にはアパートを出た。ドアを開けると、まぶしい光と蟬《せみ》しぐれが降り注いだ。駐輪場から自転車を出し、坂をくだらず、いつもと反対方向に自転車を漕いだ。一つ目の角を曲がったところで自転車を降りる。そこは日陰になっており、暑さもしのげるのでちょうど良かった。華子には大学に行くと伝えていたが、今日は行かないことにした。

この位置からだと、住んでいるアパートの自分の部屋がよく見える。今日はアルバイトまでの時間、華子を監視することにしたのだ。女性を監視すること自体、ストーカーのようで後ろめたい気持ちがあったが、そうすることで華子が信用できる人間かどうか探れるのであれば仕方がない、と割り切った。朝食をとっている時、彼女の今日の予定を訊ねてみた。今日の予定は、駅裏のカフェでのアルバイトだけだと言っていた。彼女がアルバイトに行かなかったり、別のことをしていたりすれば、彼女を信じない方が良いだろう。

三十分も待機していると、部屋のドアが開き、華子が出てきた。今日はデニムパンツに白のシャツという格好だ。階段をおり、通りに出ると坂をくだって行った。僕も距離を保ち、自転車を押しながらついて行く。急に振り向かれても気付かれないよう、電信柱の陰に隠れながら、尾行した。華子は線路沿いを駅の方向に歩いた。

駅前に着くと地下歩道を渡り、駅の裏側へと向かう。華子は駅からほど近い商店街に入って行く。距離を保ちながらついて行った。不動産屋、花屋、パン屋、歯医者、と通り過ぎ、商店街の奥へと進んで行く。華子は、白い壁に縦長の窓がいくつも並んでいるパリのアパルトマンをイメージして造られたであろう建物に入って行った。一階は建物によく馴染んだお洒落《しゃれ》なカフェになっている。カフェの店内に華子の姿を確認する。彼女は男性店員に会釈をすると店の奥の方に姿を消した。

店の前には車が二台すれ違えるくらいの道路があり、僕はそれを渡った向かい側の建物の陰に隠れた。五分ほどすると、髪を後ろで束ね、ベージュのエプロンをした華子が店内に現れた。テーブルを拭きながら、男性の店員と笑顔で話している。駅裏のカフェでアルバイトをしていることも、朝食の時に彼女が言っていた今日の予定もどうやら本当だったようだ。窓際の席では四十代くらいの婦人がコーヒーを啜りながら、読書を楽しんでいた。

お昼の時間帯になり、サラリーマンや学生の男性が店内に目立つようになった。そのいずれの客も華子の方をチラチラと見て、にやついていて、彼女目当ての客だということが一目瞭然だった。中には不必要に話しかけている男性も見受けられ、いらついた。いらついた自分に、はっとする。これでは本当のストーカーだ。

自分のストーカー行為に罪悪感を抱きながらも、店の前で華子を監視した。気温はぐんぐん上昇し、僕のTシャツは肌にへばりつくほど汗まみれになった。

午後二時を回った頃、華子がアルバイトを終え、カフェから出てきた。来る時に通った道を戻って行く。地下歩道を通り、駅前に出ると、華子は駅の改札をくぐった。どこへ行くのだ？　疑問を抱きながら、急いで駅前に自転車を停め、僕も改札をくぐる。華子は駆け足で階段をのぼった。どうやら、電車が到着したようだ。一緒の電車に乗らなければ完全に見失ってしまう。そう思い、僕は反対側の階段を駆け上がり、彼女と二両離れた場所から電車に乗り込んだ。

車内の冷房が汗を冷やし、体温を一気に下げる。華子の乗り込んだ隣の車両までゆっくりと移動する。

華子はドアの前に立ち、携帯電話を触りながら、息を整えていた。僕も同じように息を整える。

華子は一体どこへ行くのだろうか。

今日の予定はアルバイトだけと言っていたはずだ。まさか彼氏がいて、その人に会いに行くのでは。と、またストーカー的思考を巡らせる。

そんなことを考えていると、華子が電車を降りた。隣の駅だ。僕もばれないように時間差をつけて降車する。一定の距離をあけ、再び追跡する。ふと時計に目をやる。アルバイトの時間が迫っていた。あまり遠くに行かれては、引き返さざるを得ない。時間を気にしながらも、後を追う。

改札を出ると、駅前にバインダーを持ち、アンケートを取っている女性がいた。女性が華子に満面の笑顔で近づいて行く。華子は軽く頭を下げ、足早に通り過ぎて行った。僕も一定の距離を保ちながら、華子の後を歩く。バインダーを持った女性が僕に歩み寄ってきた。歩く速度を上げた。「お急ぎのところ申し訳ございません――」急いでいるのが分かっていて、どうして声をかける、と思いながらも足を止めてしまった。「いま、大学の授業で、人が商品を購入する際の――」結局、僕はペンを握り、アンケートに答えてしまった。自分の性格を呪った。アンケートを書き終え、顔を上げると、華子の姿を見失っていた。華子が歩いて行った方向に目を凝らす。遠くに白いシャツとデニムの姿の女性が見えた。急いで駆けだす。

横断歩道の赤信号で足を止めていた華子に、ようやく追いついた。一安心して、走るのをやめ、ゆっくりと歩く。そのまま直進すると、華子に遭遇してしまうので、僕は近くの自動販売機でジュースを買うふりをした。信号が変わる時間を見計らい、視線を戻す。すると、華子の隣には男がいて、華子はその男と話をしていた。短髪で長身のさわやかな印象の男性だった。彼氏か？　予想は当たってしまったのか？　そう思った瞬間、男は悲しそうな顔をして、華子の傍から離れて行った。どうやら、ナンパだったようだ。そっと胸をなでおろす。

信号が青になり、華子が再び歩き出した。駅から離れ、四車線ある大通りの歩道を歩く。等間隔で植えられた街路樹のどれからもセミのかまびすしい鳴き声が聞こえた。

彼女は一体どこへ行くのだろうか。しばらく歩いたところで、再び時計を見た。アルバイト先までの移動距離を考えれば、もうギリギリの時間だった。

引き返そうか、アルバイト先に遅刻の連絡をいれようか。そう迷っていた時、華子がねずみ色の塀に囲まれた、大きな駐車場がある敷地に入って行った。奥には立派な白色の建物が見える。入り口には駐車場の整備員が立ち、車を誘導していた。僕は塀の前で立ち尽くす。靴の裏が地面に縫い付けられた感覚に陥った。そこは総合病院だった。

※

広い空一面に、真っ黒な分厚い雲が覆っており、星は一つも見られなかった。ちょっとやそっとでは翻ってくれそうもない雲を見上げ、華子の表情も同じく曇ってしまった。僕の鼻頭に滴《しずく》が落ちてくる。一滴、二滴と。雨だ。ほどなくして、雨は強さを増し、周囲の木の葉を、音を立てて弾いた。隣の華子が「私のことを尾行したでしょ」と囁く。華子の顔がどんどん雨水で濡れていく。僕は「まさか」と誤魔化し、雨を避けるため、近くに停めた車を探す。しかし、なぜかどこにも車が見当たらない。視線を戻すと華子の姿も消えていた。その代わりに目の前には、勝矢さんが立っていた。

「お前、俺か華子のどっちを信じるんだ！」勝矢さんがそう叱責した後、目が覚めた。厳密に言うと、起こされた。

「岡部君、大丈夫？」

目の前に華子の顔があった。長い髪の毛を垂らし、僕の顔を心配そうな顔で覗き込んでいる。

僕は眼を瞬かせながら、起き上がる。大汗をかいたあの朝以来、寝袋には入らず、寝袋を敷布団がわりにして、その上に寝るようにしていた。

「どうしたの？」と僕が訊ねると、

「どうしたの、じゃないわよ。すごくうなされてたから」と華子は言った。僕は何事も無かったかのように、ごめん、と答える。華子は安心したように、ふうっ、とため息をついた。

時計を見ると、正午だった。焦って窓を見る。外は明るかった。

「もうお昼だ、ごめん寝過ぎた」今日は約束の土曜日だ。

「私はもう準備できてるよ」華子は立ち上がり、くるっと回って見せた。黒色のTシャツに細身のデニムを穿いていた。そんなシンプルな服装でも華子が着れば、ファッション誌のモデルのように見える。まだぼんやりとする意識の中でそんなことを思った。

そして華子は「ご飯食べてね」と言った。

ダイニングテーブルの上に目をやると、スクランブルエッグとトーストが作ってあった。

華子と一緒に生活をしだして数日しか経っていないが、僕はこの生活——朝、目が覚めると華子がいて、テーブルには朝食が並んでいる。アルバイトから家に帰ると、おかえり、という声があり、晩ご飯も用意されている。そして一日の出来事や他愛もない話を二人でしながら、眠りにつく。そんな生活がたまらなく楽しくなっていた。

裕福でもなく貧しくもない、父と母、それに僕という、ごく平凡な家庭に生まれ、何の取り柄もない田舎町で育ち、公立の中学校、高校を出た。勉強がとびきりできたわけでもない。運動部でインターハイに出場したわけでも、命を賭《か》けられるほどの恋愛をしたわけでもない。田舎の町を出れば、何かが変わるかもしれないという不確かな幻想を抱き、そんな単純な理由で地元から離れた大学に入学した。自分の冴えない人生は自分が育った田舎町のせいにし、大学に入れば何かが変わるかと期待していたが、結局、何も変わらなかった。友達に囲まれる人気者になれたわけでもない。恋人ができたわけでもない。学術の分野で画期的な発見をし、論文を発表できたわけでも、ビジネスチャンスを見つけ学生起業家になれたわけでもない。ただ大学の授業をぼんやりとこなし、生活費を稼ぐためにアルバイトに精を出す。これといった趣味もなく、休みの日は寝ているか、天気の良い日には家の近所を散歩するくらいだ。一日が知らぬ間にふけていく。このまま人生を続けたとしても、三流の企業に就職し、平均的な給料を貰い、定年まで会社のために必死で働き、あっという間に人生を終えるのだ。一人きりで。そんな掌ですくえるほどの退屈な現実と未来。

それが今、両手いっぱいの幸せという言葉で煌《きら》めいている。これまでの僕の平板な生活が、華子の存在によって煌めいている。そう思った。人は本当の幸せを手に入れた時、今までの自分の人生がとても味気ないものだったと気付くのだ。

――誰にも知られることのない山奥に、ある夜、月のしずくが一粒落ちました。そこから光の波紋が広がり、眩《まばゆ》い光に満ち溢《あふ》れた湖ができたのです。

僕が詩人ならこの何日かの生活をそんなふうに表現するだろうか。おそらく、こんなことを勝矢さんに言ったなら、気持ちわりぃ馬鹿じゃねぇか、と叱責されるだろう。

ただ、気になっていることもあった。一昨日、僕は外出する華子を尾行した。華子は隣の駅にある大きな病院へ入って行った。誰かのお見舞いだったのだろうか。それとも、華子は何らかの病気を抱えているのだろうか。その日の予定を訊いた時、彼女はアルバイトだけだと言った。まず、なぜ僕にそのことを隠していたのだろう。もちろん、いきなりそんなことを訊くわけにもいかず、彼女のことを考える度に、彼女が病院に入って行く姿が思い出され、胸の中をどんよりと曇らせるのだった。

食事を済ませた後、準備をして部屋を出た。ドアに鍵を掛け、空を見上げる。

「いい天気ね。綺麗な空」華子が言う。

青色の夏の空が広がっていた。雲は一つも見当たらない。太陽の光が瞳孔を一気に絞り、眼球の奥を締め付けた。セミの鳴き声がする。

「いい天気だね」

少し歩き、アパートからほど近いコインパーキングに到着する。自動精算機で支払いを終え、勝矢さんから借りている白色のセダンの前に立つ。運転席のドアを開ける。直射日光の当たるコインパーキングに車を停めていたせいで、日が昇ってからずっと車内の温度は上昇していた。まさにサウナだ。夏場はいつもこれくらい暑くなった車内の清掃をしているので、慣れていると言っても、乗り込むことを躊躇ってしまう。助手席のドアの前で同じく乗り込むのを躊躇っていた華子が、「あ、そうだ!」とポンと手を打った。

「エンジンをかけて、クーラーを全開にして」彼女が指示を出す。「それから、助手席の窓以外、全部開けて」

僕は、エンジンをかけると、華子の言うとおりにした。

「運転席のドアも閉めて」言われたとおりにする。

すると華子は、助手席のドアを開け、開けたと思ったらすぐに閉めた。それを十回ほど繰り返した。なにをしているのだ。

「華子、さん？」

それがおかしな儀式に見え、少し怖かった。狂ってしまったのかと本気で心配する。

「乗り込んでよしっ」華子はそう言うと、助手席から車内に乗り込んだ。僕も言われるがまま、運転席に乗り込む。

嘘のように、車内の温度が下がっていた。涼しいとまではいかないが、もうサウナではない。スーパーファインプレイだ。

「すごい！」

「すごいでしょ、これ」華子は顎を突き上げ、こちらを見た。

「すごいよ、なんでこんなこと知ってるの？　車持ってないでしょ」

「うん、持ってないけど」華子は、母親から褒められた子供のように嬉しそうに笑顔を見せると、「弟に教えてもらったの」と言った。

※

国道をしばらく走行すると、近未来の要塞のような大きな建物が見えてきた。ガラス張りの外観は、太陽の光を反射し、白く輝いている。洋服店や飲食店、ゲームセンターや映画館なども入っている大型ショッピングモールだ。車をその商業施設の地下駐車場へ滑り込ませる。

「言ってた映画がここでやっているんだ」僕は駐車場の空いているスペースに車を入れた。

「楽しみね」

「いい映画だといいね」

昨日の夜、華子に何の映画が観たいのか訊ねたところ、華子は今日封切りの洋画のタイトルを言った。ずっと観たかった映画だったらしい。僕も雑誌やテレビなどで何度か目にしたタイトルだった。

車を停めた後、エレベーターで映画館のある四階へ向かった。土曜日ということもあり、館内にはデートをするカップルが多かった。周りのカップルの男性は女性を連れているにもかかわらず、一様に華子の方に視線を注ぐので、僕はいつもより少し胸を張って歩いた。男たちの羨望の眼差しは、気分が良かった。

目当ての映画のチケットを購入し、売店でポップコーンと飲み物を買う。僕たちは上映時間の十分前には席に座った。

映画の予告編を見ながら、本編のスタートを待つ。席に着いてからは、ずっと華子は口を噤み、スクリーンの一点を見つめていた。何か思案している、そんな様子だった。やがて、ビーーーッ、という気の抜けるようなブザーが鳴り、本編が始まった。

ある日、アランはエレンと廃墟《はいきょ》で出会う。暴徒に襲われかけていたエレンをアランが助けるのだ。そんなシーンの中、物語は始まっていく。二百年後の地球は、オゾン層が破壊されたことにより、強い紫外線が降り注ぎ、空気感染する不治の病が流行していた。人々は宇宙飛行士のような特殊なマスクと防護服を着用し、限られた場所でしかそれを脱ぐことを許されず、食事、排尿や排便などの生理現象は細い管を使用し、これもまた特殊な方法で行っていた。

環境破壊や大気汚染を繰り返す人々に警鐘を鳴らしている、よくあるストーリーだが、特殊な撮影技術を取り入れていたり、実際の砂漠や荒野での撮影を行っていることもあり、映像が美しく、話題になるのも理解できた。映像の美しさも手伝い、僕はすぐに話に引き込まれていった。

彼らのマスクに装着されている紫外線を遮る銀色の分厚いシールドは、マジックミラーのような仕組みになっていた。相手の顔を見ることができないというもどかしい設定も引き込まれる要因の一つだった。また、顔を見ることができないだけでなく、分厚いシールドのせいで声すらも届かない。人々はコミュニケーションを防護服の胸の部分に付いている電光板で行っていた。それは脳で思ったことがそこに文字で表されるというハイテクな代物だった。

『この出会いに運命を感じる』アランが言った。

『私もです』エレンが答える。

　恋をする人々の中には、声も聞けない、身体にも触れられない、キスもできない、というそんなもどかしい状況に耐えかねて、マスクと防護服を脱ぎ捨ててしまう人が増え始める。いわずもがな、そのマスクを外した人間は大気汚染により、すぐに命を絶たれてしまう。それでも人々はマスクを外し、防護服を脱いでしまう。ある日、マスクを外してしまう人間が増えてしまったために、恋愛を禁止する法律が施行された。もちろん、死を覚悟してマスクを脱いでいるのだから、法律には抑止力など全くなかった。困った政府は『――You will die unless you stop loving.――』〝愛することをやめない限り死ぬ〟というキャッチコピーを考え、恐怖を呷《あお》る広告等で注意を喚起したが、それもあまり効果はなかった。

　アランとエレンは出会った廃墟で逢瀬《おうせ》を重ねる。唇を交わすことも、直接手を繋ぐこともできない二人は、電光板を使った会話で愛を育んだ。お互いの生い立ち、肉親を失った悲しみ、未来に見る希望、二人は目には見えない涙と笑顔を分かち合いながら、絆《きずな》を深めていった。

『僕は幸せだ。草木や動物が滅びゆくこんな世界にも、まだ幸せは死なずに生きていたんだ』映画の中盤、アランが言った。

『人間は欲張りな生き物。愛する人と出会うと、愛する人と過ごす時間が幸せすぎて、なぜ、もっと早くこの人と出会えなかったのだと、運命を恨む。本当に愚かな生き物』エレンが言った。

『僕も愚かな生き物だ』アランが言う。

『幸せと不幸は一緒にやってくる。あなたに会えていなかった不幸な時間を私は、ずっと恨むでしょう』エレンも言う。

『僕も恨むさ、ずっと』

『愛してる』二人の胸元が同時に光る。

ある日、二人は旅人からマスクも防護服も必要の無い、安息の地が存在するという噂を知らされる。その場所へ向かうことを決める二人。長い旅になるかもしれない。もう、ここには戻って来れないかもしれない。二人は故郷を捨てる決意をした。

しかし長い間、旅を続けていたが、結局、安息の地は見つからなかった。二人は、そんな安息の地など、そもそも無いことを、また別のある旅人から知らされる。自分たちが追いかけていたものは夢物語だったと、二人はひどく落胆する。

途方に暮れる二人は、荒野に座り込んでいる。

思わず呼吸を忘れてしまいそうになるくらい、とても美しい映像だった。

エレンの胸の電光板が光る。

『キスをしませんか』

続いて、アランの胸の電光板が光る。

『キスをしよう』

二人は、静かにマスクを外した。

胸の中に激しい衝撃を感じた。

命を守っていたマスクを外したことに、ではない。アランは鼻梁の通った若い男性で、エレンの顔は髭を蓄えた中年の男性だったのだ。さらに衝撃だったのは、二人は何も言わず、キスをしたことだ。しかもそれは、舌と舌を絡め合う濃厚なキスだった。

映画はそのまま、エンドロールに入り、終演した。

エンドロールの間、周りでは席を立つ人もちらほら見受けられたが、華子は映画の余韻に浸っているのか、場内が明るくなるまで立ち上がらなかった。

場内が明るくなると、華子は「行こうか」と立ち上がった。出口に向かって歩く。

華子の目が少し充血していたことに気付く。

まさか、泣いていたのか？　それとも、寝ていたのか？

いずれにしても、野暮ったいことは聞かない方が良いと判断し、疑問を心の中に押し込めた。

「綺麗な映像だったね」衝撃的な内容だったが、映像が美しく、良い映画だと思った。彼女は短く、ね、と返事をした。どこか元気がないように感じた。

「どうしたの？　体調悪いの？」

「うん、ちょっと」そう言うと、華子は、ちょっとお手洗いに行ってくる、と併設のトイレの方に歩いて行った。

大丈夫だろうか、と心配になる。クライマックスが衝撃的な内容過ぎたのだろうか。胸の奥がそわそわした。

ふと、彼女が病院に入って行った姿が浮かんだ。

まさか。また不安が胸を圧迫する。彼女は身体のどこかが悪いのだろうか。大変な病気だったらどうしよう。そうあって欲しくは無い。頭の中で、否定する。疑う気持ちより、そう祈る気持ちの方が強くなっていた。僕はトイレの前のソファに腰をかけ、不安を消す努力をした。

十分ほどして、華子は戻ってきた。

「おまたせ、ごめん」両手を合わせた。先ほどの様子が嘘だったかのように、すっかり元気そうな笑顔を見せた。それを見て、僕は少し安心する。

「大丈夫なの？」

「大丈夫」

「本当に大丈夫？」

「しつこいな、それよりさ、下で遊ぼうよ」華子は自分の足元を指さした。

※

一階の施設の中に入ると、騒々しい電子音や子供のはしゃぐ声が聞こえてきた。一階のフロア全体がゲームセンターになっている。壁や天井に、けばけばしい電飾が装飾されている。子供を連れてきている家族など、たくさんの客で賑わっていた。

「これしようよ」華子が指をさす。

華子が最初に選んだのは、モニターに現れたゾンビを銃で狙い撃ち、倒していくゲームだった。

「いいね、やろう」僕は小銭を投入し、二人プレイのモードを選んだ。機械に繋がれた銃を握る。

二人で協力しながらゾンビを倒していき、次々とステージをクリアした。しかしステージをクリアするごとに難易度が高くなっていくのはゲームの常識で、途中から苦戦を強いられた。先に華子がゾンビに噛《か》まれてゲームオーバーになり、その後、僕もゾンビに噛まれてゲームが終了した。

「ゾンビなんかに負けた」華子が悔しそうに、地面を蹴る。

「銃じゃなくて、ビンタだったら勝てたかもね」僕は冗談を言ってみた。

華子が、そうね、と僕を鋭く睨みつけ、「練習してもいいかしら」と右手を振り上げた。

僕は焦って仰《の》け反ってしまった。

華子はそれを見て「ビビり」と言うと、楽しそうに笑った。僕もつられて笑った。高校の頃にデートをして失敗したことを思い出した。それと同時に、女性とデートをしているのに自分が全く緊張していないことに気付く。ここ何日間かを振り返ってもそうだ。女性と一緒に生活をしているのに、緊張をしない。普通に会話もできる。女性に慣れたというわけでも、いわんや、華子を女性として意識していないわけでも無い。もっとも、華子のあけすけな性格に僕は救われているだけなのだろう、と思った。

「次、あれしましょ」華子が僕の腕を掴んで引っ張っていく。絡められた腕に温もりを感じた瞬間、胸の奥に酸性の液体を流されたようなすっぱい感覚になった。

華子が次に選んだ格闘ゲームでは、僕はボロ負けした。気分が上がった華子は次のゲームを物色していく。

競馬ゲームとスロット機の間を通り抜け、太鼓を叩くゲーム機の前に立つ。華子は、違うな、と言う。

そして再び歩き出し、クレーンゲームの前で立ち止まった。クレーンで人形を吊り上げるシンプルなゲームだ。そのガラスケースの中を食い入るように見ている。

僕が近寄り、「これやってみようか」と声をかけると、華子はこちらに視線を向けた。

「でも、こういうのって、とれそうにないよね」と寂しそうに言う。

「やってみないと、分からないよ」僕は小銭を投入する。ガラスの向こうには可愛らしい顔をしたイヌのぬいぐるみがたくさん寝転んでいた。矢印が付いたボタンで人形を摑むアームをコントロールする。狙っていたイヌの上にアームがきたタイミングで、ボタンから指を放す。アームがゆっくりと落下し、イヌの胴を押さえた。

「よし」僕は思わず声を上げた。

「いける」華子も声を上げる。

しかし、アームはイヌを数センチ動かしただけで、虚《むな》しく空を摑んだ。そして何事もなかったかのように、アームは元の位置に戻った。

「くそ、もう一回」僕は小銭を投入する。同じようにボタンを操作する。

またイヌが数センチ動いただけだった。

「もう一回」大人げない僕は何度も小銭を投入した。

途中、隣の華子に目をやった。両手の指を胸の前で組み、祈っている。

僕は華子のその表情を見て、昔から交際している恋人とデートをしているような錯覚に陥った。胸の鼓動が速くなる。もしも、華子が本当に僕の恋人なら、僕の人生に訪れる窮地や試練をこんなふうに祈ってくれるのだろうか、と妄想を膨らませた。華子が祈ってくれていると、どんなに不可能なことでも可能になりそうな気さえする。

「あなたならできる」そう言って華子は僕を勇気づけてくれるに違いない。

　ゲーム機の音で慌てて視線をアームに戻した。しかし、僕の鼓動はおさまらなかった。

　七回目で、ようやく、アームにひっかかったイヌのぬいぐるみが景品を落とす穴に転がり落ちてくれた。

「よしっ！」僕は感極まってガッツポーズを決め、後ろの機械に肘を、したたかぶつけた。嬉しさで痛みは感じない。

「やったー」華子は髪を盛大に揺らし、小躍りした。いつもの南国の果実の香りがした。

　景品取り出し口から、イヌのぬいぐるみを取り出し、華子に手渡す。

「おこげの友達にしてあげて」

「くれるの」僕が、うん、と頷くと、華子は細く白い腕で、ぬいぐるみを抱きしめた。無垢な子供のような笑顔だった。見ているこちらの方が楽しくなる、そんな笑顔だ。

　僕は心の中で言う。勝矢さん、彼女は絶対に悪い人間ではありません、と。

「岡部君は犬、好きなの」歩きながら、華子が訊いてきた。

「うん、好きだよ」僕が答える。

「飼ったことある？」華子は嬉しそうにぬいぐるみを抱いている。

「うん、実家で飼ってるよ。最近帰ってなくて、会えてないけど」

「へぇ、いいなぁ」

「すごく可愛いよ」僕は華子の腕の中で抱かれるぬいぐるみを見る。「そういえば前にテレビにも出たことあるよ」

「へぇ、そうなんだ。ひょっとして」華子が朝のニュース番組の一般人が飼っている犬を紹介するコーナーの名前を言った。

　驚いた。

「なんで分かったの？　すごい！」母親が番組に応募して、それで紹介されたのだ。滅多に連絡してこない母親がその時だけは、嬉しそうな声で電話をしてきたのだ。

「犬種は？」

「ポメラニアン、って言いたいところだけど、それに似た雑種だよ」

「拾ったの？」

「うん、拾った。僕が小さい頃に」

幼稚園に通っていた頃に、近所に住んでいた友達と橋の下に捨てられていた犬を見つけ、家に拾って帰ったのだった。

　昔の記憶がぼんやりと、そして断片的に浮かび上がってくる。二人の少年が夕暮れの河原で遊んでいる。橋の下でダンボール箱を見つけ、駆け寄っていく。生まれたての子犬を抱きかかえ、家までの道を歩いている。すべての映像には、半透明のフィルターがかかり、不鮮明だった。一緒にいたあの少年は誰だったのだろう。悲しいかな、埋没した記憶は蘇ってこない。

「もう年寄りになっちゃったよ」

「そうなんだ」華子の表情が曇り、また元気がなくなった気がした。

「どうしたの？　大丈夫？」顔の大きなビーグル犬のようなぬいぐるみを抱く華子を見つめる。やはり体調が悪いのでは、と心配する。華子は「大丈夫」と返した。それでも僕がしつこく訊くと、大丈夫だってば、と怒ったように言った。

※

　国道沿いの大型チェーン店のファミリーレストランで夕食を済ませ、星を見に行くために車を走らせた。ファミリーレストランに着いた頃には華子は、またすっかり元気になり、パスタを食べた後、デザートまで注文していた。ファミリーレストランでは、終始笑顔を見せていたので、ひとまず安心した。

四車線あった国道は二車線になり、やがて一車線になり、山間の細い道に入っていった。峠道はヘッドライトが照らせる範囲以外は、まるでその空間自体が存在していないかのように黒かった。真っ黒な闇が鬱蒼《うっそう》とした森林の樹木の姿を完全に隠している。道は車二台が行き違えるぐらいの幅が続いていたが、ところどころでは譲り合いをしなければ通れないような隘路《あいろ》になっていた。遠心力が左にかかり、次に右にかかる、そしてまた左に。といった具合でヘアピンのカーブが延々と続いていた。

道に迷うことはなかった。ゲームセンターで遊んだ後、車に戻ると、勝矢さんから携帯電話にメールが届いていた。〝カーナビにおすすめのスポットをセットしておいた。穴場だから、道も混んでないと思う。因みに流星のピークは午後八時から十時らしいぞ〟という内容だった。勝矢さんの優しさに涙が出そうになった。自己中心的な一面もあるが、本当は他人のことを一番に考えてくれる優しい人なのだ。

車は峠の頂きと思われる場所で国道から逸《そ》れ、より細い道に入って行った。人の気配は全くない。もしここで殺害されたとしても、当分は気付かれないのだろうな、とつまらないことを想像した。

ぎりぎり車一台が通れる道をしばらく走ると、ひらけた場所に出た。地面に砂利が敷かれており、タイヤの下では薪《まき》が燃えるような心地の良い音がした。ヘッドライトに照らされ、目の前の杉やヒノキが浮かび上がる。それらは無数に空に向かって伸びており、敵から神聖な場所を護る巨人にも見えた。すぐ近くには先端に赤い光を明滅させているテレビ塔が、その巨人たちによって護られている高楼のように聳《そび》え立っている。

「着いた」ヘッドライトを消し、エンジンを切った。勝矢さんが教えてくれたとおり、道も空いていたし、ピークの時間帯に到着することができた。周りを見渡しても、他の〝ギャラリー〟はいなかった。まさに絶好の穴場だ。

星見えるかな、と華子がドアを開けた。見えるよ、と言って僕も車から降りる。

空を見上げると、夥《おびただ》しい数の星が燦然《さんぜん》と輝いていた。よく観察しなければ星座も判別できないほど、天体のそこらじゅうに星が鏤《ちりば》められている。瞬く星が忙しなく揺れている。音は無い。人間の手によって作られた音は何も聞こえない。世界の終焉《しゅうえん》を目前に控え、世界中の機能が止まってしまったかのように、そこは静かだった。

少しの静寂ののち、

「すごーい」と華子が言った。

すごい、と僕も声をもらす。

夢か現実か分からなくなってしまいそうなくらい、神秘的な世界が頭上に広がっている。その無重力の空間に吸い込まれそうになる。

しばらくの間、直立不動で夜空を見上げた。

あ、と華子が言った。

「流れた！」

僕も同じ流れ星を見ていた。右から左へ、太い尾を引きながら、流れた。しばらく尾は黒い空にへばりつき、やがて薄く消えていった。

「ねぇ、見た見たっ？　今の見た？」華子は興奮気味に僕の腕を摑んだ。彼女に腕を摑まれ、僕の鼓動はまた速くなり、胸全体が熱くなった。

「あ、また！」

「ほんとだ」

次は先ほどよりやや下の方を、先ほどよりやや大きな流星が流れた。

十分ほどの間に五つの流れ星を見た。

「すごいねぇ、本当に」華子がうっとりとした声をだす。

「さすが流星群」

なかなか頻繁に流れてくれるので、興奮もだんだんと落ち着いてきて、さらに十分も経つと、星が流れても二人とも、大きなリアクションを取らなくなった。それでも華子は星が流れると、「あ」とか「わ」とか小さな声をもらしていた。

僕は天を仰ぎ、大きく深呼吸をする。夏草の匂いがして、そのあと南国の果実の香りが嗅覚を刺激した。徐々に暗闇に目が慣れてきて、彼女の輪郭が浮かび上がる。星の光に青白く照らされたその表情が、星に祈りを捧げる少女のように見え、目を奪われた。鼻を夜空に突き上げ、切なそうに空を見上げている。

「あの一番輝いているのがベガ」華子が空の高い位置を指さした。「次に明るいのがアルタイル」囁くような声だった。

その言葉は、彼女が言っていた七夕伝説を僕に想起させた。

「それって、織姫星と牽牛星だよね」僕は夜空を見上げ、ひときわ輝く星を見つけ、そのあと、その斜め下で静かに輝く星を見つけた。華子は無言で頷く。しかし僕が思い出したのは、七夕伝説だけではなかった。

「あのさ」僕は華子の横顔に問いかける。「今、誰か知り合いで入院している人っているの？」

華子がこちらを見る。

「いや、この前、君を病院の前で見かけたんだ」嘘をついた。尾行していたとは口が裂けても言えない。

「いないわよ、入院している人なんて」

「そうなんだ……」

華子はまた夜空を仰いだ。僕の胸の中がまたどんよりと曇る。胸の中は苦しく、そして重くて、少し痛かった。

その胸の中を晴らすべく、決定的な質問を投げかけることにした。

「からだ、どこか悪いの？」

華子はしばらく唇を動かさなかった。横顔は一ミリも動かない。時間が切りとられたような感覚に陥った。

「星ってさ、人の何万倍も何億倍も生きられるのよね」

ようやく口を開いた華子は、僕の質問とは無関係なことを言った。僕は、えっ、と言葉を詰まらせたが、その後、「そうだね。今見えてる星たちは僕らの大先輩だね」と彼女の話に合わせた。もう、なくなっちゃった星もあるかもしれないけど、と付け加えた。

「岡部君は、星が一生を終えた後、どうなるのか知ってる？」

僕は少し考え、「爆発して消滅してしまうんじゃなかったかな」と、どこかで聞いたか読んだかした知識を言ってみた。

「そう、爆発してガスを宇宙空間に放出するんだって。あと、爆発せずに、ゆっくりゆっくりと、時間をかけてガスを放出して、消えていくものもあるのかな」と華子が言う。

「そうなんだね」

「でも、それだけで終わりじゃないの。その放出されたガスが宇宙空間に漂い、次に生まれる星の命の材料として取り込まれるの」暗闇の中でも彼女の長い睫毛が動くのが確認できた。

「違う星に命を引き継ぐって感じだね」

僕がそう言うと、華子は口を閉ざしてしまった。

一瞬、あたりが無音の世界に包まれる。

それから彼女が口を開いた。

「私、もうすぐ死ぬの」

僕は咄嗟に彼女の顔に目を向ける。目が慣れてきたのか、今度はしっかりと彼女の顔の表情を捉える。華子の目が輝きを増し、頬に一筋の涙が流星のように流れた。嘘だろ、という言葉が喉まで出かかった。けれどその真偽のほどは華子の瞳から零《こぼ》れる涙が、はっきりと語っていた。頭を、目には見えない何かに掴まれ、そのまま空に引っ張り上げられていきそうな感覚に襲われた。砂利を踏みつけ、地面にしっかりと足があることを確認する。

「元気そうじゃないか」と僕は言った。

「そういう病気もあるの」

「嘘だ」

「聞いて」

「嘘だろ」

「ねぇ、聞いて」

華子は再び顔をこちらに向けた。

「だから私を」

声が少し震えていた。

そして華子は続ける。

「愛して」

そう言ったあと、彼女はボロボロと涙を流した。涙が伝う筋が暗闇でもはっきりと分かるくらいに、星の明かりをそこに溶かし、光っていた。

僕の口からは、なにも言葉が出なかった。頭の中から一切の言語が消滅してしまったようだった。自分がどんな表情をしているかさえも見当がつかない。観音様のように無表情な顔、それとも案山子《かかし》のように間抜けな顔で突っ立っているのか、皆目分からない。

再び空を仰ぐ。空には輝く星が音もなく堕《お》ちていた。

※

　夢の中でも華子は泣いていた。暗闇の中、ひとりぽつんと佇《たたず》み、泣いていた。目の前で涙を流す華子を抱き寄せることはおろか、気の利いた言葉をかけることすらもできなかった。夢の中でも僕は同じだった。何もできず、ただ立ち尽くし、頭を抱え込んでいた。

　目を覚ますと、夜中の二時だった。

　星を見に行った夜から一週間が経つ。華子は星を見に行った次の日には、いつもの明るい華子に戻っていたが、あれ以来、僕の頭の中は、華子の涙と言葉で占拠されていた。

　華子は若くして死んでしまう病気だった。信じたくないことが、現実として突きつけられた。もちろん、今でも信じたくない気持ちでいっぱいだ。けれど、僕の目の前には、いつも華子の涙の映像が映し出され、その思いを波のようにさらってゆく。

　華子の涙が脳裏に鮮明に浮かび上がってくる。勝矢さんが言っていた、彼女の本当の目的というのも想像がついた。あくまでも憶測だが、華子は自分が生きていたという痕跡を誰かの記憶という形で残そうと考えたのではないだろうか。星が命を引き継ぐのと同じように。華子がその誰かをなぜ僕にしたのかということや、僕と彼女の接点は未だに分からないままだが、そういうことで僕に会いに来たのであれば、目的は理解できる。

華子が眠るベッドに目をやると、華子のシルエットは規則正しいリズムで波を打っていた。枕元には、おこげとゲームセンターで僕があげたビーグル犬の〝おかき〟がいた。おかきの名付け親はもちろん華子だ。僕は、もう一度眠りの世界に戻ろうと目を閉じたが、なかなか眠りに堕ちなかった。

トイレに向かう。用を足し、洗面所で手を洗い、鏡に寝惚けた顔を映した時、歯ブラシ立てに刺さる赤い歯ブラシが視界に入った。毛先が広がりだしている。僕はそれを手に取るとゴミ箱に捨て、新しいものに取り換えた。先日、買い物に行った時、同じ赤色のものを買い置きしておいたのだ。自分の行動に驚くことはなかった。今更彼女を追い出そうとも考えていない。華子が初めて部屋の前に座っていた時には拒む理由は山ほどあったが、実際一緒に生活を始めてみると、追い出す理由は見つからなかった。むしろ華子が来てからというもの、僕の生活は楽しくなり、心地の良いものになっているのだ。華子が出て行くと言い出せば、きっと僕は引き留めてしまうだろう。

華子のことは、生活を共にするにつれて、色々と分かっていった。昼間にアルバイトに行ったり、定期検診に行ったり、たまに友人と食事にでかけたりもしている。

そして二人の時間が合う時は、町を一緒に歩いた。買いもしないのに雑貨屋を覗いたり。テレビで特集をやっていたからと、気まぐれでケーキを買いに行ったり。タイムセールを狙ってスーパーに行ったり。スーパーに行った帰りに、たい焼きを食べながら、カスタードが美味しいとかこしあん派だとか言いながら、坂道をのぼったり。たくさん町を歩いた。僕は彼女と歩く、とりたてて特徴の無いこの町を好きになった。

華子は自分の病気について話してくれた。ダイニングテーブルの椅子に座り、マグカップに注いだオレンジジュースを飲みながら、華子は落ち着いた口調で話しだした。

「今は健康に過ごせるの。だけど、もし発病したら、すべてを失うの。なにもかも失っちゃうの。今まで積み重ねてきたものも、これからの未来も」

僕はその悲しすぎる言葉に声を呑む。

聞くところによると、華子の病気は、発病するまでは健康な人間と変わらず生活を送れるらしい。激しい運動等も別に問題は無いそうだ。だが、発病してしまうと、身体の感覚が順番に失われてゆき、やがて身体の一切の自由が利かなくなり、死に至るという、恐ろしい病気だった。治療法も見つかっていなければ、進行を抑える方法も見つかっていない難病である。さらに若くして発病する確率が高いのだという。僕はインターネットで彼女の病気について調べるようになった。特効薬や治療法が見つかっていないか、常にアンテナを張っている。しかし今のところ朗報はない。その代わり、インターネットで見つけた、末期がんの患者のがん細胞がある日忽然と姿を消した話や、交通事故で寝たきりの生活を余儀なくされた若者が突然歩けるまでに回復した話などを彼女にした。

僕が、別れの恐怖を感じるようになったのも事実だった。そしてその恐怖を無理やりに掻き消し、いつか病気の治療法や特効薬ができることを祈った。たとえ、現在、医学的に絶望的だとしても、その未来に希望は見える。誰もその希望を否定することはできないはずだ。だから、僕は祈り続けている。この生活が、彼女の命が、ずっとずっと続きますようにと。

洗面所から部屋に戻り、足音を忍ばせ、ベッドの傍らに立つ。華子は気持ちよさそうに寝息をたてていた。薄明かりに照らされた寝顔に思わず見とれてしまう。不意に彼女が星空の下で僕に言った「愛して」という言葉が蘇る。それが、ずいぶん昔のことのようにも感じた。

君の望みどおりになる。そう心の中で呟き、再び寝袋の上に寝転がった。そして僕は祈る。

神様、どうか彼女を死なせないでください。絶対に死なせないでください——。

六

数日後、僕はアルバイトが休みだったので、午後の大学の補講が終わると、真っ直ぐに帰宅した。部屋に着くと、華子はダイニングテーブルの椅子に座り、ファッション誌を読んでいた。どうやら華子もアルバイトが休みだったようだ。おかえり、という言葉に、ただいま、を返す。僕はカバンを下ろし、冷蔵庫からオレンジジュースを取り出すと、コップにそれを注いだ。華子がやって来てから、冷蔵庫にはいつもオレンジジュースがストックされている。

華子の向かいに座る。彼女が見ているファッション誌には、容姿端麗なモデルたちがトレンドの髪型と華やかな洋服で着飾り、笑顔を作ってポーズを決めていた。

「今日は早いね」華子はファッション誌に視線を落としながら言った。

「アルバイトが休みだからね」

「じゃあさ」華子はファッション誌を閉じると、テーブルの上に手を置き、前のめりになった。相変わらずの綺麗な色の瞳で、僕のことをじっと見る。見つめられると、胸の奥がジリジリと焦げ、照れてしまう。「夕方、涼しくなったらお散歩行こうよ」

華子はアパートの裏の道を歩いてみたいと言った。アパートの裏には川幅が三メートルほどの小さくて浅い小川が流れている。そしてそのほとりには、桜の木が植えられていて、この季節は緑色の葉を青々と茂らせている。

日が傾く少し前に、アパートを出た。夕暮れ前の遊歩道を二人で歩く。

「ソメイヨシノと八重桜の両方が咲くんだ」

僕は遊歩道に植えられている、二種類の桜の木のことを説明した。太いのがソメイヨシノで、細いのが八重桜だ。

「そうなんだぁ」白色のワンピースの裾をひらひらとさせながら、緑の葉をつける木を見ている。

「ソメイヨシノが咲いて、散ったあとに八重桜が咲くからここの遊歩道は普通より桜が二、三週間長く楽しめるんだ」ソメイヨシノが散った後、そのバトンを受け取るかのように八重桜が花開く。

「来年の春は、一緒に見よう」僕が言う。

すると華子はくるっと振り返り、切なげに笑った。心臓がこすれるような、そんな感覚になる笑顔だった。

「ちょっと座ってお話ししましょうか。大切なお話を」

僕たちは遊歩道に設置されていた木製のベンチに腰かけた。昼間にさんざん太陽の光を浴びたベンチはたくさん温かさを溜めこんでいて、座るとお尻に温もりを感じた。

ベンチの後ろには、とっくに花びらを落とした緑のツツジが植わっていた。

　ベンチで話したあと、僕たちはさらに下流の方に向かって歩いた。しばらく歩くと遊歩道の幅が広くなり、やがて大通りの橋と交わった。橋の上を車が行き交っている。バスが通り過ぎ、排気ガスの匂いがした。

　太陽は西に傾き、遠くの建物の陰に姿を潜めようとしていた。結構な距離を歩いたことに気付く。すぐ近くには、アルバイト先のガソリンスタンドがあるのだ。勝矢さんは夕方からラストまでの勤務がほとんどなので、おそらく今の時間は働いているのだろう。

「そろそろ戻ろうか」僕はそう言ったのだが、華子は足を止めたままだった。通りの反対側を見ている。華子の視線を追い、僕もそちらを見遣る。三人の少年の姿が目に映り、その少年たちのはしゃぐ声がした。歩道にはベビーカーを押す人も見えた。ベビーさんだった。小学校高学年ぐらいの少年が三人、歩道を通せんぼする形で並んでいる。先日、横断歩道でベビーさんに爆竹を放り投げていた小学生たちだ。少年のうち一人は銃のようなものをベビーさんの方に向けて構えていた。

「あの子ら」

　僕は、あの日横断歩道で目撃した一部始終を華子に話した。

「なにそれ、ひどいじゃない」華子は僕の話を聞くと、信号が変わると同時に、つかつかと歩き出した。「ちょっと！　なにしてるのよ！」

　僕も早歩きで華子について行く。

　少年の一人は身長が高く、襟足《えりあし》を伸ばしていた。後の二人は坊主頭の瓜実顔《うりざね》と日に焼けたぽっちゃり体形だった。全員、半袖のTシャツにハーフパンツといった同じような格好をしている。

　銃口を向けられたベビーさんは、横断歩道で爆竹を投げられた時と同じように、その場でしゃがみこんでいた。

　華子がベビーカーの前に立つ。

「なんだよ、お前」銃のようなものを構えた襟足の長い小学生が言う。「撃つぞ、このやろう」

「撃てば？　どうせそれ水鉄砲でしょ。見れば分かるわ」

　華子は泰然としていた。腕組みをし、彼らを見下ろしている。確かによく見ると、襟足の長い小学生が握っている銃はおもちゃの水鉄砲のようだった。

「は、はやく撃たないから人が来たじゃんか」日に焼けたぽっちゃりが、不安そうな顔で襟足の長い小学生に言った。

「そうだぞ」と坊主頭の瓜実顔も言う。一人責められた襟足の長い小学生は、目を血走らせていた。

「う、うるせえよ！」

襟足の長い少年がそう言ったすぐ後に、銃の先端から黒い糸のようなものが飛び出た。そして、華子の真っ白なワンピースの膝の上あたりに、疎《まば》らな黒色の斑点模様が付いた。

「墨汁だぞ、ばーか」坊主頭の瓜実顔が言った。水鉄砲の中身は墨汁だったようだ。

華子はワンピースの汚れた部分を見て、「あら」と短く呟いた。

「こら！」

僕は襟足の長い小学生に歩み寄り、水鉄砲を取り上げた。

「おい、やばいぞ」小学生はそう言うと、近くに停めていたマウンテンバイクに跨《また》り、一目散に走り去って行ってしまった。

僕のような人間でも小学生からすると怖いのだろう、と思ったすぐあと、交差点で信号待ちをしているパトカーが目に入った。僕に恐れをなして逃げたのではなく、そういうことか、と納得した。

華子は自分の服を気にするよりも先に、ベビーさんに声をかけていた。

「もう大丈夫ですよ」

ベビーさんはスカーフの隙間からこちらを恐る恐る覗いていた。

※

僕たちは、アルバイト先のガソリンスタンドの待合スペースにいた。僕と華子とベビーさんは丸椅子に座り、勝矢さんは親機であるポスレジの棚に凭れている。予想どおり、勝矢さんは今日もガソリンスタンドで勤務していた。

待合スペースは本来、洗車やオイル交換などの作業を依頼したお客さんが、作業の終わるのを待つために使われている。飲み物の自動販売機や雑誌なども置いてある。現在、作業に入っている車は一台も無く、お客さんもいなかったので、使わせてもらうことにしたのだ。待合スペースはガラス張りになっており、表の給油スペースの様子がよく見える。僕たち従業員も暇な時はここに入り、談笑したりしている。もちろん、お客さんの車がガソリンスタンドの敷地内に入ってきそうになれば、お出迎えのために全力でダッシュする。

表を見遣ると、給油ポンプの前では、僕と同い年の男性アルバイトが不思議そうにこちらを見ていた。ベビーさんという渾名を教えてくれたのは彼だ。

華子はトイレの洗面台で、ピンク色をした業務用の粉石鹼《せっけん》を使い、白いワンピースに付いた墨汁を頑張って落とそうとしたが、汚れは綺麗には取れず、うっすらと残ってしまっていた。華子は「くそがきぃ」とふくれていた。ベビーさんはスカーフを外し、「申し訳ございませんでした」と華子に何度も頭を下げていた。

スカーフを外したベビーさんは三十代半ばくらいの普通の女性だった。髪の毛もセミロングの長さに綺麗に整えている。普通という表現が適切かは分からないが、ベビーカーに人形を乗せて運ぶ姿は、少なくとも普通ではない印象だった。不気味な雰囲気を醸し出していたのだ。見た目の年齢も、もっと上を想像していた。

いま目の前にいるベビーさんは、どこからどう見ても普通の女性だった。少しやつれた表情をしているが、どちらかというと美人の部類に入るのではないか、とさえ思う。

「それにしても、ふざけた小学生だな」

勝矢さんは僕が小学生から取り上げた、自動拳銃の形を模した水鉄砲を握っていた。まじまじとそれを見ている。「爆竹に墨汁の水鉄砲。悪質すぎる」

「本当に申し訳ございませんでした。弁償いたしますので」ベビーさんは、華子にもう一度頭を下げた。

ベビーさんのすぐ横には、ベビーカーが置いてある。その中には女の子の人形が乗っている。近くで見ると可愛らしい人形で、不気味さはなかった。汚れなども一切なく、比較的新しいものという印象だ。

「いいです、本当にいいです、私が勝手にしたことだから。それにあの子たちが悪いし」華子は首を振った。ベビーさんは申し訳なさそうな顔で、もう一度頭を下げた。

「あの小学生たちとは、もともと知り合いなのか」勝矢さんが訊く。

「いえ」ベビーさんは眉をハの字にした。「一ヶ月前くらいからですかね。ベビーカーに人形を乗せて歩く私を見つけ、頭のおかしい人間だと、私をからかい、嫌がらせをしてくるようになったのです」

「ところで、なんでベビーカーに人形なんて乗せてるんだよ」勝矢さんは単刀直入に訊いた。誰もが訊けなかった、どこか腫れ物に触るような、そしてなんとなく答えは分かっている、そんな無神経な質問を勝矢さんは、ずばり訊いた。しかしベビーさんが答えるその前に、意外な言葉を言った。

「その人形のことを、別に自分のこどもだなんて思ってないだろ。いったいそれはなんなんだ？」

僕は勝矢さんの方に顔を向ける。なぜ、そんなことを言うのだ、と戸惑う。勝矢さんは続ける。

「この前、横断歩道で爆竹を投げられてた時な、おかしいなと思ったんだ。爆竹を投げられても自分がよけるだけで、ベビーカーの位置は一切動かさなかった。普通、自分の赤ん坊が乗っていると思っていたら、ベビーカーの安全をまず確保するだろう。

だから岡部が言っていた、人形を自分のこどもだと思い込んでいる、というのは違うんじゃねぇかなと思ってたんだ」

僕はその時の光景を思い出す。確かに。そういえば、今日も水鉄砲を向けられて、その場でしゃがみこんでいた。本当にこどもがベビーカーに乗っていて、自分がそのこどもの親ならば、すぐさまその前に立ちはだかり、こどもを守ろうとするのだろう。

ベビーさんは、しばらく黙りこむと、ようやく口を開いた。

「私には、こどもがいたんです」

予想していた答えだった。ベビーさんは俯き気味に話す。

「お腹の中にいる時に亡くなってしまったんです。男の子でした。つわりや不安定な時期を乗り越え、もうすぐ生まれてくると楽しみにしていた八ヶ月目、へその緒が細くなり、死んでしまったのです。へその緒が細くなってしまうことはよくあるらしく、その原因については不明でした」

ベビーさんの話を聞いて、僕は何も言えなかった。沈黙が流れた。こんな空気になることも、予想できていた。

ただ、勝矢さんの言うとおりだった。ベビーさんについて教えてくれたアルバイト仲間が言っていた〝現実が受け止められなくて人形を自分のこどもだと思って育てている〟というのは、違ったようだ。ベビーさんは現実を受け止めている。

「無理に話さなくてもいいんですよ……」華子が言う。

「いえ、あなたがたも、いずれ親になるかもしれない。聞いておいてほしい」

ベビーさんの目から力強い意志を感じた。

「今でもあのお腹を蹴る感触や、温もりを感じます。私のお腹に宿ってくれた奇跡、私を母親として選んでくれた喜びは、今でも忘れていません。生まれてくるのを毎日楽しみにして、あの子の明るい未来を想像していました。四つん這いで歩く姿や、よちよち歩きをする姿、幼稚園や小学校に通う姿、私の背を抜き、どんどん大きくなっていく姿、そんな姿を想像すると、得も言われぬ幸せに包まれました。この子のためならどんなことだってできる。どんな苦難も乗り越えていける、そう思いました」

　僕は黙って頷く。自分の母親も自分がお腹にいた時、そんな気持ちになっていたのかもしれない、と初めて思った。

「その気持ちを忘れないように、いつでも鮮明に思い出せるように、そうやってベビーカーに人形を乗せているんですね……」僕が言う。

　そういうことだったのか。人は忘れてしまう生き物なのである。思い出も悲しみも完全に消え去ることは無いにしても、徐々に風化していってしまうものなのだ。悲しみを伴ったとしても、忘れたくない思い出はある。どんな古くからある歴史的建造物も世界遺産と呼ばれる建物や場所も、結局は人の力がないとその形を保てないのだ。

ベビーさんがベビーカーを押すのも、記憶を維持するための行為だったのだ。

「いえ、違います」彼女はかぶりを振った。「忘れないように？　私はあの子のことを絶対に忘れません。皆さんの中には勘違いされている方が多いですが、私は今もあの子の母親です。亡くなってしまっても、あの子は私のこどもなんです。忘れるはずがありません。そんな目的で、そんなことをしているのを天国のあの子が見たら、辛くなると思います」

え、と声が出た。だったらその行為には、どういった意味があるというのだ。

「じゃあ、なんのためなんだ？」僕の代わりに、勝矢さんが言ってくれた。

ベビーさんは手を膝の上に置き、姿勢を正した。

「ある親子のためです」

「ある親子？」

「はい、このガソリンスタンドの近くのアパートに住んでいる親子です。一ヶ月前にたまたまそのアパートの前を通りかかったのです。夜の九時頃に。旦那とコンビニに買い物に行くところでした。コンビニの向かいにあるアパートの二階に小学校低学年くらいの男の子が座り込んでいたのです。そんな夜遅くに一人で座り込んでいることを不思議に思い、私たちは声をかけたんです」

僕と勝矢さんは目を見合わせた。

「ちょっと待て、その子ならこの前、俺とこいつも見たぞ」勝矢さんは僕の方を指さした。僕は頷く。「あの時の子ですね」

「なにもできなかったけどな」勝矢さんは険しい顔をした。

「そうですね……」僕も苦い顔をする。

「実は、あの日、岡部の家からの帰りに、もう一度見に行ったんだけど、その時にはもうあの子いなくなってたんだ」

「もう一度行ったんですか？」

「ああ。親が仕事から帰ってきたんだな、と思って安心してたんだが、そんなにしょっちゅうなのか、親が留守にするのは」勝矢さんがあの日のあの後、あのアパートに戻ったと聞き、少し驚きながらも、この人はそういう優しい人だった、と納得した。

「で、どうなったんだ」勝矢さんが話の続きを促した。ベビーさんは頷いた。

「私たちもその日は何もできませんでした。その子に何をしているのかと訊くと、お母さんを待っている、と答え、それ以外は何を訊いても答えてくれませんでした。ただ、そう言ったその子の目は、とても寂しそうでした。それだったら、家の人が帰ってくるまで待とうということになり、待ちました。一時間ほど経ったころ、母親が戻ってきました。二十代半ばくらいの今どきの若いお母さんでした。お酒も飲んでいるようでした」

「飲みに行っていたの？」華子は非難するように言う。

　ベビーさんがゆっくりと頷く。

「私の旦那がその母親に、子供がこんな遅い時間に一人で留守番をしていたら危ないですよ、と注意すると、母親は自分が遊びに出かけていたことを咎められたと思い、ものすごい剣幕で怒りだしました。食事も与えているし、暴力も振るっていない、ちょっと息抜きすることの何がいけないのよ、と怒鳴り、その子を連れて家の中に入って行ってしまったのです」

「なんてやつだ」勝矢さんは犬が怒ったときにそうするように、鼻に皺を寄せた。

「私と旦那も釈然としないまま、その日は帰宅しました。旦那はその母親の態度に腹を立て、もう関わらない方がいいと言ったのですが、私は旦那に内緒で、次の日も同じ時間にそのアパートを訪れました。すると、またその子はドアの前で座り込んでいました。相変わらず、寂しそうな目をしていました。私は何度も無視されましたが、しつこくその子に話しかけました。私の粘りに根負けしたのか、コンビニで買っていたジュースが功を奏したのか、やっとその子は普通に話してくれるようになりました。お父さんとは会ったことがないと言っていました。兄弟もおらず、お母さんと二人で暮らしていると教えてくれました。お母さんは夜ほとんど家に居なくて、毎日寂しいとも言いました。私はお母さんに話をしてあげると言ったのですが、その子はそれを拒みました。そんなことをしたら、お母さんがもっとぼくのことを嫌がるかもしれない、もっとかまってくれなくなるかもしれない、わがままを言ったら、別々に暮らさなければいけなくなるんだ、と泣きながら訴えてきたのです。どうやら母親はこどもが愛情を求める度に、そうやって突っぱねてきたのでしょう。私も気付くと泣いていました。そんな仕打ちを受けても母親といっしょにいたい、どんなことよりも母親と離れることが一番嫌なのだ、というその子の純粋な気持ちを考えると、涙があふれました。そのまま看過すべきか、なにか行動をとるべきなのか。私はどうすることが正解なのか、全く分かりませんでした」

ベビーさんの目には、うっすらと涙が浮かんでいるようにも見えた。

気付くと、表には給油のお客さんが一台来ていた。アルバイト仲間がフロントガラスを拭いている。

「悩んだ結果、私は直接、彼女に何かを言うのはやめておこうと思いました。あの子が言うように、もし私の行動であの子とあの子の母親が離ればなれになってしまうことになったとすれば、それが本当に良いことなのか、と考えたからです。そこで私が考えたのが、人形をベビーカーに乗せて、あのアパートの近くを歩くことでした。そうすれば、皆さんが思っていたように、彼女に私のことを〝こどもを亡くしてしまった女性〟もしくは〝こどもが欲しいけれど授かれない女性〟だと思ってもらえると思ったのです。そんな姿を彼女に見せれば、こどもを授かれることは奇跡だということ、それだけで幸せなことだということも分かってもらえると思ったのです。この世の中には、こどもと一緒に暮らせなくて、とても辛い想いをしている人間が、たくさん、たくさん、いるということをあの子の母親に分かってもらえると思ったのです」

　ベビーさんが人形の乗っているベビーカーを押している理由は、そういうことだった。こどもを失ってしまった過去に取り憑《つ》かれ、そうしていたのではなかったのだ。人の妄想は勝手だなと思った。もちろん、自分も含めてだ。

「私は、彼女に以前抗議した人間だとばれないように、顔にスカーフを纏い、彼女の家の周りを何度も何度も歩きました。彼女と遭遇することが何度もありました。彼女の姿を捉えると、私は執拗《しつよう》に人形を愛でました。彼女はこちらを見て、他の人と同じように不気味そうに私のことを見ていました。私はそれでいいと思いました。少しでも私に意識が向いて、親子という言葉を考え、自分のこどもと向き合ってくれればと」ベビーさんはベビーカーの中に視線を送っていた。

「けれど、ある日突然、彼女は私に歩み寄ってきました。そして、気味が悪いからこの辺りを歩かないでほしい、と言われました。心の中で私はひどくショックを受けました。彼女には何一つ伝わっていなかったのです。私は胸が苦しくなり、今まで堪えていた気持ちが爆発してしまいました。言葉が堰《せき》を切ったようにあふれ出てきました。

ベビーさんはその母親に言った言葉を、僕たち三人に、直接話すように話してくれた。

私は彼女にこう言いました——」

「こどもが生まれてくることは奇跡です、こどもが笑ってくれることは何にも代えがたい贈り物なのです、こどもの〝お母さん〟と呼ぶ声は、どんな言葉や音よりも美しい響きなのです。だからこどもをないがしろにしないでください。邪魔だと思わないでください。汚い言葉を浴びせないであげてください。こどもはどんなお母さんでも大好きなのです。生まれてきたくても、生まれてこられなかったこどももいるのです。会いたかったけれど、会えなかったお母さんもいるのです。あなたの耳は、あなたを呼ぶこどもの声を聞くためにあるのです。その目はこどもの成長を見届けるためにあるのです。その手はこどもが躓《つまず》き、転びそうになった時に差し伸べるためにあるのです。奇跡の中、生まれてきたこどもを、あなたの手で殺さないでください。殺すというのは命を絶つというだけの意味ではありません。心も同じです。気付いてください。あなたの母親としての価値は、こどものことをどれだけの時間想ったかで決まります。こどものことを想ってみてください。こどもが転んで足を擦《す》りむいて痛がっていたら、あなたの胸にもそれと同じ痛みが感じられるはずです。それが愛です。だからもっと、こどもを愛してあげてください。お願いです」

ベビーさんの話を聞きながら、華子は何度も頷いていた。僕も胸の奥が熱くなった。勝矢さんは無表情だったが、最後に大きく頷いていた。

「——そんなふうに、自分の思っている気持ちを全部彼女にぶつけました」ベビーさんも頷いた。沈黙が流れる。待合スペースにかかる有線からは、今流行の女性歌手の綺麗な歌声が聞こえていた。

「彼女はどういう反応だったんですか」と華子が訊く。茶色の瞳でベビーさんを真っ直ぐに見つめている。

「彼女は私に、こどもはいるのか、と訊きました。私は産まれる前に亡くしたこどもが一人いる、と正直に答えました。すると彼女は笑い、こどもを持ったことの無いあなたに何が分かるのだ、と言いました。一人で子育てをしたことの無いあなたに何が分かるのだ、と」

「なんてひどいことを言うやつだ」勝矢さんは苦虫を嚙み潰したような顔をする。僕もその母親の発言に不快感を覚えた。

「いいえ、私が間違っていたのかもしれません」ベビーさんが言う。

「どういうことですか」華子は納得のいかない表情だった。

「実は、あの母親こそ被害者なのかもしれません。根本的に解決しなければいけない問題は彼女の心だったのかもしれません。一人で子育てをして、辛くて辛くて、でも周りの助けも得られず、いえ、助けてもらいたいけれどその方法すら分からず、自分の精神状態を保つために〝息抜き〟という言い訳をし、現実逃避をしていたのかもしれません。誰か周りに頼れる人間や相談できる人間がいれば良かったのかもしれません」

「そうなのか？」勝矢さんは難しい顔を作って、首を傾げた。

「分かりません。親とこどもの関係には、こうすれば正解、なんて答えがないですから」ベビーさんは穏やかな笑顔を見せた。「ただ、私は、彼女に必要なものは〝味方〟だと思います。今日、あなたたちに出会って気付いたのです。一人で戦うのは辛い。けれど、助けてくれる味方がいると思えるだけで強くなれます。逆に味方がいない、と思ってしまった時、人は塞《ふさ》ぎ込んでしまい、周りが敵ばかりに見えてしまうものです。どうして私だけこんな辛い想いをしなければいけないのだ、とネガティブになり、被害妄想を抱き、ものごとの善悪が見えなくなるのです。だから、私は彼女にもう一度会いに行こうと思います。それで何かが変わるという確信は無いですが。放っておけないので」

そうなのか、と次は違うイントネーションで勝矢さんは言った。

「じゃあ、俺たちもついて行ってやろう」俺たちも、と勝手に言葉を複数形にするところが勝矢さんらしかったが、異論はなかった。僕も頷く。

「ありがとうございます」ベビーさんは頷くように頭を下げた。「でも一人で行きます。彼女も大勢で行くと、戸惑うと思うので」ベビーさんは勝矢さんをじっと見つめた。勝矢さんはゆっくりと頷く。

「そうか。そうだな、大勢で行く必要もなさそうだしな」

「本当にありがとうございます」

「だけど、あの三人組の小学生はどうするんだ？　あんな不良小学生は放っておいては駄目だろ」

そうだ。大事な問題を忘れていた。

「どこの小学校なんですかね？」僕が訊く。

ベビーさんは首を傾げた。

「小学校が分かれば、学校に連絡をして、生徒を特定し、先生に指導してもらえるのに。でも、それも分からなければ、手の打ちようがないですね。警察に連絡したところで、小学生のいたずらとしてまともに取り合ってくれなさそうだし」と僕は言う。

「爆竹も墨汁も本当に悪質よね。爆竹なんて火傷《やけど》したり、鼓膜が破れたりする可能性だってあるじゃない」華子は眉根を寄せた。

「どうにかならないかな」僕は首を捻《ひね》った。

「大丈夫ですよ」とベビーさんが言った。ベビーさんの方に顔を向ける。

「何が大丈夫なんですか。放っておいたらいたずらはエスカレートしていきますよ」と僕は言った。

「ねぇ勝矢さん」

呼びかけつつ振り向くと、勝矢さんはいなくなっていた。「あれ？」自分から話を振っておいて、なんて勝手な人だ。そして忍者のような人だ。

「トイレに行ったんじゃない？」華子が待合スペースの奥にあるトイレの方を指さした。

「ごめんなさい、彼、自由人なので」僕がそう言うと、ベビーさんがほほ笑んだ。初めて彼女は柔らかい表情を見せた。

「もう、ベビーカーも押さないですよ。スカーフもしません。私はこのままの姿で、あの母親に会いに行くつもりです」

「そうなんですね。じゃあ、もうあの小学生たちもいたずらしてこないってことですね」僕も笑みを浮かべた。

「じゃあ、ひとまず解決ね」華子もほほ笑む。

しばらくすると、勝矢さんがトイレから出てきた。

「よし、だいたい話は分かった。あの小学生たちは俺が見つけ出して、懲らしめてやる。どうせこの辺りにいるから、すぐ見つかるだろう。てか、逆に向こうからこれを取り返しに来るかもな」勝矢さんは水鉄砲をポケットから取り出した。

「いや、勝矢さん」僕は掌を見せるようにして、「もう大丈夫なんですよ」と言った。

「なにが大丈夫なんだよ。あんなやつら放っておいたら、もっとひどいことされるぞ」

勝矢さんがそう言ったすぐ後に、店の表から少年たちの声がした。

「いたぞいたぞ！」さっきの三人組が表にいた。マウンテンバイクに跨り、こちらを指さしている。

「ほらな、来た」

勝矢さんは白い歯を見せた。少年たちはマウンテンバイクを置き、こちらに歩み寄ってきた。

先ほどの給油のお客さんは帰っており、店内にお客さんはいなかった。

勝矢さんが自動ドアから外に出て行った。僕たちも後に続く。勝矢さんは水鉄砲を指でくるくると回しながら、少年たちにねじ寄った。身長が百八十センチ近くある勝矢さんが自分より五十センチも背の低い、小学生を見下ろす。

「お前たち、勇気あるなあ」勝矢さんは笑った。

「なんだよお前、誰だよ、関係ねぇだろ」襟足の長い小学生が勝矢さんを見上げる。

「関係ある。あいつらの〝味方〟だから」勝矢さんは、こちらを指さした。

「どうでもいいけど、それ返せよ」坊主頭の瓜実顔が、勝矢さんの手元を指さして言う。

「お前らおとなだろ、おとなのくせによぉ、子供から物を盗っていいと思ってんのかぁ」と日焼けしたぽっちゃりも便乗した。ものすごく憎たらしい言い方だった。

「ああ、これか？　返してやるよ」

勝矢さんはそう言うと、水鉄砲を襟足の長い小学生に向けた。そして、引き金の部分を引いた。

「ほら、お返しだ」

水鉄砲の先から出たのは墨汁ではなく、キラキラ光る水だった。

それが襟足の長い小学生の顔面に命中する。

襟足の長い小学生は「うあ」と顔を顰めた。

そして「くっせ」と顔を腕で拭いながら喚《わめ》いた。

「なんだこれ、くっせ、くっせ」

勝矢さんは、だはは、と大きな声で笑った。

「小便だ」

勝矢さんはトイレで水鉄砲に入っていた墨汁を捨て、自分の尿を入れたのだ。

「お前、頭おかしいだろ」襟足の長い小学生は半べそだった。口にも入ったのか、ぺっぺと唾を吐いていた。「なんだよ、くそ、もういらねぇよ、そんなきたねぇの、くそ」

「そうか、じゃあ次はお前らだ」

勝矢さんは坊主頭の瓜実顔に銃口を向けた。一瞬にして坊主頭の瓜実顔の顔が青ざめた。そしてすぐに瓜実顔は踵を返した。

「やべえよこいつ、にげるぞっ」三人はすばやくマウンテンバイクに跨った。そしてペダルに足をかけ、立ち漕ぎで逃げだす。

すかさず勝矢さんは彼らを追いかけた。マウンテンバイクが加速する前に、襟足の長い小学生の首根っこを捕まえる。そのままマウンテンバイクから引きずり下ろした。その状況に気付き、坊主頭の瓜実顔と日焼けしたぽっちゃりも漕ぐのをやめ、すぐに止まった。

「お、おい、や、やめろよ」日焼けしたぽっちゃりが言う。これから何が起こるのか不安になり、怯えているのがひと目で分かった。

「いてぇな、な、なんだよ」襟足の長い小学生が言う。

「二度といたずらをしないと誓え！」勝矢さんは首根っこを摑みながら言う。

「や、やだよ」仲間が見ているからだろう、この期《ご》に及んで襟足の長い小学生は生意気な口調だった。ただ、怯えているのは明らかだった。足が震えている。

「そうか……」

勝矢さんは不敵な笑みを浮かべた。そう思った瞬間、勝矢さんは襟足の長い小学生を歩道の上に仰向けに押し倒した。矢継ぎ早に足を持ち上げ「でんぐり返し」の途中の恰好、つまりひらがなの〝つ〟のような恰好にさせた。それから小学生の足に自分の足を絡め、身体を固定する。

襟足の長い小学生は身動きが取れないようで、苦しそうに「ううう」と声を漏らしていた。あまりにも衝撃的な映像だった。大人と子供のプロレスだ。

そして、勝矢さんは右手を振り上げると、襟足の長い小学生の股間に勢いよくチョップを振り下ろした。

「ぎゃあ」

「このクソガキ！」

勝矢さんは怒鳴りながら、振り下ろしたチョップで股間を摩擦《まさつ》する。

「や、べてぇぇ」襟足の長い小学生は顔を真っ赤にして、苦しそうな声を出した。

「うるさい、謝れ！」

勝矢さんは、もう一度チョップを振り下ろした。

襟足の長い小学生の顔が苦悶の色に染まる。

摩擦した。

「あうううぅ」

「はやく、謝れ！」

「ご、ごめんなさいーーーー」襟足の長い小学生は声を絞り出した。

「男だったら、弱いもんいじめなんてすんじゃねぇ、このクソガキ！　弱いもんを守るのが男だろ！」勝矢さんはチョップを広げられた股間に、千切りをするようなリズムでヒットさせる。

「謝ったのに……」瓜実顔がぼやいた。謝れと言ったから謝ったのに、まだやるんだ。そう思ったのだろう。確かに、と僕も思った。

「やべてぇぇぇぇ」小学生は涙をボロボロ流していた。よだれも鼻水も出ている。他の二人の小学生もマウンテンバイクに跨ったまま立ち尽くし、顔を強張らせ、今にも泣きだしそうな表情をしていた。

「もうするんじぇねぇぞ！」

「ぼうじまぜぇんからぁ、やべてぇぇ」

「誓え！」

「ぢかいますぅ」

「きこえねぇぞ！」

「ちかいますぅぅっ」襟足の長い小学生がそう言うと、勝矢さんは小学生の足を固定していた足を放した。襟足の長い小学生は、そのままでんぐり返しを完了させ、這《ほ》う這うの体でその場から離れ、ふらふらと立ち上がった。そして、こちらを振り返らず、そのまま倒れたマウンテンバイクを起こし、それに跨りふらふらと漕ぎながら立ち去った。

「おい、タイ米と温泉まんじゅうっ！　お前らもわかったな！」瓜実顔とぽっちゃり体形は一瞬顔を見合わせ、「は、はいっ」と返事をし、襟足の後に続くようにすぐに逃げて行った。

華子とベビーさんとアルバイト仲間はその状況を口をあんぐりと開けて、見ていた。もちろん、僕も然《しか》りだ。勝矢さんは一人、満足げな顔をしていた。

※

その後、ベビーさんとあの親子がどうなったかは、分からない。ただ、ベビーカーに人形を乗せて歩く女性がこの町からいなくなり、コンビニの向かいのアパートの二階で座る男の子の姿も見なくなった。

夜、僕はいつものように華子と会話をしながら、食事をした。当然ベビーさんと勝矢さんの話になった。ベビーさんは素敵な女性で、勝矢さんはかなりぶっ飛んでいる、という話だ。そして、その後、人と人との〝出会い〟について話した。

「人が生まれてくることもそうだけど、人と人との出会いも奇跡よ。天文学的数字を分母にするよりも、もっと小さい、数字では表現できないくらいの確率で出会っているんだなって思った」華子はパンを一口サイズにちぎり、口に入れた。

「奇跡だ」僕はクリームシチューの中の人参をスプーンで掬《すく》い、口に運んだ。

「奇跡って怖いよね」

「どういうこと？」

「だって、私たちの両親たちが出会って、その前にはおじいちゃんとおばあちゃんが出会っていて、さらにその前にはひいおじいちゃんとひいおばあちゃんが出会って……、って奇跡の連鎖のおかげで今、私たちはここにいるでしょ。そのどこか一つでも無かったら、私たちは出会ってないんだもん。そう考えると、すごく怖いよ。ここにいることがあまりにも不安定で」

「なるほど」

「そして奇跡の裏側には、別れが存在するのよ」彼女が呟いた。

「そうなの？」

「出会いや生まれることは奇跡、別れや死ぬことはその逆。奇跡の対義語は〝別れ〟とか〝死〟であるべきなのよ」

「別れと死が？」

「ええ、出会いや生まれることは自分では選択できないけれど、別れや死は自分で選択して、自分で叶えることができるでしょ」

僕はその言葉に切なくなり、しんみりとなった。華子は自分がそれを選択する権利のある人間だと主張しているように感じたからだ。

「ところで」おかしな空気が流れたので、話を変えることにした。「華子のお父さんとお母さんはどんな人なの？」

「とっても優しい人よ」華子は僕の不自然な質問に躊躇うことなく答えた。

「実家には帰らなくても大丈夫なの？」

彼女が僕のアパートに来て以来、実家に帰っている様子が無かったので、そんなおせっかいな質問をした。

「どうして」と華子は不思議そうな顔をした。

「いや、ご両親は心配してないのかなと思って」

「そうね、心配はしてるかもね。でも親は、私にやりたいことをやって欲しいんだと思う」

「そうなんだ」

「だから、私はやりたいことをやるの」華子は真っ直ぐに僕を見て、そう言った。

七

眠りから覚める度に私は安心する。まだ、私という存在のまま生きていることに。逆にその何秒か前、眠りから覚める瞬間、私は不安になる。目覚めた時、全く違う自分に生まれ変わっているのではないかと。そう、例えば物心がついた二歳児に生まれ変わっていて、〝私〟という存在も何もかも忘れてしまっていて、全く違う人生を一から歩んでいくのではないかと、不安になるのだ。

そして、私は眠りから覚める度に〝私〟であることを実感し、喜びと幸せに包まれる。

夕日の温かいぬくもりを瞼に感じ、私は目を開けた。いつの間に眠ってしまったのだろう。昼過ぎにアルバイト先から帰って来て、そのままベッドに横になったところまでは覚えている。知らぬ間に眠りに堕ちてしまっていたのだ。

中学生の頃の懐かしい夢を見た。

「オリオンは、実の兄に唆《そそのか》された恋人のアルテミスの矢によって殺されてしまい、星になったのです。――これがみんなの知っているオリオン座です」

何の授業だったかは分からない。ホームルームだったかもしれない。天体観測が趣味の担任の男性教師が、私たちに熱弁を振るっていた。保護者からも生徒からも人気の三十代半ばの先生だった。アポロンは、妹である〝月と狩りの女神〟アルテミスとその恋人〝狩人〟オリオンの仲を良く思っていなかった。アポロンは、妹のアルテミスを騙し、恋人のオリオンを矢で殺させたのだ。その後、全能の神ゼウスがオリオンを星にし、月の通り道に置いたという話だった。恋人を殺してしまったアルテミス。恋人に殺されてしまったオリオン。私はその話を聞いて、オリオンとアルテミスを不憫に思うと同時に、アポロンのことを病的なシスコンだと感じた。

まだぼんやりとする意識の中、ベッドから起き上がる。洗面所へ行き、ヘアゴムで髪の毛を一つに束ねた。

部屋のドアを開け、マンションの非常階段に出て、ゆっくりとコンクリートの階段に腰を下ろす。眼下には夕日に染まる街並みが広がっている。西の空には沈みかけのオレンジ色の太陽があり、停滞する棚雲をすっかり自分色に変えていた。十一階建てのこのマンションはこの町で最も高層で、最も綺麗な景色を見せてくれる。この景色こそが、私がこのマンションを選んだ最も大きな理由でもあるのだ。

一人暮らしをすることを決めたのは、高校を卒業してすぐの頃だった。親に反対されるかと思っていたけれど、案に相違して親はすんなりと許してくれた。やりたいことはまずやってみろ、と父が言い、落ち着いたら泊まりに行くからね、と母も快く送り出してくれたのだ。

だけど、そんな寛容な親の対応の裏には、私の病気の存在があることを私は知っていた。

私は産まれて間もない頃難病と診断された。発病すれば脳の細胞が死滅していき、神経機能が働かなくなってしまう病だ。ただ、発病するまでは、普通に日常生活を送れるそうだが、治療法も無ければ、いつどういった経緯で発病するかも分かっていないので、非常に厄介な病気である。

私を取り巻く大人たち――親や医師、看護師たちは、物心のついたこどもの私に、絶望を与えないためか、病気について嘘の説明をした。「華子ちゃんは、物の色が人とは違ったふうに見えている可能性があるの、だから病院で検査をしましょうね」と。

またそれは眼ではなく、脳が色の判断を間違っているのだという説明も加えていた。例えば、赤色の物が青色に見えていたり、逆に青色の物が赤色に見えていたりする可能性があるのだという。私は大きなカラーチャートを使った色覚のテストを受けさせられ、難なくすべてに正解した。なんだ時間の無駄だった、と思っていたところ、それは色の重複認識が無いかのテストだったと医師が言った。実際、私の見ている赤色と呼んでいる色は、一般の人の目には青色に映っているもので、人の目に映っている赤色のものを見て、青色と言っている可能性がある、となんともややこしい説明をした。

別に支障はない。そんなの誰だってそうじゃない、と思ったけれど、子供だった私は言われるままにそれを受け入れ、何度も採血やCT検査を受けさせられていた。

結局、私が本当の病気のことを知らされたのは、中学二年生の春だった。診察室で両親に挟まれ、医師からの説明を受けたのだ。なぜ、そのタイミングだったのかは分からないが、おそらく思春期に入り、中学生活にもある程度慣れてきた頃を狙ったのだろう。病気のことを隠していた両親に憤りを覚えることはなかった。そこには両親の、私に病気のことを伝えるべきか否かという、並々ならぬ葛藤があったと思うから。それに両親は私より長い間、私の病気のことで苦しみ、悲しい思いをしてきたのだ。長い年月、私に悟られないよう、込み上げる涙を飲みこみ、気丈に振る舞ってきた。そんな両親を責めることなどできなかった。

そのかわり、私は毎日泣いた。怖くて、辛くて、悔しくて、なんで私だけがこんな目に遭わなければいけないのだ、と人生に悲観し、生きているのが苦痛になった。しばらく部屋から出ることができなかった。中学の友人が何日も欠席する私を心配し、家に来てくれても会う気になれなかった。食事も喉を通らず、真っ暗な部屋で一日中泣いていた。

そんな塞ぎ込んでしまっていた私に光を見せてくれたのは、母だった。

　母はノックを無視する私をさらに無視し、私の部屋に入ってきた。そしてベッドの横に座ると、掛布団の上から私の肩をゆっくりとさすった。私はベッドの中で枕に顔を埋めたまま動かなかった。

「華子ちゃん」

　優しい声だった。

「今日は何のお話しよっか」

　その瞬間、母の胸に飛び込み、抱きつきたい衝動に駆られたのを覚えている。甘えたかった。母に不満を聞いてほしかった。母の胸の中で、理不尽な運命に汚い言葉を浴びせたかった。だけど、私の身体は動かなかった。身体は小刻みに震え、自由を失い、声は涙に沈められてしまっていた。

　母は、布団の中に手を忍び込ませ、私の震える肩を優しくさすってくれた。

　昔からそうだった。母は私が部屋で泣いていると、そうやって私の肩をさすりながら、お話を聞かせてくれたのだ。幼稚園の頃のお泊まり保育の前日、行くのを嫌がった私を。小学生の頃、クラスのガキ大将に鍵盤ハーモニカを壊され泣いていた私を。テレビで怖い番組を見て寝られなくなった私を。父に怒られて不貞腐《ふてくさ》れて泣く私を。たくさんの私の肩をさすり、たくさんのお話をしてくれた。母の話は創作されたようなものが多かったけれど、どれも話を聞き終わったあと、笑顔になれるそんな素敵な

りとした一定のリズムでさすった。
「じゃあ、今日はある島のお話をしましょうか」母は私の肩をさらに優しく、ゆっく
お話だった。

達磨島《だるまじま》というのは日本海に浮かぶ小さな島らしい。二百年も前の時代のお話だった。島に若くて美しい、キヨという女性が暮らしていたそうだ。島でも評判の美しい女性だったという。ある日その噂を聞きつけた島を治めていた殿様が城にキヨを呼び出し、自分の妻になるよう命じた。もし自分の妻になるのなら、キヨの両親が終生安泰に暮らせる財を与える、という条件付きだった。

けれど、その頃キヨにはダイサクという結婚を約束した相手がいたのだ。キヨは殿様の求婚を丁重に断ることにした。

すると殿様は激昂《げきこう》し、家来たちに農民のダイサクの田畑を荒らさせ、牛を奪い取り、生活ができないようにしてしまったのだった。キヨは悩み抜いた結果、ダイサクと両親のために自分の身を殿様に捧げることにした。

やがて月日が流れ、キヨのお腹には新しい命が宿り、元気な男の子が産まれた。殿様もキヨもわが子をとても大切に可愛がったそうだ。

しかし、十五年という歳月が流れたある日、殿様は信じられない言葉を口にしたの

だ。

この子はわしの子か？

わしに全く似ておらぬではないか。

本当はあの農民との子ではないのか。

この子を島に流してしまえ。

そしてお前とも離縁する。

この城から出ていけ。

リアルな馬鹿殿だった。自分の不安を、他人を疑うことでしか解消できない、情けない男。母の話を聞き、私は中学生ながらにそう感じた。息子は離れ島に流され、キヨは城を追い出された。その後、キヨは離れ島に流された息子を想い、毎日海に向かって祈り続けた。息子が元気でありますように。そしていつか会えますように、という想いをこめて。ある日、ひとりの男が浜に現れた。昔の婚約者のダイサクだった。

そしてダイサクはキヨにこう言った。

おらと結婚しねぇか。

キヨは耳を疑った。自分はこの男を一度裏切ってしまったのだ。そんな自分を許してくれるというのか。いや、もし一緒になったとしても、そこに幸せなどあるはずはない。キヨは、首を振った。それから自分には殿様のこどもがいること、自分と一緒になっても誰も幸せにはなれないこと、を告げた。その言葉を聞き、ダイサクはこう返した。おらは、キヨのことをずっと愛してた、おらが愛してるキヨが産んだ子なら、その子はおらの子だ。おらが幸せにする。キヨが愛しいと思うものすべてがおらは愛しい。おらの幸せはそこにある。

いい男。私は中学生ながらにそう思った。いい男というのは、不安を、人を愛しいと想う気持ちで解消するのだ。その後、キヨはダイサクと再婚した。さらにそれから一年が経ったある朝、不思議なことが起こった。キヨとダイサクが海に祈りを捧げていると、浜に向かって、遠くから島が近づいてきたのだった。島はゆっくりゆっくりとその大きさを増し、近づいてくる。キヨとダイサクは目を丸くし、その様子をただ茫然《ぼうぜん》と眺めていた。まさか。そう、そのまさかだった。近づいてきた島には同じように祈りを捧げるキヨの息子が立っていた。次第にその島と島の陸地がつながり、一つの島になり、キヨと息子は再会した。キヨと息子は抱擁し、涙を流し喜んだ。祈る気持ちが島をも動かし、島と島をくっつけたのだ。それから三人は島で幸せに暮らしたという。

因みに達磨島の名前の由来は、合体した島が達磨の形に似ていたことから、キヨたちが名づけたらしい。

母が、その時に話してくれたのは、そんな話だった。

——お母さんの嘘つき。島が動いてくっつくわけないよ。ただの作り話だったと分かっていても、私は嬉しかった。母は、私を元気づけようと、嘘の話を考えてくれたのだ。

「お母さんね、こういった不思議な話、なんていうのかな超常現象？　科学では説明できないような話、けっこう信じるのよ」背中のあたりで母の笑う声が聞こえた。「だからね、お母さんの祈りも通じると信じてるの。いつの時代も子を想うお母さんのパワーって偉大なんだよ。だから華子ちゃんはずっと元気でいられる。絶対に。そんな意味のわからない病気に振り回されていたら損だよ。これからね、いっぱい楽しいことがあるから。友達と青春したり、素敵な人と出会って恋をしたり、結婚して幸せな家庭を築いたり。楽しいことをいっぱいしましょ。華子ちゃん」

母が本心でそう思っているとは、思わなかった。発病しなかった前例が無いことも母は知っている。おそらく、私に後悔の無い人生を送って欲しい、と伝えたかったのだろう。

この日、私は母のその言葉で、精いっぱい生きよう、と決心した。もし明日、私の病気が発病してしまったとしても、後悔の無いように生きてやろう、と。気付くと、私の頬をそれまでとは全く違う温度の涙が伝っていた。

あの日から、私はやり残すことが無いように生きようと決めたのだ。

階段から腰を浮かせ、大きく息を吸い込むと、夏の夕日の温かい味がした。非常口の扉を開き、再び部屋に戻った。夕日によって部屋中が暖かい色に染められている。収納ケースに手を伸ばし、中から長方形の紙切れを一枚取り出した。短冊だ。

緑色の短冊に拙い文字で「バノンに会えますように」と書かれている。

バノンとは誰か。私が昔に住んでいた町で、出会った男の子だ。バノンというのは渾名で、本名は知らない。私はその男の子と、いつも近所の河原で遊んでいた。

私は幼稚園の頃に、父の仕事の都合で、その町を離れることになってしまった。引っ越しの日の前日「またあそぼうね」とバノンと約束を交わしたことを覚えている。それから私たちは別れた。私はその翌年の七夕の日に、バノンが早く会いに来てくれますように、という願いを込め、この短冊を作った。

私たちは、まだ再会していない。

小学校に入り、足し算を覚え、引き算を習得し、掛け算を習いだした頃、それが当然のことだと気付いた。彼は私の引っ越し先を知らないし、私も、彼の住む町は知っているが、詳しい住所も名前も知らないのだ。手紙を書くこともできなかった。

それにもう、彼はそんな約束など忘れてしまっているかもしれない。

もちろん、私もずっと、会いたいという気持ちに執着していたわけではない。新しい友達もでき、楽しい毎日を過ごすにつれ、私の中の〝会いたい〟という感情は記憶と共に薄れていった。

だけど、なぜか私はこの短冊を捨てられなかった。これを持っていれば、いつか、不思議なきっかけで会えるかもしれない。そんなふうに思っていた。

私がバノンに会いに行こうと決心したのは、今朝のことだ。

テレビでタンポポを見たのだ。

タンポポとは、私が昔遊んでいたあの河原でバノンと拾った犬の名前だ。タンポポは寂しそうな目をして、そこに捨てられていた。タンポポはその日からバノンの家で飼われることになり、翌日からバノンは河原にタンポポを連れてくるようになった。それから私たちが遊ぶ時には必ずタンポポが一緒にいた。

そのタンポポを朝のニュース番組で見た。犬を紹介するコーナーに出ていたのだ。昔私が住んでいたその町を、首元に特徴的な毛を持つタンポポという名の犬が散歩していたのだ。私は飲んでいたコーヒーカップから唇を離し、画面を凝視した。間違いない。私が住んでいた町だ。そして、短い脚を必死に動かしているポメラニアン風の犬はタンポポだ。私は確信した。

同時に私の胸の中で、ある決意が固まった。

バノンに会いに行こう。

テレビにはかつて遊んだあの河原が映り、よく行った駄菓子屋も映っていた。バノンの家の詳しい場所は分からないけれど、近くに行けば探し当てることができるかもしれない。私はもう子供じゃない。

私はバノンに会いに行かなければいけない。私がタンポポを偶然テレビで目にしたのには、そういう意味があるのだろう。

ケータイが鳴る。弟の俊介《しゅんすけ》からのメールだった。「着いたぞ」という端的な内容だった。私は「すぐ降りるから待ってて」と返信した。

私はマンションからほど近い場所にある駅裏のカフェでアルバイトをしている。昔からお洒落なカフェで働いてみたかったのだ。親は仕送りをしてくれているが、それに頼るつもりは無い。ほとんどの生活費はその給料で賄っている。明日はアルバイトも休みだ。行くしかない。時間はたっぷりある。

私はバノンに会いに行く。

※

平日の夜の高速道路は働く車が多かった。俊介の黒色のステーションワゴンが走行車線を走る大型貨物のトラックたちを何台も追い越していく。俊介は窓を少し開け、四本目の煙草に火を点けた。開かれた窓の隙間からは、車が風を切り裂く音が車内に侵入してくる。

「何読んでるんだ?」俊介の茶色い髪が風に揺れている。

「恋愛心理学?」俊介が私の手元を一瞥して、言った。「恋愛心理学?」俊介は煙を吹き出して、笑った。

「なによ、失礼ね。意外と面白いんだから」私は助手席で暇つぶしのために部屋から持ってきた恋愛心理学の本を読んでいた。「右利きの男性に話しかけるのは、右側からの方がいいんだって。利き腕側からだと警戒心が和らぐらしいの」

「そんなの信じてるのか」俊介は嗤笑《ししょう》する。

「女ゴコロが分からないあなたこそ、読みなさい」私は馬鹿にされたので読むのをやめ、ダッシュボードの小物入れにその本を入れてやった。

「そんな怒るなよ」俊介がヘラヘラと笑う。

「てかさ、吸い過ぎよ。しかも、なんか似合ってないし」

「いいんだよ。俺が煙草を吸うと、税金で国が潤うんだ」俊介はそう言うと、もくもくと煙を吐いた。

　頓珍漢なことを言ったので「そんな問題じゃないでしょ」と叱責してやった。不愉快なのか、煙が目に染みたのか、俊介は顔を顰めている。

「うるせぇよな、ねえちゃんは」俊介が舌打ちをする。

「なによ」

「昔っからそうだよな。俺がすることなすこと、いっつも、いちゃもんつけてきてさ」

「俊介が不真面目だからでしょ」

二つ年下の俊介は、ダメな弟だ。世間一般に言う、ドラ息子だ。親に買ってもらった車を乗り回し、親の金で遊びほうけている。最近は高校もよくサボっているようで、毎日フラフラと自堕落な生活を送っているのだ。親が素行の悪さを注意しても言うことを聞かず、反抗ばかりしている。真面目な両親からどうしてこの子が生まれたのだ、と彼のことをよく知らない人間はそう言うだろう。

でも、私は彼の虚勢の原因を知っている。原因は私だ。厳密に言うと、私と両親だ。昔から、両親の言動は、俊介に対してよりも、私に対しての方が愛情深く感じられた。当の本人の私ですら、そう感じているので、俊介はもっと強く感じていたのだろう。しかしそれは、愛情に憐《あわ》れみが加えられた複雑な感情であり、愛情とはまた別のものなのだ。

例えば、母は真っ先に私に、今日は何が食べたい？　と訊いた、そしてその後に俊介に訊く。じゃあ、俊介は？　といった感じだ。結局、私の意見が採用された。家族で旅行に行く時も同じだ。行きたい場所を訊かれ、私の答えた場所が行き先になった。

そんな些細《ささい》なことばかりだが、俊介としては自分より姉の方が可愛いんだ、と勘違いしてしまったのだろう。

私がまだ実家にいた頃、俊介の両親への言葉遣いをきつく咎めたことがあった。そんな私に彼は冷たい目をしてこう返した。

「お前は愛されてるからいいよな」

私は何も言えなかった。その言葉で、俊介の虚勢の原因を知った。

俊介は繊細な男なのだ。

俊介と友達のように話せるようになったのも最近のことだ。私が実家にいた頃は、あまり口をきいてくれなかった。私が何を言っても、うるせぇ、とつっけんどんに言うだけで、まともに会話をしたのなんて、数えるほどだった。けれど、私が実家を出てから、その関係性は一変した。きっかけこそ忘れてしまったけれど、今ではランチに行ったり、夜ご飯を一緒に食べに行ったりするほど仲が良くなった。私がいなくなって寂しくなったのか、俊介が少しだけ大人になっただけなのかは、分からない。ただ言えることは、彼と過ごす時間は、今の私にとって安らぎでもある。

俊介はドリンクホルダーに置かれた筒型の灰皿の蓋を開けた。蓋を開けると発光ダイオードが光る仕組みになっている灰皿だ。俊介の横顔がぼんやりと白い光に照らされる。「そんなことより」俊介が煙草を一口吸う。「なんでいきなり昔に住んでた町に行きたいなんて思ったんだよ」

「別にいいでしょ」

「そりゃ、別にいいけどよ。明日の朝とかじゃダメだったのか」

「別にそれでも良かったんだけど。思い立ったが吉日、ってのが私の座右の銘なの」

俊介は煙を勢いよく吐き出し、笑った。

「知ってるよ、そういう性格だもんな、ねえちゃんは。この前も夜中にラーメン食べたいって言いだして、二時間も車飛ばしたもんな」

その出来事を思い出し、私も笑った。

「だって雑誌を読んでたら、めちゃくちゃ美味しそうなお店を見つけちゃったんだもん。でも、結局営業時間が終わっていて、オープンの時間まで待ったよね」

「営業時間くらい、調べておけっつーの」

「うるさいっつーの」俊介の口調を真似してやった。「でも、あのラーメンすごく美味しかったよね」

「そうだ、こんなのもあったぞ」俊介が私の言葉にかぶせるように言う。「海に行きたいって言いだしてよ。人が寝てるのにオニコール、あん時も夜中に車飛ばしたっけな」

「あれは仕方ないのよ」

「なにが仕方ないんだよ」

「友達と電話で話してたら、その子が彼氏と海に行ったたって話するから、行きたくなっちゃって」

「で、結局着いたら朝から大雨」

「そうそう」

「天気予報ぐらい調べておけっつーの」

「俊介が調べとけっつーの」もう一度笑った。

私は行きたいところが見つかると、俊介に電話をして連れて行ってもらうことにしている。他に誘う相手がいないわけではない。けれど、やっぱりそんな相手には気を遣ってしまい、結局疲れてしまう。その点、俊介には自然体でいられる。

「そんなに文句ばっかり言うなら、もう誘ってあげないからね」強がりを言ってみる。

「おっ、そんなこと言っていいのかよ、俺以外に付き合ってくれるやつがいるのか？」俊介も張り合ってくる。

「あら、そんな男、ごまんといるわ」私はそう言うと、顎を突き上げた。

「もうちょっとましな嘘つけ」俊介が鼻で笑う。「五万人もいるわけねぇだろ」

車内が静まり返る。俊介は真面目な顔をしていた。

「馬鹿なの？」

「なんだよ、馬鹿って」

俊介は無邪気な笑顔を見せながら、似合わない煙草の火を灰皿で消した。吐き出された煙が一瞬、車内に淀み、やがて窓から外に流れ出て行った。

「ただ、馬鹿は馬鹿でも憎めない馬鹿だけどね。昔から、真っ直ぐに行動しすぎるから」

「なんのことだよ」

「覚えてないの？」私はにやつく。「私のことを助けようとして、警察に捕まりかけたこと」

私が高校三年生の頃だった。夏の帰り道、私は不審者に遭遇した。それは期末テストを一週間後に控え、友達の家でクラスメイトたちとテスト勉強をした帰り道だった。時刻は夜の九時を過ぎ、辺りはすっかり暗くなっていた。もともと人通りの少ない家へと帰る一本道は、気休め程度の街灯がポツポツと頼りなく立っているだけで、いつその陰から変質者が出没するかもしれない、という恐怖心をいたずらに助長した。もう少し早く帰ればよかったな、と若干の後悔を抱きながらも足早に帰路を急いでいると、後方で私の足音とはまた別の足音が聞こえていることに気付いた。初めは人がいるということに安堵したが、すぐにそれは恐怖へと変わった。その足音と共に、男の荒々しい息遣いが私の背中に近づいてきたのだ。やがて男の吐息に興奮の色を含む喘《あえ》ぎ声が混ざっていることに気付き、私は男が変質者だと確信した。私は恐怖のあまり、後ろを振り返ることもそれ以上足を速めることもできなかった。しかしそれをいいことに、男の吐息は荒くなっていった。おまけに背中に卑猥《ひわい》な言葉を浴びせられた。私はとうとう我慢できず、カバンからケータイを取りだし、自宅に電話をかけた。震える手でケータイを耳に当てる。母が電話に出た瞬間に小声で、自分の居場所と変な男につけられていることを告げ、助けを求めた。電話を切ったすぐあとに、男は私が助けを呼んだことに気付いたようで、舌打ちをすると進行方向とは逆に走り去って行った。

俊介が現れたのはその数分後だった。半袖のシャツにトランクス姿にフルフェイスというこちらも変質者のような恰好でミニバイクに跨っていた。急いで駆けつけてくれたのが一目で分かり、嬉しかった。俊介に「大丈夫か」と訊ねられ「大丈夫」と返事する。会話はぎこちなかった。

「変態は？」

「逃げた」

「どっちに逃げた」

「あっち」私は男の去って行った方向を指さす。「でも、もう遠くに行っちゃったと思う」と言うと、俊介は舌打ちをした。乗っていたミニバイクのエンジンを止め、手でハンドルを押しながら家の方向に反転させて歩き出す。私もすぐ後に続いた。

しばらくして、両親も駆けつけた。両親は心配そうな顔で、大丈夫？　と駆け寄ってきた。両親と合流した後、俊介は「じゃあ、先に帰るからな」と無愛想に言い、ミニバイクで帰って行った。私は両親に経緯と愚痴を話しながら家まで帰った。あの時点で自宅に電話をしていなかったら、と想像するだけで怖気《おぞけ》立つ。

家の近くまで来た時、家の前にパトカーが一台停まっていることに気付いた。驚いたのは、その横で制服の警官とトランクス姿の俊介が口論していたことだった。「だから違うって言ってるだろ！」「なにが違うんだ！」「俺は怪しい人間じゃねぇ！」「貴様、そんな恰好でよく言ったな！」「だから違うんだ！」「分かったから、とにかく乗りなさい！」

俊介が不審者と間違えられていたのだ。後から聞いた話によると、私からの電話を受けたあと、母はすぐに警察に通報したらしい。それで駆けつけた警官がおかしな恰好をしている俊介を見つけ、声をかけたらしい。両親と私で説明し、俊介の誤解は解けたのだが、あの時の俊介の必死に弁解する姿は忘れられない。

結局、直接的な被害がないので被害届などは出せず、特別警戒をするという警官の言葉で話は終わった。それ以降、変質者は私の前に現れていない。

「おお、あの時は参ったぜ」

「俊介があんな恰好で外に出るからでしょうが」

「しかたねぇだろ、ねえちゃんが変態に襲われそうだって、かあちゃんがすごい剣幕で言ってきたから、焦って家を飛び出したんじゃねぇか」俊介は恥ずかしそうな顔で笑った。

いい思い出だ。ラーメンを食べに行って店が閉まっていたのも、海に行って雨が降ってきたのも、ランチや晩ご飯を食べに行ったのも、全部がいい思い出だ。そう思ったすぐ後で、何とも言えない寂しい気持ちが押し寄せてきた。そんな記憶も私の病気が発病してしまえば、あっという間に消えて無くなってしまう。最近、そんなことを考えることが増えた。こんな時、私は決まってこう自分に言い聞かす。自分の記憶が消えてしまうのなら、誰かの記憶に残ればいい、と。そんな寂しい気持ちを消し去るように、隣の弟に「忘れないでね」と心の中でこっそり話しかけ、そっとほほ笑んだ。

「俊介っていい弟だね」

「なんだよ急に。だったら、もっと大切に扱えよ」

※

それから一時間ほど走ったあと、サービスエリアで食事をすることにした。食券を購入し、テーブルを確保する。周りには作業服を着た中年のおじさんが、食事をしていたり、食事を終え爪楊枝《つまようじ》で歯間をほじくり、シーハーシーハー、と音を立てていた。

俊介に「ねえちゃんは座ってろ」と言われたので大人しく座っていることにした。食券を引き換える弟の背中を見て、大きくなったなと感じた。小さい頃は泣き虫で、母のそばから全く離れなかったくせに。

トレーを持った俊介が戻ってきて、それぞれの前に黒色の丼鉢を置いた。中身はエビが二尾入った天ぷらうどんだった。

「やけどすんなよ」俊介に箸を渡された。

「かっこつけんなよ」私も同じイントネーションで言う。

「いちいちうっせぇな、ねえちゃんにかっこつけてどうすんだよ」俊介は面映《おもは》ゆそうな顔でうどんを啜ると、むせた。

「可愛いね、俊介は」

「うっせぇよ」

「そういえばさ、智《とも》ちゃんとはどうなの？　うまくいってるの？」智ちゃんとは俊介のカノジョだ。俊介は私の働くカフェに智ちゃんを連れてきたことがあった。俊介には不釣り合いな、大人しくて、可愛い女性だ。

「別に普通だけど」

「普通ってなによ」

「まあ、可もなく不可もなくって感じかな」

「またかっこつけて。大切にしてあげなよ。あんな良い子、そうそういないよ」

「うるせぇな、黙って食えよ」俊介が箸で私の器をさす。私は無視して続けた。

「早く一端《いっぱし》の男になって、ちゃちゃちゃっと結婚しないと」

「だから、うるせぇって」

「智ちゃんは俊介のこと大好きなんだよ」

「なんでねえちゃんに分かんだよ」

「前に言ってたから」

「なに？　お前ら会ってんの」

「それはひみつ」

「まあ、いいけど、そんなの言葉じゃ分かんねぇだろ。言葉なんてタダだし、いくらでも湧いてくるし。いくら口にしても減らないからみんな軽々しく、好きだとか、愛してるとか言えるんだよ」

「ひねくれてるなあ」

「もしだぞ、一生に一回しか口にできない言葉だったとしたら、そんな簡単に言わねぇよ。ねえちゃんも言葉ばっかり信用してると、悪い男にだまされるぞ」

「ほらそうやってまたかっこつけて。いい女性はいつまでも待っててくれないよ。さらっと他の男にとられちゃうんだから」

「ほんと、うっせぇ」

俊介の言葉がひっかかった。言葉なんてタダ。いくらでも湧いてくる。そんなふうに思うのは、やはり私のせいなのかもしれない。両親の愛を感じられず、自分は愛されていないと思っているから、人が向けてくる愛を素直に受け止められなくなってしまったのかもしれない。

俊介はふだんおちゃらけているけれど、実は繊細な男なのだ。そしていいやつだ。だから俊介には純粋に人を愛して、愛されて、幸せになって欲しいと思う。

「そう言えば、このあいだ加奈子《かなこ》の結婚式に行ったのよ、加奈子覚えてるでしょ？よく家に遊びに来てた」一週間前に親友の結婚式があった。出席した誰もが幸せになれるような、素敵な結婚式だった。

「覚えてるよ。ねえちゃんと一番仲良かったやつだろ」

「やつ、って何よ。偉そうに」

「で？」俊介はお箸で薄っぺらいピンク色に半円周を染めたかまぼこを摑み、口の中にペロッと放り込んだ。

「そうそう、結婚式がめちゃくちゃ素敵だったのよ。幸せそうで。それでおねえちゃんスピーチしたんだけど、色んな思い出が込み上げてきてね、涙がボロボロ流れて、鼻水もジュルジュルで、途中から声が出なくなっちゃってさ、大変だったの」私は泣き顔を作ってみせる。

「なんだよそれ。ダメじゃん」

「まあ、おねえちゃんはグダグダだったけど、結婚っていいなって思ったの。俊介も早く智ちゃんと結婚しなきゃだめよ。おねえちゃんスピーチしてあげられなくなっちゃうかもしれないんだから」

冗談っぽくそう言ったつもりだったのだが、俊介は「つまらねぇこと言うな」と、にべもなく言い返すだけだった。グダグダになるお前にスピーチなんかさせねぇよバーカ、と憎まれ口を叩かれると思っていたのだが、肩透かしを食らった気分だ。黙ってうどんを啜っている。少し寂しそうな表情にも見えた。

おかしな空気になったので、私も無言でうどんを啜る。

「ってか、そういう、ねえちゃんこそ、どうなんだよ」重苦しい雰囲気に耐《た》えかねたのか、俊介が口を開いた。「あのチャラ男風の店長とか、実はいい感じなんじゃねぇの。よろしくやっちゃってたりして」

チャラ男、店長、という言葉でアルバイト先の店長を思い出す。

「いやよ」私は眉間に皺を寄せる。

「かなり嫌そうだな」

「聞いてよ、しつこいのよあの人。しょっちゅう食事に誘ってくるの。駅前に新しくできた寿司屋に行ってみたいんだけど、一緒に行かない？　とか、夜景の見えるホテルの鉄板料理ってどう思う？　とか」

「なんだそりゃ」俊介は白い歯を見せて笑った。

「だめ押しは、シアターセット買ったから家で泡でも飲みながらＤＶＤでも見ない？　だってさ」

「泡っ」俊介は噴き出した。「シャンパンを泡って言う奴は完全にチャラチャラだ」

「歩いたら小銭の音がしそうでしょ」

「そうだな、誘い方が下心丸見えだ」

「そうそう。誘い方が下手くそ」

俊介はにやりと笑う。

「淹《い》れるのが上手いのは、コーヒーだけってことか」なぜか満足そうな顔をしていた。

「やっぱり馬鹿でしょ、あなた」

二人で笑った。

　食事を済ませた後、建物から出たところに自動販売機があったので、缶コーヒーを二本買った。

「いくよ」一本を俊介に投げる。俊介は上手に片手でキャッチした。

「げっ、俺、甘いの苦手なんだけど」

「考えが甘いあなたには、それぐらいがちょうどいいでしょ」

車に戻る途中、前を歩くカップルが腕を組んでいたので、私も真似をして俊介の腕に腕を絡めた。

「おい、なにしてんだよっ」俊介が私の腕を振りほどく。暗がりでも、恥ずかしそうに頬を赤らめたのが分かった。

「なによ、こんな美人に腕を組んでもらえるなんて、嬉しいでしょう」

「馬鹿じゃねぇの」

「俊介って、シスコンでしょ？」

「んなわけねぇだろ、ねえちゃんこそブラコンじゃねぇのか」

「正解ぃ」脇腹をくすぐってやった。

「やめろっつーの」俊介が走り出したので、追いかけた。無性に楽しかった。やっぱり、きょうだいっていいな。そう思った。もっと早く仲良くなりたかったな、とも。

車は平坦で真っ直ぐな高速道路を二時間ほど走った。カーオーディオから流れる音楽を聴き、その曲が主題歌になったドラマの話などをしながらドライブを楽しんだ。

「俺のことを考えてか？」

高速道路を下りた所で俊介がぼそりと呟いた。いったい何のことを言っているのか、私は分からなかった。

「どういうことよ」と訊き返す。

「いや、その」俊介は少し口ごもり、「ねえちゃんが家を出てったの」と言った。

私は笑った。

盛大に笑ってやった。

「なに言ってんの。そんなわけないでしょ、一人暮らしをしてみたかっただけよ」

そう言ったものの、実は笑顔の裏で心苦しさを感じていた。俊介は私のせいでそんなことを考えていたのか、と胸が締め付けられた。

「それじゃあ、戻ってこいよ。もうじゅうぶん楽しんだだろ、一人暮らし」

俊介はハンドルを片手で回し、交差点を右折する。その言葉は普通のトーンで発せられたが、俊介の横顔は、はにかんでいるようにも見えた。

「考えておく」

私は強がった。

本当は、じゃあ帰る、と言いたかった。

でも、ここでそう言ってしまうと、嘘をついたことがバレると思った。しばらくしてから何もなかったかのように戻ってやろう。そう思った。可愛い弟が寂しがっているのだ。

車は駅のロータリーに入っていく。家を出る前に調べておいた、この町でいちばん大きな駅だ。

「本当にここでいいのかよ」俊介は車をロータリーの駐車スペースに停車させた。

「うん、わざわざ遠くまでありがとう」片手でシートベルトを外す。

「用事があるなら、俺も付き合ってやろうか」

「そんなのいいわよ」人に付き合ってもらうほどの用事ではない。俊介にすべてを話したら、大笑いされるに違いない。私は黙っておくことにした。

「帰りはどうすんだよ」

「電車でゆっくり帰るから大丈夫」私がそう言うと、俊介はすかさず「男だな」と言った。私は聞こえなかったふりをして、財布を取り出し、一万円札を三枚抜くと、助手席のサンバイザーにそれを挟んだ。

「おい、なにしてんだよ」

「ガソリン代と高速代とお小遣い」

「そんなのいらねぇよ」

「まあまあ、智ちゃんに何かご馳走《ちそう》してあげなよ」

ドアを開けようとした時、俊介が「おい」と私を呼び止めた。

「なによ、しつこいなあ」

「いやあ、その」モジモジしている。

「どうしたの？」

「俺、真面目になるわ」

私はいきなりの言葉に唖然《あぜん》とし、俊介をまじまじと見た。

「なに、頭でもおかしくなった？」

俊介は視線をフロントガラスの方に逸らす。

「ああ、そうかもしんねぇな」気まずそうに灰皿の蓋をカチカチと触った。

「へんなの」鼻で笑う私。

「ああ、俺は変な奴かもしんねぇ、でも、今から言うことは別に変な意味じゃないからな、勘違いすんなよ」

「なによ」

「純粋にだな……」俊介は言葉を詰まらせる。

「純粋に、なによ」

してている。

「俺、スピーチが見たくなったんだよ。ねえちゃんの」頭を掻いて、恥ずかしそうに
「だから結婚式に来てくれよな」

一瞬真剣に俊介の顔を見つめ、その数秒後、もう一度、大きな声で笑ってやった。

「何年後になるやら」

私はそう言うと、そそくさと車から降りた。正直言うと、それ以上、俊介と会話を交わしていると涙がこぼれそうだったから。背中でクラクションが聞こえ、振り返る。俊介は助手席側の窓を開け、「またいつでも呼び出せよ」と手を振り、車を発進させた。

本当にかっこつけだ。そう思いながら私はテールランプが見えなくなるまで車を見送った。

空を見上げる。星が疎らに輝いていた。不意に俊介のタキシード姿が目に浮かんだ。隣にはウェディングドレスを着た智ちゃんが笑っている。相変わらず、俊介はデレデレしている。そんな時くらいシャキッとしなさい。今でしょ、かっこつけるタイミングは！　私は心の中で一喝してやった。

八

ロータリーをぐるりと回り、一度も訪れたことのない駅の正面へと向かう。ひょっとすると、幼い頃に母や父に連れて来られたことがあるのかもしれないが、記憶にはなかった。駅は英国風の建物を模した時計台の造りになっており、私の想像していた寂れた田舎の駅ではなかった。時計台に、はめ込まれた丸型の文字盤は十時を示している。駅の周りには百貨店などの高い建物があり、それなりに栄えているようにも思えた。タクシー乗り場には個人タクシーが二台待機していて、それぞれの運転手が車から降り、煙草を吸いながら雑談をしている。人の往来は少ない。サラリーマンや学生らしき人間がぽつぽつと家路を急いでいるだけだ。

私は夜の駅前をふらふらと歩いた。駅の改札の正面には噴水があり、そこでフォークギターを抱えて座り込んでいる男がいた。空を仰いでいる。周りに人だかりはない。夜空に想いよ届けと言わんばかりに、ひとりぼっちで凝然と空を仰いでいる。

私は彼に歩み寄る。歌を歌ってもいなければ、ギターも弾いていない。なぜか、私は彼の元に引き寄せられてしまったのだ。男は肩ぐらいまである黒髪にパーマを当て、無精ひげを生やしていた。服装は半袖の白色Tシャツに色褪《あ》せたジーンズを穿いている。歳は三十歳前後といったところだろう。彼は祈るように目を閉じ、鼻を空に突き上げていた。宇宙に何かメッセージを送っている、そんな印象だった。

懐かしい光景が目の前に浮かんだ。

これをアレシボメッセージというのです――

中学の頃の天体観測が趣味の担任の男性教師が教壇に立っている。一九七四年にアレシボ天文台から球状星団M13に向けて送られたパルス信号のメッセージについて説明していた。人間のDNAの構造や構成元素、太陽系での地球の位置などを表したメッセージらしい。簡単に言うと、それは地球外生命体が存在するかを調べるためのメッセージで、『あなたたち宇宙人の他にも地球人という生命体がいるんですよ、このメッセージに気付いたら、返信くださいね』というものだった。ただ、このメッセージが球状星団M13に届くのは二万五千年後で、もしその返信があったとして、地球に戻ってくるのは五万年後になるらしい。

「意味ないじゃん。死んでるじゃん」

男子生徒の一人が言った。何人もの生徒が声を出して笑った。

「いいんです。それでいいんですよ」男性教師は優しい笑顔を見せた。「そもそものメッセージの発信は、アレシボ電波望遠鏡の改装記念のイベントとして行われたので、催しとしての意味合いの方が大きいでしょうから。でも、それが五万年後に戻ってきたらすごくロマンチックじゃないですか？」

「馬鹿じゃねえの」男子生徒が言った。馬鹿じゃないよ、と思った。もちろん、アレシボメッセージが届いて、返事が地球に戻ってきたとしても、その時、今生きている人間は死んでしまっていてもう誰もいない。けれど、それを想像できるだけでいいのじゃないのかと思う。未来を想像できるだけで、人は無限の希望を描けるのだから。


やがてギターを抱えた男は目を開けると、私に視線を向けた。

「お、客か」

彼と目が合った私は、無意識のうちに頷いていた。

「残念だが、俺の歌なんて聴かない方がいいぞ」

その言葉を聞き、私は思わず、えっ、と声を発した。

「どういうこと？」意図せず馴れ馴れしい口調になった。

路上で弾き語りをしている人というものは、人に聴いてほしいという想いがあって歌っているのではないのか？　理解できない薄気味悪い呪いの言葉を耳にしてしまった気分になった。

「俺の歌は聴いても、つまらんってことだ。リクエストされても、なんにも歌えんし」

「そういうこと……」私は、ふんふんと二度頷く。「てか、別にそんなのいいじゃない。ストリートミュージシャンって、そういうもんでしょ。オリジナルの歌にメッセージをのせて、周りの人に聴かせる。そういうもんでしょ。知らない歌でも平気よ」

「違う」ワカメのようにふにゅふにゅに波打つ髪を揺らした。

「違う？　なにが違うの？」

「俺の歌は人に聴かす歌じゃないんだ」

私は目を瞬かせる。だったら何に聴かせる歌だというのだ。「もう、よく分かんないから、とりあえず歌ってみてよ」

「強引な女だな」私の言葉に男は目を丸くした。

男は空咳を一つ入れると、渋々ギターを抱え直した。弦を乱暴に掻き鳴らす。適当に空気を震わせる五本の弦から吐き出された音は、在るはずもない終着点をやみくもに探しているようだった。そして男は歌いだした。

私は度肝を抜かれた。歌もギターもひどいものだった。もはや下手くそという次元を超えている。ギターは幼児がオモチャのそれを適当に奏でているかのようで、歌は音程うんぬんではない、ほとんど叫び声だ。夜空に吠《ほ》えている。しかも歌詞は「ごめんなさい」という言葉を繰り返しているだけだった。なんなんだこの歌は？　しかし男は至って真面目な顔で歌い続けている。ただ不思議なことに、私はいつの間にか彼の真剣な表情に吸い込まれるように、聞き入ってしまっていた。

彼は五分ほど、起伏のないその歌を歌い続けた。やがて歌い終わると、再び駅前に静寂が訪れる。駅の構内から微かにアナウンスが聞こえ、そのアナウンスが妙に優しいリズムに聞こえた。

男は、ふうっ、とため息をつくと、「だろ、つまんねぇだろ」と言った。私は自分の口が、ぽかんと開いていたことに気付き、すぐに閉じた。

私は、「別に」と言葉を詰まらせ、「つまらなくも無いけど、面白くも無かったわ」と素直に答えた。

「正直な女だな」男は鼻の頭を掻いた。「俺がプロだったら、泣いてるぞ」

プロになんかなれないでしょソレじゃ。と言ってやりたかったが、本当に怒りだすか、傷つきそうだったので、言葉を喉の奥で止めた。

「あんた、この町の人間じゃないでしょ」男が言う。

「どうして、わかるの」

「この町の人間は俺の歌なんて聴こうとしないから」その台詞で、この男は以前からこの場所でこうやって歌っているのだと理解した。確かにこのスキルを知っていたら、誰も立ち止まってまで聴こうとはしないだろう。私は、なるほど、と頷き、男に二歩近づく。地面に腰を下ろし、男の目の高さに自分の目線を合わせた。ほどなく、コンクリートのひんやりとした冷たさがジーンズを突き抜け、お尻に伝わってきた。

「あんた暇なのか」

「別に暇じゃないわよ。ちょっとある場所への行き方を教えてもらいたくて」

「交番なら西口のところにあるぞ」

「じゃあ、いい」私が立ち上がろうとすると、男は左手で私を制した。

「待てよ、冗談だ。短気な女だな」

私は浮かした腰を再び下ろす。

「で、どこに行きたいんだ」

私は以前住んでいた町の名を言った。

すると、男は、おお、と街で偶然知り合いと会った時のような顔をした。

「あそこなら、そこのバス停から乗って、三十分くらいで着く」男はロータリー内のバス乗り場を親指で示した。屋根とベンチのある小さなバス停だった。もう時刻表の電気は消されている。

「でも、もうバス無いぞ。ここは田舎だから」

「そうみたいね」

「タクシーならあるぞ」個人タクシーの方に指を回転させる。

「ううん、大丈夫。明日の朝に向かうから」

「そっか、じゃあ、駅の裏に、ビジネスホテルがある」今度は私の後方を人差し指で示した。男は、この駅という国を知り尽くしているツアーガイドのようだった。

「ホテルに泊まるぐらいの金は持ってるんだろ？」

「うん持ってる、ありがとう」もともとそうするつもりだった。夜に着いてどこかに泊まり、朝早くから捜索活動にとりかかろうという、腹づもりだった。

「誰かに会いにいくのか？」男は馴れ馴れしく訊いてくる。でも不快感はなかった。変に敬語を使われる方が、信用できない。私はそういうタイプだ。

「ええ。幼稚園の頃にその町に住んでいたことがあって、その時に友達になった男の子に会いに行こうと思って」私は一拍間を空ける。「て言っても、その人の名前も詳しい家の住所も分からないんだけどね」

男は少し驚いた顔をした。当然のリアクションだ。

「そんなの見つかるのか」男は冷静な口調で言った。

「手がかりはあるから」

「やっぱり暇だろう、あんた」

「約束したのよ。またあそぼうね、って。向こうは忘れてるかもしれないけどね。私はやると言ったら必ずやるの。後悔の無いように生きたいの」初対面の、しかも会って間もない人間に、自分は何を言っているんだ、とはっとする。しかしすぐに、初対面だからこそ言えることもあるのかもしれない、と思った。

「面白いやつだな」男は頬を弛《ゆる》ませた。優しそうな目をしている。

「あなたは」

「なんだ?」

「なんでそんな歌詞の歌を歌ってるの」

その質問に対して男はしばらく考え込み、そのあと口を開いた。

「あんた、人を傷つけてしまったり、苦しめてしまったことはあるか」

思いもよらない返しにどきっとして、私は考える。人を傷つけてしまったこと。苦しめてしまったこと。まず俊介のことを思った。私のせいで、彼は大切な思春期に心を痛めてしまったのだ。寂しい気持ちを虚勢という檻《おり》に閉じ込め、二度とは返らない時間を過ごした。私がいなかったら、また違った人生を生きていたのじゃないかな、と考えることも多い。私が傷つけてしまったのだ。次に両親のことを思った。両親は私の病気を知ってから、苦しい思いをし続けてきた。私の成長、私の泣き顔、私の笑顔、私の一挙一動に辛さを感じてきたに違いない。

私は「ある」と答えた。

「よかったぜ」男は顔をほころばす。「私は何も傷つけずに生きています、なんて言う奴だったら、俺は延髄斬りを食らわしていたかもしれない。この偽善者ってな」

「こちらこそよかったわ、変な技を食らわなくて」

「まあ、人は生きている以上、なにかを傷つけてしまうってことだ。そして後悔する」

変わった思想の持ち主なんだなとも思った。でもこういう変わった人は嫌いじゃない。

「悲観的なのね」

「だから俺は歌っているんだよ。決して許されることのないことを許してもらうために」

「人を傷つけちゃったの？」

男は伏し目がちに「ああ」と言った。

「もしよかったら、聞かせてよ」

「歌をか？」

「違う！」私は急いで首を振った。「何があったのかを、よ」

男がため息をつく。吐き出された息は、とても重いものに感じられた。

「人に話すことじゃない」

「別にいいじゃない。見知らぬ人間なんだから。話すと気持ちが楽になる、ってこともあるじゃない」

私がそう言うと、男は一度視線を地面に落とし、そのあと空を見上げ、無言になった。静けさに包まれる。気付くと駅前には行き交う人がいなくなっていた。構内のアナウンスも聞こえない。世界中のあらゆる音を繋いでいる配線が、おかしくなってしまったかのような感覚がした。ためしにスニーカーの底で地面を鳴らしてみる。破裂音のような軽快な音がした。男はその音に一瞬肩を竦め、口を開いた。

「母親だ」

「お母さんを傷つけたの」

「十年前、俺の母親は自殺した。そこの線路に飛び込んで」男は顎で駅の方を示す。私は自殺という言葉に一瞬戸惑い、今度は私が言葉を失った。

「まっ、そんな顔になるよな」男は納得したように頷く。「でもな、自殺だって、病気や事故と一緒だ。いつ自分の身に起こるかわからない」

「そうかもしれないけど……」

「滑車みたいなもんだ」

「滑車って、あの理科で習った？」

「ああ、人はみんな滑車に繋がっているんだ。滑車には紐《ひも》が引っ掛かって垂れている。一方の先は輪っかになってて、それに人が首を通しているんだ。そして、もう一方にはその人が背負う〝悲しみ〟や〝絶望〟が錘《おもり》として繋がれている。その錘が、どんどん重くなっていき、その人の〝重み〟を超えてしまった時、その人の身体は浮き上がり、首を吊ってしまうんだ。そんな仕組みなんだ。だから人は悲しみとか絶望って言葉が嫌いなんだ」

男はギターをハードケースにしまい、立ち上がった。そして、「ちょっと待ってろ」と、駅のロータリーの外れにある自動販売機の方へと歩いて行った。

私は知り合ったばかりの人間の、母親が自殺をした、という話を聞いてどんな言葉を返せばいいのか、皆目見当がつかなかった。軽々しく人の過去を詮索するものじゃない、と反省する。私は、ただぼんやりと自分のスニーカーの紐をいじっていた。そうしていると、男が戻ってきた。元の位置に腰を下ろし、ミルクティーの缶を私に渡してきた。

「こっちがいいか?」と自分の右手に持っている缶コーヒーを見せた。

「ううん、こっちがいい。ありがとう」私はミルクティーの缶を見せてお礼を言った。

男はプルトップを引き、ひと口飲むと、「悪条件が揃ってしまったんだ」と再び話し出した。

「待って」私は言葉を遮る。「辛かったら、話さなくていいよ」

そう言いながら、自分から訊いておいて、勝手だなとも思った。

「いや、聞いてほしかったから話し出したんだろ、俺は。ちょうどそこに見知らぬ人間がいたから」男はそう言うと、にっこりと笑う。その表情を見て、私は少しだけ安心した。男は再び、ゆっくりと話し出した。

「その日は、誰もが憂鬱な気分になってしまいそうな雨降りだった。午前中、母ちゃんは親父に電話をしたらしい。それで、私のことを愛してますか、と訊ねたらしい。親父はそのとき仕事の会議中で、母ちゃんの質問に答えず、すぐに電話を切ってしまった。また昼間から酒飲んで、酔っ払ってるんだな、程度にしか思っていなかったんだとよ。それから母ちゃんは病院に行くために、この駅に来た。駅員の話によると、改札のところで若い男と肩がぶつかり、邪魔なんだよババア！　と怒鳴られてたらしい。その後、駅のホームから俺に電話をかけた。けど、俺は電話に出なかった。そして駅を通過する特急電車に飛び込んだ。雨が降っていて、夫にぞんざいにあしらわれ、若い男に罵声を浴びせられ、息子に蔑《ないがし》ろにされ、そこに特急電車がきた。悪条件が揃ってしまったんだ。どれか一つでもなかったら、母ちゃんは死ななかったかもしれない」

「ちょっと待って、お母さんは病気だったの？」

「ああ、カバンの中に隣の駅にある病院の診察券があった。後から分かったんだが、母ちゃんは不眠症で悩んでいたらしい」

「不眠症？」

「ああ、母ちゃんは、心に傷を抱えてた」

「どうして？」

「親父が不倫をしてたんだ」

不倫という言葉は、自分には縁遠いものだった。テレビや映画で観る、ドロドロとしたあれだ。甘い蜜に誘われ、一生消せない十字架を背負う。泡沫《うたかた》の幸せの代償に、雁字《がんじ》搦《がら》めになる。本能のまま動く汚らわしい大人たちを描いた、でもどこか憧れも抱いてしまう、あれだ。私は何も言わず、相槌《あいづち》を打つ。

「それで、毎日喧嘩《けんか》してたんだ。両親の部屋から聞こえてくる声に耳をそばだて、俺はなんとなくだけど、親父に他の女ができたってことは分かっていた」

私は両親の喧嘩など、一度も目《ま》の当たりにした経験がなかったので、その状況を想像してみた。ひどく辛い気持ちになる。

「辛かったね……」

「いや、別に辛くはなかった」

「どうして？」意外な言葉だった。

「その時、俺は中学生だったから。人間なんてそんなもんだと分かっていた」天気の良い仲夏《ちゅうか》の空気のようにカラッとした言い方だった。

「すれた中学生だったのね」私がそう言うと、男は、まあな、と言った。

「ここからは、あとから親父に聞いて知った話だ。親父の不倫相手は会社の若い女だった。それが母ちゃんにバレた。親父は謝罪し、慰謝料も養育費も払うことを条件に、離婚の話をしたらしい。でも母ちゃんは離婚しなかった。多感な時期の息子のことを思って、というのは親父が言っていたことだが、本当は違うと思う。親父を愛していたから、一緒にいたかったから、離婚しなかったんだ。母ちゃんは、裏切られても愛してたんだ。だからあの日一番に親父に電話をかけたんだと思う」

「お父さんは不倫を続けていたの？」

「それは分からない。親父は、すぐに関係を切った、と言っていたが、真実は分からない。分かっていることは、母ちゃんが親父を信じられなくなってしまった、ってことだけだ。些細なことで、親父を疑い、喧嘩してた。母ちゃんは、信じたいけれど信じることができない苦しみと毎日戦っていたんだと思う。親父を愛しているがゆえに」

「疑心暗鬼になっちゃったんだね」

「そう、一度裏切られた人間はそうなってしまうんだろ。それに不倫の相手が悪かったんだよ、職場の人間だったから。親父が出勤する度に母ちゃんは嫌な思いをしていたんだと思う。忘れたくても忘れられなかったんだろ」

悲しすぎる話に、私は無言で頷くことしかできなかった。愛している人からの裏切りは、想像するだけで胸の奥が焼かれるように苦しくなる。愛しているからこそ、愛は消えず、愛しているからこそ、不安になり、疑ってしまう。不安から生じる疑い、という点では母から聞いた達磨島の馬鹿殿と同じだが、本質は全く違う。裏切られた、という言葉が入ると、疑いも肯定してしまう。

目の前の男の母親は、とてもいい女性に思えた。疑いながらも愛していた。心がボロボロになっても、愛し続けたのだ。

「それから母ちゃんは毎晩、酒を飲むようになった。まぁ、もともと酒好きだったから、俺も酒好きのダメ母ちゃんだな、としか思ってなかった。でも違った。母ちゃんは眠れなかったんだ。酒を飲まないと。日に日に飲む量が増え、やがて酒だけでは眠れなくなり、睡眠導入剤と酒を一緒に飲むようになった。それから夜だけではなく、昼間っから酒を飲むようになった。心も身体もボロボロだったに違いない。それから母ちゃんは何年も耐えた。耐え続けた。そして、あの雨の日の朝を迎えた。あの時、俺が電話に出ていれば、一言、愛してる、って言ってやってれば、母ちゃんは死ななかったかもしれない」

「だって電話に出られなかったのは、仕方がないことじゃない」私は自然と優しい口調になっていた。

「いや、電話には出ることができた。わざと出なかったんだ」

えっ、と無意識に大きな声が出ていた。

「俺は、母ちゃんが嫌いだった。酒ばっかり飲んで、家に帰ったらいつもフラフラで、料理も掃除も洗濯もロクにしないし、ツレにはアル中母ちゃんって馬鹿にされるし、大嫌いだったんだ」

「でも、それは」

私が言いかけると、男は言葉を被せた。

「そうなんだよ、母ちゃんがそんなにボロボロだって分からなかったんだよ。薬を服用してることだって知らなかったんだ。分かっていれば、電話にも出てたさ。もっと話も聞いてやったよ。見ることができなかったんだよ、そんな裏っかわまで」私は言葉に詰まり、男は言葉を続けた。

「俺が高校の頃だったかな、家に帰ると母ちゃんが台所で酒飲んでてさ、ニヤニヤ笑ってやんの。昼間っから酔っ払いやがって、って思ってたら、昔の家族写真を見てるんだ。その写真、俺がまだ小学生の頃に家族で温泉旅行に行った時のやつでさ、家族三人が笑顔で仲良く写ってるんだよ。それ見ながら母ちゃん、笑ってたんだ。家族っていいな、って言いながら。俺は馬鹿だから、なんにも分からなかったんだ。じゃあ、お前がもっとちゃんとしろよ、って思ってた。馬鹿母ちゃんが、って。母ちゃんはSOS出してたのに」男の声が少し曇った。

辛すぎる話。人は弱い。一つのきっかけで、すべてが壊れてしまう。私もそうだった。自分の病気を知った時、世の中が馬鹿らしくなり、生きているのが苦痛になった。けれど、そんな時、母が私を救ってくれた。優しい言葉をかけて、優しい嘘を言って。

冷めきっていた私の心を温かくしてくれた。人の心を救えるのは、お酒でも薬でもない。温もりのある人の言葉なのだろう。

「それであなたは、ごめんなさい、って歌ってたんだ……」

男はコーヒーを飲み、ゆっくりと頷いた。

「あれは、母ちゃんが最後に言った言葉なんだ」

「お母さんが？」

「俺の携帯電話の留守電に残ってた。親らしいことできなくてごめんなさい、って。ほとんど聞きとれねぇ、震える、泣き声で」

「そうだったんだ……」

「俺も言いたかったんだよ、辛い思いをしていた時に優しくしてやれなくてごめんなさい、って。でも、もう言えないんだよな。だから、月命日にこうやって、歌ってるんだ。許してほしくて。もう聞こえないのに。声なんて届かないのに」男は自分が十字架を背負い続けるのだと、断言しているようだった。私はまた悲しい気持ちになる。

「でも届くと思ってるんでしょ？　だから歌ってるんでしょ？」

「半信半疑でな」男は苦笑まじりに言った。

「声も、想いも届くよ」

「そうだといいな」

「信じてないでしょ」

「だから半信半疑だって」

「想いは島だって動かすんだから」

私は手に持っていたミルクティーのプルトップを引き、ひとくち喉に通す。ミルクの甘みが口の中に広がり、紅茶の香りが鼻からぬける。

「なんだそれ？」

「島よ」

「シマ？」

「そうよ、島を動かしちゃうの」

私は男に母から聞いた達磨島の話をした。男は何も言わず私の話に頷き、時に険しい顔をし、たまにコーヒーを啜り、空を見上げ、また頷いた。

「いい話だな」

「信じてないでしょ」

「信じてるよ」

「ほんと？」

「島が動く話は、他にも聞いたことがあるからな」

「うそ？」

「嘘じゃねぇよ。お前こそ信じてねぇんじゃねぇのか」男は目を細めた。「ハワイが日本に近づいてるんだってよ。地球の内部の熱の対流が原因って言ってたっけな。太平洋プレートかなんかが動いてるんだとよ」

「本当に？　くっついちゃうの」

「残念だが、くっつきはしない。その前にハワイが沈んじまうんだってさ。まあ、沈まずくっついたとしても何千万年も先の話らしい」

「ハワイと日本で祈りあっている人がいるのかも」私はありえないことを、信じる気持ちを込めて言った。

「そうかもな。ハワイが沈まず、明日の朝にはくっついてるかもな」

「そうよ、祈れば、想いは届くんだから」ありえないことが、ありえそうな気がした。

「俺の想いも届いて、母ちゃんが許してくれればいいんだけどな」

急に男の言葉が、寂しく耳に響いた。不意に、母親を亡くした目の前の男と、俊介や両親、友人とが重なり不安が込み上げてきた。私は表情を消し、男を見た。

「なんだ」

「〝ごめんなさい〟って歌うのやめれば？　あとさ、許されるとか、許されないとか、考えるのもやめたら」

「なんだよ、いきなり」男は怪訝《けげん》な顔をした。

「それって遺された人のエゴじゃない」

男は無言で眉間の皺をさらに寄せる。自分でも自分の言葉に驚く。彼は何も悪くない。彼を責めるのはお門違いだ。そもそも知り合ったばかりの人間にそんなことを言われる筋合いも無いはずだ。私がやっていることは、やつ当たり以外のなにものでも無い。そう分かっていても、言葉に歯止めが利かなかった。

「生きているうちにもっとあれこれしておいてあげれば良かった、とかっていうのも同じ。ああいうのって、遺された人間が自分に酔ってるだけじゃない」自分の言葉が乱暴になっていることに気付き、少し口調を和らげる。「あなたがやってることってすごく悲しいな、と思って」

男は黙ったままだった。

「あなたの、ごめんなさい、がお母さんに届いた時に、お母さんってどう思うかしら」

私がそう言うと、男は地面に視線を落とした。私の言葉を頭の中で考えているようにも見える。

「逆に自分の死が、これほど息子を辛い気持ちにさせてしまってる、って悲しく思うんじゃない」男は黙り込んだままだったが、私の言葉は止まらなかった。

「たとえ、どんなに悲しい死に方をしたとしても、周りのみんなには笑っていてほしい。自分を思い出す時は、自分と過ごした楽しい時間を思い出して欲しい。自分に出会ってよかったって思って欲しい」切実な思いだった。「〝ごめんなさい〟なんて絶対に言われたくないよ」

しばらく沈黙が流れた。そして私は「ごめん、生意気言って」と言った。

男が顔を上げる。

「不思議な女だな」

「私？」

「そうだ。死んだ人間の言葉みたいに話すから」

「ただ自分が死んだあとのことを想像しただけ。悲しいじゃない、自分が死んだあとに大好きな人が辛い気持ちになってるのって」私はミルクティーに口をつける。男も私との間にある虚空を見つめ、幾何《いくばく》かの時間が流れた。

「なんか、あんたにしゃべって楽になった気がするよ」男は口の端を持ち上げる。八重歯がのぞく。

私もつられて笑顔を見せた。再び、沈黙が流れる。私は俊介や両親、友人のことを考えた。

「母ちゃんは俺に、親らしいことできなくてごめんなさい、って言ったけど、ちゃんと親らしく、大切なことを教えてくれたんだよな」

「大切なことって？」

「人を一途に愛することだ。今、生きている親父には無理だったけど、母ちゃんにはそれができた」

　私は大きく頷いた。

「そうね。それって、簡単なことじゃないもんね」

　空を見上げた。先ほどより星の数が増えている気がした。ホームから微かにアナウンスが聞こえる。それから電車がホームに滑り込む音が聞こえた。

「じゃあ、そろそろ行くね。色々とありがとう」私は立ち上がり、お尻をはたいた。

「ああ」男はハードケースから再びギターを取り出す。「俺はもう一曲歌っていくよ、新曲を思いついたから」

「別にギターは、いらないんじゃない」

　私は冷やかすような言い方をした。

「ダメなんだ、これが無いと」

「なんで」

「これが無いと、警察に職質されるんだよ」男は苦い顔をする。

　ギターを持たずに彼が叫んでいる姿を想像した。

「たしかに」私は笑った。

　そして男も笑顔を見せると、「会えるといいな、昔の友達に」と言った。

私は頷き、「じゃあね」と駅の裏の方に歩き出した。間もなく、出鱈目《でたらめ》なギターの音が聞こえてきた。

ホテルの部屋に入っても、しばらくは寝つけなかった。一泊、七千円のシングルタイプの部屋は、室内の半分ほどをベッドが占領し、すぐそばにはテレビを載せたウッド調のライティングデスクがあるだけのシンプルな部屋だった。ベッドに横になり、バッグから日記帳を取り出す。うつぶせの姿勢でペンを走らせ、今日の出来事をしたためていった。

日記帳を閉じ、駅前で会った男のことを思いだす。男の母親のことも。私は彼女のように人を愛したことがない。私も人を夢中で愛したいと思った。そして愛されたいと。久しぶりに恋愛でもしてみよっかな、なんてことも思ってみた。

日記帳をバッグにしまい、代わりにケータイを取り出す。「明日はアルバイトが休み。だから昔住んでた町に遠出で旅行。さっき駅に着いて今はビジネスホテル。俊介に送ってもらっちゃった。面白いお土産話ができそうだから、楽しみにしておいてね。おやすみなさい」とメールを打ち込み、送信ボタンを押した。母へのメールだ。

母は、私が一人暮らしを始める時に、私に三つの約束事を課した。一つ目が、毎日、朝晩メールをすること。二つ目が、定期検診には必ず行くこと。そして三つ目が、体調が少しでも悪く感じたら病院へ行くこと。もちろん、私はその約束を破るつもりはない。

すぐに母からメールが返ってきた。「遠くまで行ってるのね。くれぐれも気を付けるのよ。俊介、またどっかほっつき歩いてると思ってたら、華子ちゃんと一緒だったのね。お父さんはリビングで映画を観ながら舟を漕いでます。じゃあ、またお土産話期待してまーす。気を付けて楽しんでね。オヤスミ」私はメールを見ながら口角を持ち上げる。それから無性に家族が恋しくなった。

部屋の明かりを消す。そして暗がりの中、もう一度母にメールを打った。「ありがとう」手探りでバッグにケータイを戻した。

明日、バノンに会えますように。そう祈りながら、私は目を閉じた。

※

朝七時にホテルをチェックアウトし、一階に併設されている小さなレストランでバイキングの朝食を済ませ、まだ静かな停留所からバスに乗り込んだ。一時間に二本しかないバスは、私が停留所に着いて間もなく、そのベージュの大きな車体を停留所に現した。これを逃してしまうと、また三十分ほど待たなければいけない羽目になる。

郊外へと向かうバスには乗客も少ない。私のほかに、同じ停留所から乗り込んだ杖をついた老紳士と、途中の停留所で乗ってきた子供を抱きかかえた女性だけだった。バスはゆっくりとその決められた道を進み、たまに現れる押しボタン式信号でしばらく停まり、またゆっくりと走り出す。それを繰り返していた。

十分ほどバスに揺られると、駅前の都会じみた風景はすっかり消え、大きな川に沿って走る田舎道に出た。駅前では高い建物に囲まれていて見えていなかったが、川の向こう側には瑞々《みずみず》しく木々を茂らせた大きな山があり、そのすそ野を切り開いて作られた町並みが見えた。さらに十分ほど走ると、バスは大きな白い橋を渡り、そちら側の川沿いを走りだす。これまでバスが一度も停留所で停まっていないことに気付く。景色停留所に人がいないので、バスは停留所をノンストップで通り過ぎていくのだ。景色は田舎の色を濃くしてゆく。堤防に立てられている看板には『あゆの友釣り禁止』などと書かれており、そのことを訴えているというよりも、水の美しさをアピールしているようでもあった。確かに少し離れたこの車道から見ても、水は綺麗に太陽の陽射しを反射させていた。堤防に視線を流すと数人のヘルメットを被った中学生らしき少年たちの自転車を追い越すところだった。見慣れない田舎の風景に少し胸が弾む。幼稚園の頃まで住んでいた町だったが、郷愁にふけることはなかった。忘れることで感じられる新鮮さもある。そんなふうに思った。

それからしばらくバスに揺られていると、降りる停留所の名前が車内にアナウンスされ、私は慌てて降車を知らせるボタンを押した。ブビー、という滑稽な音が車内に響く。その音が慌てた私を馬鹿にしたような気がし、少し恥ずかしくなる。

バスがゆっくりと停車する。空気の抜けるような音と同時にドアが開き、私はステップを、トン、と鳴らしバスを降りた。

露出した顔と腕に熱気が纏わりつく。『成北《なりきた》バス』と書かれたバスと同じ色をした停留所の看板を見上げる。ところどころ塗料が剝げており、そこから広がる錆《さび》水の垂れた痕がかなりの年季を感じさせた。バスの残していった苦い排気ガスのにおいが完全に消えたあと、私は胸を張って伸びをした。眩《まぶ》しく輝く太陽がじりじりとアスファルトを照りつけている。澄んだ空気が、肺を膨らます。気持ちいい。

私は土手に下り、さらにコンクリートで作られた傾斜を慎重に下りた。ほとりに生い茂る夏草は膝下の高さまで背を伸ばしている。それを足でかき分け、丸く削られた不揃いの石を踏み損なわないよう注意しながら歩く。

水際までたどり着く。川の流れる音を聞き、川面《かわも》を眺めた。幅八十メートルほどのゆっくりと流れる大きな川からは、派手にその存在感を誇示するような愚かさは全く感じられない。ひっそりと風景に溶け込み、すべてを達観し見守り構える、そんな神々しい存在感があった。

バッグからケータイを取りだし、カメラの設定に切り替える。川の風景を撮った。その写真をメールに添付し、母に送る。すぐに返信が来た。「おはよう。これ成北川でしょ！　綺麗ね。華子ちゃんその川でよく遊んでたもんね——。そうそう、話は変わるけど一人旅？　ひょっとしたら男子とご一緒？　なんか俊介が、男に会いに行ったっぽいぜ、って言ってたから」

男子、という言葉に笑みをこぼす。男子と一緒ではないが、男子に会いに行くための旅だ。

「一人旅だよ。思い出を拾い集める一人旅。あと、俊介に、帰ったら殴るからって言っておいて」と、もう一度送信した。

しばらく私は川の景色を楽しみ、再び土手に上がった。それから川上の方へ歩き出す。先ほど渡ってきた白い橋とは反対方向に、緩やかなアーチを描く鼠《ねずみ》色の橋が見えたのだ。私はその橋が、昔にバノンと遊んでいた場所だと思った。記憶がおぼろげなので、根拠は無い。もちろん、ただの直感だ。

私は長閑《のどか》な風景を眺めながら、ゆっくりと歩みを進めた。太陽の位置が高くなり、気温は着実に上昇している。額に汗が浮き上がってくる。

橋までは、十五分ほど歩くと到着した。コンクリート製の大きな橋だ。橋桁は全体的に黒ずんでおり、コケが生えている部分もある。その陰に入ると、気温が一気に下がり、涼しくなった。山が近くにあることもあり、あちこちでセミの声が聞こえている。汗がじわじわと冷やされていくのを感じ、その心地よさに、私の頭の中でうっすらと懐かしさが蘇る。

私は橋脚から、大きく頭上を覆う橋を見上げ、確信した。この橋だ。橋の上を通る車の音、空気中に含まれている水の粒子がひんやりと鼻腔《びこう》にこびりつく感覚、それと同時に感じる水と草と湿気の匂い、それらが次々に記憶を呼び覚ましていく。私はこの場所で、バノンと遊んでいた。そしてタンポポと出会ったのだ。私の頭の中に、今度は鮮明に懐かしさと映像が蘇った。

夕暮れの橋の袂。半袖、半ズボンの少年が棒切れのようなものを振り回している。バノンだ。バノンというのは当時テレビ番組で人気だった、特撮モノに出てくる主人公の名だ。ロボットだったか、改造人間だったたか、記憶は定かでない。

すぐ近くに子供の頃の私もいる。「ミシェル」とバノンが渾名で私を呼ぶ。こっち、とバノンは橋台の方へと駆け出した。

ミシェルという名前は、バノンが戦う悪の組織のボスの名だ。けれど、その渾名に、なんで私が悪役なの、と不愉快になることはなかった。ミシェルは強かったからだ。週に一度放送されるその番組で、バノンは毎週、悪の組織をあと一歩というところまで追いつめる。しかし毎回、最後にミシェルが出てきて、バノンは負けてしまう。結局、最後までバノンはミシェルを倒すことはできなかった。いつも見事に負けてしまう。

ただ、最終回は違った。一度、負けたバノンは苦肉の策で自爆を決意する。バノンはミシェルを羽交い締めにし、宇宙に飛び立つ。そして大きな花火のように二人は爆発した。バノンはミシェルと共に宇宙に消えた。そして地球に平和が訪れる、という涙の最終回だった。最後までミシェルは一度も負けなかった。私はそんなミシェルの強さに魅力を感じていたのだ。

目の前の二人が駆け出す。私は駆け出した二人の背中を追いかけた。二人が駆け寄った橋台の脚元にはダンボール箱が置かれていた。周囲には何もなく、そのダンボール箱は明らかに不自然さを際立たせていた。

「わぁー」

バノンは置かれていた箱の中を覗き込み、感嘆の声を上げた。

「いぬっ」子供の頃の私が言う。バノンは両手をぎこちなく動かし、ダンボール箱からふわふわのクリーム色の生き物を抱き上げた。「いぬだ」

「かわいい」

バノンが抱き上げた小さな子犬は、小さな口から小さなベロを出していた。優しい風がふわふわの毛をしなやかに揺らしている。

「さわらせて」子供の私はバノンの腕の中から、ゆっくりと子犬を抱き取った。顔の高さを合わせると、小さな鼻を私の鼻に近づけ、私の唇をぺろりと舐《な》めた。

「すてられちゃったのかな」

「そうかもね」

「どうしようか」

「どうするって？」

「このこ」

「どうしよう」

「バノンのおうちでかえないの？」

「え、ぼくの？」バノンは仰々しいリアクションを取った。

「だってこのこ、ひとりでいたらかわいそうよ」

バノンは、うーんと唸った後「ミシェルのおうちはダメなの」と訊く。

「おかあさんが、どうぶつの〝け〟がダメなんだって。だからどうぶつがかえないの」

子供の頃の私が事情を説明すると、バノンはしばらく無言になり、

「わかったよ。じゃあぼくがつれてかえるよ」と言った。

「じゃあ、なまえをつけよ」

「タンポポがいい」

「なんで?」

「くびのところが、ふわふわでタンポポのわたげみたいだから」

「タンポポ」

「たんぽっぽー」

目の前に思い出された光景の中の二人は、そんなやりとりをして笑っていた。

すぐにまた別の日の記憶が蘇る。

私が引っ越す前日の記憶だ。夕暮れの河原にバノンと二人。小さい頃の私がタンポポを抱きかかえ、歩いている。遠くでヒグラシが悲しげに鳴き、西の空に傾いた太陽が目に映るすべてを憂いに染めていた。

バノンが鼻歌を歌っている。幼稚園で習う〝七夕の歌〟だ。私もそれに倣うように合わせる。

「ひこぼしさまとおりひめさまってかわいそう」バノンが言う。

「まいにちあえないから?」

「そう」

「ほんとう。かわいそう」

「かわいそうだ」

二人はまた〝七夕の歌〟を鼻歌で歌いだす。

「またあそぼうね」バノンが子供の頃の私を見る。

「あそぶ」私もバノンを見る。

「あそびにいくから」

「うん」

「やくそくね」

「うん、やくそく」

また〝七夕の歌〟を続ける。

「ねぇ、ながれぼしみたことある？」

「みたことない」

「そうだよね、ぼくもない。ぼくたちがねむったあと、よるおそくにながれるんだよ」

「みてみたい」

「おおきくなったら、いっしょにみよう。いっぱいのながれぼし」

「うん、やくそく」

「やくそく」

夕日色に染まった二人が、柔らかく消えていく。記憶がはっきりと蘇る。

バノンと星を見る約束もしていたのだ。

私はバッグから日記帳を取りだし、最後のページに〝バノンと流れ星を見る〟と書いた。バノンに早く会いたくなった。

私は堤防を再び上がり、バス通りに出た。相変わらず車の数は少ない。私は道を横切り、車が一台通るのがやっとの細い路地へ入った。両脇には昔ながらの日本家屋が並ぶ。塀が作った影で日差しを避けながら歩いた。

それから十分ほど歩き続けると、なんとなく見覚えのある景色が現れた。年季を感じさせる日本家屋に錆の色に染まった看板、か弱く鳴る風鈴と色褪せたアイスケース。引き戸に張られている花火大会のポスター。私の胸の奥の記憶が蘇る。昔、足しげく通った、駄菓子屋だ。

再び幼い頃の私とバノンが目の前に現れた。二人は扉に激突しそうなくらいの勢いで駄菓子屋の中に駆け込んでいく。私も後を追う。店の中にはベージュのエプロン姿に強めのパーマをかけたおばさんが座っており、狭い店内には駄菓子が所狭しと並べられている。

「おっぱいアイスちょうだい」バノンがおばさんに小銭を渡す。

「アイスは表のケースに入ってるから、自分で取ってね。取れるでしょ?」

「取れる」バノンは、親指を立て、おばさんに向けると、また外に出て行った。私はまた後を追う。

「バノン、おかねどうしたの」子供の頃の私が心配そうな顔をする。

「へへへ、どうしたでしょう」

「だめなんだよ、おかあさんのさいふからとったら」

「ちがうよ」バノンはアイスケースの中を漁《あさ》りながら言う。「テレビのしたとか、たんすのしたにあった」

「なにそれ、すごーい」子供の頃の私は無邪気な笑顔を見せている。

「でしょ」バノンはしたり顔を見せる。「はいこれ」バノンはゴム容器のアイスクリームをふたつ手に取り、一つを子供の頃の私に渡した。

「ありがとう」

「ほれほ、ふぉーして」バノンはゴム容器の先端を歯で噛み、チュウチュウと吸った。子供の頃の私も真似して歯でゴム容器の先端に針の穴ほどの穴を空け、チュウチュウする。

「ぎゃあっ!」

　奇声を発するバノンの方を見ると、バノンは顔中をアイスクリームで真っ白にしていた。

「どうしたのっ」

「ばくはつした。ははは」

二人でお腹を抱えて笑っている。

懐かしい。気付くと、私は炎天下の中、駄菓子屋のアイスケースの前に突っ立っていた。再び、駄菓子屋の中に入る。

「どうしたのぉ、出たり入ったり」入るなり、駄菓子屋のおばさんが私に声をかけた。

「ごめんなさい、ちょっと懐かしい想い出を思い出して」

「へぇ、あなた、ここに来たことあるのぉ」おばさんの顔は、先ほど見ていたおばさんの顔より、心なしか皺が深くなっており、シミも増えていた。柔和な顔をしている。

私は頷く。「おっぱいアイスってありますか」

※

「へぇ、そんな前に住んでたのぉ」

私は復刻版のおっぱいアイスを手の温度で溶かしながら、昔のバノンのように破裂させないように細心の注意を払いチュウチュウと吸った。甘いミルクの味が口の中で広がり、溶けていく。味など覚えているはずもないのだけれど、とても懐かしい味がした。

「おばさん覚えてくれてないんですか？　よく来てたんだけどな」

「このへんのちんまい子を何百人もみてきたのよぉ。覚えてないわねぇ」おばさんは皺をさらに深くして笑った。

「そうですよね」私もつられて笑う。

「今はもうこのあたりも子供が全然少なくなってね」おばさんは悲しそうに話した。おばさんは子供が外で遊ばなくなったことを嘆き、昔はこのあたりは田んぼばかりで、子供はみんな外で遊んでよく肥溜めに落ちていた、と言い大きな声で笑った。笑顔でしばらくその話に付き合ったあと、切り出した。

「おばさん、このあたりでポメラニアンみたいな犬飼っているおうち知りませんか?」

おばさんは眉間に皺を寄せた。ポメラニアンがどんな犬か分からないのかもしれない。

「これぐらいの」私はおっぱいアイスを持った手と、持っていない手でタンポポの大きさを表した。「首のあたりがね、ふわふわした犬なんだけど」

「首のあたりがふわふわ……」おばさんは額を掌で覆い、思案している。

「その犬を連れて、よく来てたんです」

突然おばさんが掌を拳で打った。

「知ってるんですか?」

おばさんは口と目を大きく開いた。

「あんた、あの犬連れてよく来てた子かい、二人で」

「うんうん、そうそう、来てた来てた！　覚えてくれてたんだ私たちのこと」

「いや、あんたらの顔は分かんないけど」

ずこー、と言い、私は大袈裟に頭を傾ける。

「犬が印象的だったからねぇ」おばさんは目を細めて口に手をあてて笑っている。「犬を連れてきてた二人がいたことは覚えてるよぉ」

おばさんは、大きくなったんねぇ、と私の肩をさすった。私も嬉しくなって、笑顔を見せる。なんだか小さい頃に戻った気分になった。

「それに、今あの犬はこの町で有名よ」

「テレビに出てたからですよね」私は朝のニュース番組の名前を言う。

「そうそう、あんた見た？」

「はい、見ました、それで、わたし今この町に住んでないんだけど、会いたくなっちゃって、はるばる来たんです。だからその犬を飼っているおうちに行きたいの」

「それだったら、岡部さんの家の犬でしょう、ほらそこを真っ直ぐ行って、電気屋さんの角を左に曲がってこう行って」とジェスチャーで必死に説明しようとしてくれていたが途中で無理だと気付いたのか、「ちょっと待って」と小上がりから紙とペンを持ってきた。そして、簡単な地図を描いてくれた。「そこのお母さんがよく散歩させてるのよぉ」

「ありがとう」テンションが上がりおばさんに抱きついてしまった。ゴールは目の前だ。「おばさん、大好き」

私に抱きつかれたおばさんは少し戸惑っていたようだったが、「役に立てて良かった」と言って、背中をさすってくれた。

おばさんに最後にもう一度お礼を言い、また来るねと手を振った。

駄菓子屋から出ると、相変わらず灼熱《しゃくねつ》の太陽が容赦なく降り注ぎ、セミがジージーと鳴いていた。

私は描いてもらった地図を握りしめる。少しだけ緊張していた。まず、初めになんて話そうか。私のことを覚えていてくれているだろうか？　そもそも、バノンは今も実家暮らしをしているのだろうか。していなかった場合は、どうやって住所を聞き出せばいいのだろう？　素直に話して教えてくれるだろうか。色々と考えを巡らせる。

よし、流れに任せよう。私はそういうタイプの女だ。

※

岡部と書かれた表札が掲げられた家の庭には、白色とピンク色の源平小菊が咲いいていた。カトレアのような豪華絢爛《けんらん》な花も好きだが、ひっそり清楚《せいそ》に咲くこの花も好きだ。

インターホンを押して、しばらくするとインターホンの応答ではなく、直接玄関のドアが開いた。中から、五十歳前後の黒髪のよく似合う小柄な女性が出てきた。おそらく、庭の源平小菊もこの女性が植えたものなのだろう。インターホンの音に反応したのか、中では小型犬のキャンキャンという独特の鳴き声がした。タンポポだ、と思う。

「こんにちは」私はお辞儀をする。

バノンの母親と思《おぼ》しき女性は、こんにちは、と返すと少し警戒するような表情を浮かべた。

「わたくし、十五年くらい前にこの町に住んでいた者ですが。息子さんと仲良くしていただいていて――」怪しまれないように細心の注意を払い、丁寧な言葉を使い、昔河原で拾ったタンポポがテレビに出ているのを見て、それで懐かしくなりバノンに会いに来たことを告げた。もちろん、病気のことは隠しておいた。頭がおかしいと思われないかと、心配したが、バノンの母親の反応は意外なものだった。

「華子ちゃんでしょ」突然名前を呼ばれ、私は動揺した。私は状況を理解できないまま、はい、と返事をする。

「大きくなってー」バノンの母親が顔を綻《ほころ》ばせる。

私は自分の記憶の中にこの女性と会った記憶がないことに驚いた。

「お会いしたこと……」

「会ったわよ、一度だけだけどね。この家に来たことがあるのよ。息子はあなたのことを渾名みたいな呼び方で呼んでいたけど、えーと、なんだったかしら……」

「ミシェル」私が言うと、バノンの母親は小刻みに頷いた。

「そうそう、そんな渾名で呼んでたけど、あなた私に可愛い笑顔で〝はじめまして、かこです〟って挨拶したのよ。愛想が良くて、しっかりした子だなって思ってたの」

「本当ですか」驚きの連発だった。「ごめんなさい、覚えてなくて」私は頭を掻く。

「ところであなた、時間あるの？　上がって行ってよ」バノンの母親は烏羽《からすば》色の髪を揺らし、笑顔を濃くした。

私は、はい、と彼女に負けない笑顔で答えた。

居間はL字型に作られており、大きなダイニングテーブルが置かれているスペースと、私たちがいる応接に使えるスペースに分かれていた。

「そりゃあ、自分の息子が人生で最初に連れてきた女性ですもの、覚えてるわよ。と言ってもあの子が女性を連れてきたのは後にも先にもそれっきりだけど」小さい頃の私を女性と呼ぶところが少し面白かった。

「年寄りくさいお菓子だけど良かったら食べてね」バノンの母親はガラス製のローテーブルの上に水羊羹《ようかん》と冷えたお茶を置いてくれた。

「そんなことないです、甘いものが好きなので嬉しいです」私は会釈し、いただきます、と言った。おうちに上がらせてもらうなら、手土産でも持ってくるべきだったと、少し反省する。

「華子ちゃんは、うちの子と違う幼稚園だったのよね」

「はい」私は通っていた幼稚園の名前を言った。

「そうよね。あの子に華子ちゃんが引っ越しちゃったって聞いて、幼稚園の先生に華子ちゃんのことを聞いたのよ。引っ越し先が分かるかなと思って。手紙でも書かそうと思ってね。そしたら、うちの幼稚園には華子ちゃんて名前の子はいませんって言われたから。別の幼稚園の子だったんだって」

「岡部君に引っ越し先の住所でもお伝えしておければよかったのですが、子供だったもので、気が回らず……」バノンの母親が私を覚えていてくれたことが、とても嬉しかった。

ソファに座る私の膝の上にはタンポポがいる。タンポポは私がリビングに入るやいなや怖がって吠えたが、バノンの母親が抱きかかえ私の胸に抱かせてくれると、私の唇を何度か舐め、すぐに大人しくなった。

「タンポポひさしぶり、覚えてくれてたのかなぁ」

タンポポを顔の前で抱く。顔を近づけると、私の唇を再びペロッと舐めた。その感触がさらに懐かしさを呼び起こさせ、過ぎた時間が少し切なかった。タンポポは逆毛のようなふわふわのしっぽを左右に振っている。

リビングの窓からは綺麗に手入れされた庭が見えた。段々と記憶が蘇ってきた。ただ、それはおぼろげで、はっきりとはしなかったが、私とバノンがそこの庭で遊んでいる姿が浮かんだ。私は、このおうちにお邪魔したことがあったのだ。

向かいのソファにバノンの母が座り、バノンは大学に通うために実家を出て、一人暮らしをしていることを教えてくれた。

「ごめんね、せっかく来てくれたのに」何も悪くないのに、バノンの母親は申し訳なさそうな顔をした。とんでもないです、と私もかぶりを振った。膝の上のタンポポの首元を撫でると、タンポポは気持ちよさそうに目を閉じた。

「岡部君ってどんな人ですか。ずっと会ってないから、どんな青年になったのかなって」

「そうね、こういうの親バカっていうのかもしれないけれど、とっても真面目でいい子よ。普通、男の子って反抗期とか、悪いことしたりする時期ってあるじゃない？あの子ね、それがなかったのよ。何かで怒るってこともほとんどなかったわね。だから逆に心配してたんだけどね」

反抗しすぎもそれはそれで心配だ、と俊介を思い浮かべる。

「あの子ね、困ってる人がいたら放っておけない気質《たち》の人間なのよ。頼みごとをされても断れないし。気が弱いというか、お人よしというか」バノンの母親はニコニコしている。私はもう一度、いただきます、と言い、水羊羹を口に運んだ。つるりとした口当たりで、上品な甘さが口の中に広がった。

「真面目で優しい男性が一番です。優しい男性はモテますよ」

「そうかしらね」

「お付き合いされている女性とかも、いらっしゃるんじゃないですか？」

思い切って聞いてみた。私が会いに行って、トラブルになっては困る。もし、彼女がいるのであれば、アプローチの仕方を考えなければいけない。

バノンの母親は声を出して笑った。

「いないいない、あの子のことだから。あの子、女性が苦手なのよきっと。いや、そういった意味じゃなくてね。こっちにいる時も彼女がいる気配はなかったし。まず、社交的じゃないから」

「そうなんですか」

「私たちにも気が向いた時にしかメールをよこさないから、あまり分からないけどね」

そうそう、と言ってバノンの母親は何かを思い出したかのように立ち上がった。そして「ちょっとタンポポと遊んでてね」と言って、リビングから出て行ってしまった。

私は膝の上のタンポポのふわふわの毛を撫でた。タンポポは気持ちよさそうに目を閉じて、鼻を鳴らしている。優しい温もりを掌で感じながら庭を眺める。

小さな頃のバノンと私とタンポポが楽しそうに遊んでいる。まだはっきりと姿を現さない曖昧模糊《もこ》とした記憶だが、確かにそこにある。記憶というのは、そんなものなのだろう。普段はたくさんの記憶に埋もれて、見えなくなってしまっていたり、それが何かのきっかけで――それこそ風が吹いて覆っていたものが飛ばされるような感覚で姿を現したり、必死にスコップで掘り返して、やっと見つけられたり。そんなものなのだろう。人は気付いていないだけで、埋もれてしまったそんな記憶たちをたくさん持っているのかもしれない。そんなふうに思った。

しばらくするとバノンの母親がリビングに戻ってきた。

「これこれ」

両腕に大きな本のようなものを二冊抱えている。すぐにそれがアルバムだと分かった。

「これ見て」バノンの母親はその中の一冊をテーブルの上で広げ、パラパラと捲《めく》った。そして、その中の一枚の写真を指さした。「これ」

二人の子供が屈託のない笑顔で写っている。一人はバノンで、その横にいるのは幼い頃の私だ。私の中にあったバノンの顔の記憶が色濃くなる。

「懐かしいー」思わず大きな声が出て、膝の上のタンポポがピクッと耳を動かした。

「懐かしいでしょ、華子ちゃんが来た時にお庭で撮った写真よ」

「見ていいですか？」

「どうぞどうぞ見て、好きなだけ」バノンの母親は相変わらずの笑顔だった。

私はテーブルの上のアルバムを捲る。一冊は幼少時代のもので、もう一冊は小学校から中学校くらいのものだった。バノンは端正な顔立ちをしていた。サラサラの黒髪が印象的な聡明そうな男の子だった。

「男前ですね」

「私も顔は良い方だと思うんだけどね、さっきも言ったけど、性格がね。内向的だから」バノンの母親は苦笑する。「華子ちゃん、彼女になってあげてよ」

私は返事に窮する。すると、バノンの母親は「冗談よ」と笑った。

でも――性格が良ければ、付き合ってもいいな、と思った自分もいた。

「岡部君に会いに行ってもいいですか」

「もちろんよ、喜ぶんじゃない。驚いて腰を抜かすかもね」そう言うと、リビングスペースから紙とペンを持ってきて、バノンの住む場所の住所を書いてくれた。紙を受け取り、お礼を言った。住所を見て笑ってしまった。私の今住んでいる場所から、そんなに遠くなかった。まあ、仕方ない、と必要な遠回りに苦笑する。

「電話番号もいる？」

「いえ、大丈夫です。突然行って驚かせたいので」

「じゃあ、あの子には今日のことは言わない方がいいわね」バノンの母親は人差し指を唇に当てた。

私は笑顔で頷いた。バノンは私に会ったらどんなリアクションをするのだろう。私を待たせたのだから、ちょっと驚かせてやっても罰は当たらないだろう。

それから一時間ほど雑談をし、タンポポに最後にキスをした。タンポポの鼻に唇が当たり、冷たかった。

バノンの母親にお礼を述べ、岡部宅を後にした。玄関を出て、深くお辞儀をし、河原の方に再び足を向ける。お昼を過ぎ、太陽が真上に上がっていた。ケータイが鳴った。俊介からのメールだった。

※

「ねぇねぇ、今からこれ観に行こうよ」

赤信号で車が停止すると、コンビニで購入したファッション誌に載っていた映画の宣伝のページを運転席に座る俊介に見せる。

「よく見ろよ、それまだやってねぇぞ」

そう言われ、ページに刮目《かつもく》する。そして肩を落とす。

「こういうのってずるいよね、いますぐ観たくなるのわかってて。いついつオープンとか、いついつリリースとか。一日でも、一週間でも待つのいやなのに」

「広告はそういうものだろ。てか、その映画、姉ちゃんの好きな監督の映画だよな、映像が良いってピーチクパーチク言ってた」青信号に変わり、車を発進させる。

「ピーチクパーチクってなによ」私は俊介の綺麗にセットされた頭をくしゃくしゃと撫でる。「おいやめろって、事故ったらどうすんだよ」

「大袈裟ねー」

俊介は唇を尖らせる。

「いいのかよ、そんなことしてたら、その映画観に連れてってやんねぇぞ」

「えー、そんなー」私は猫なで声を出す。「とでも言うと思った？　素敵な男性と行きますから」

俊介がこちらを一瞥する。

「なんだよ、彼氏でもできたのかよ」

「さあねー」

「あ、やっぱり、男に会いに行ってたんだなー」

「違うわよ」もう一度、俊介の頭を撫でる。

「だから、危ねぇって、ほんとに」

岡部宅を出たあとに俊介からメールが届いた。〝迎えに来てやったぞ、どこいるんだー？〟という内容だった。

「ところで俊介、なんでいるのよ」

「なんでって、ひでぇな。迎えに来てやったのに」

「やっぱり、俊介ってシスコンでしょ」

「馬鹿、ちげーよ！　あんな大金貰ったら、迎えに行かねぇと文句言うかなって思ったんだよ、ピーチクパーチク」俊介が言う。

「だから、ピーチクパーチクってなに」

「てゆーか、もう帰っていいのか？　せっかく来たのに、どっか寄ってもいいぞ」

「じゃあ、お昼でも食べてから帰ろうか」

駅前のコインパーキングに車を停めて、英国風の時計台を横目に通り過ぎ、駅の裏にあるピザ屋に入った。美味しいピザが食べたいと言うと、俊介がすぐに調べてくれた。テーブル席が六つほどのそれほど大きくないお店だが、繁盛しているようだった。私はマルゲリータを、俊介はマチェライオというソーセージやハムが載っている男の子らしいピザを頼んだ。焼きあがるのに十五分かかると言われ、俊介が店員に聞こえそうな声でブツブツ言ったので、窘《たしな》めた。すねた顔でメニューのワインのページを見だしたので、睨みつけてやった。

「今日、車でしょ！ てゆーか、未成年でしょ。何が、俺真面目になるわ、よ」

「メニュー見てただけだろ」眉を顰めている。口の形だけで〝バカ〟と言っていたが、私は無視をした。

私は日記帳を取りだし、先ほどバノンの母親から貰った住所を書き写した。そして、日記帳の最後のページを開く。羅列された文章の最後に、先ほどファッション誌で見た映画のタイトルを追記した。

「なんだそれ？」俊介は目を細めた。

「死ぬまでにやりたいことリスト」

私が答えると、俊介は「はっ」と鼻で笑い「つまらないこと書くなよ」と言った。

私は「分かってないなぁ」と嘆息をもらす。「別に私は病気だからこういうことを書いているわけじゃないのよ、こうやって書いていることで人は実行に移していくのよ。あれやりたいなぁ、これもやりたいなぁ、って思ってるだけじゃ絶対にやらないのよ、みんな。そして、気付いたらおじいちゃんおばあちゃんになってて、あれやりたかったな、あれやっといたら良かったな、って後悔するの」

　俊介は、そんなもんかねぇ、とテーブルに置かれた水を飲む。

「俊介はやりたいことないの」

「やりたいこと？」

「死ぬまでにやってみたいことよ」

「うーん」俊介は顎に手を添え、考える仕草をする。

「そうね、例えば、ウユニ塩湖でゆでたまご食べたいとか、リムジンで日本一周したいとか、ツバメの巣のスープをバケツいっぱい飲みたいとか。普段できないことで、やってみたいことあるでしょ」

　俊介は、人差し指を立てた。

「ヤクザに、ひざカックンとか」

「……なによそれ、その瞬間、死んじゃう」

「そうだな」と俊介は笑い、私もつられて笑った。

　その時、背後で、男性の声がした。

「賑やかなお客様、すみません」

　白いシャツに黒いエプロンをした男性が立っていた。

驚く私の顔を見て、男は笑った。服装が全く違っていたので、その男性が昨日のギターの男だということに気付くのに少し時間を要した。ふにゅふにゅの髪の毛は綺麗に後ろに流し、オシャレ感を漂わせていた。

「なんで、ってここ俺の店」男は足元を指さす。

「そうなの」私はさらに驚いた。もっといい加減な仕事をしているのだと思っていた。人は見かけで判断してはいけない、と反省する。

「嫁と二人でやってるんだ」男は奥でピザをテーブルに運んでいる女性を指さした。先ほどこのテーブルに水を運んできてくれたオシャレ眼鏡をかけた女性だ。

「奥さんいたんだね」

「ああ、今年、入籍したんだ」

聞かなかったが、この町でお店をオープンした理由も何となく分かった。

「お、会えたんだな、幼稚園の頃のボーイフレンドと」男は俊介の方を見る。俊介は、きょとんとした顔をしている。

「違うわよ、これ、弟」私がそう言うと、俊介は頭を微妙に下げた。「迎えに来てもらったの。言っていた人には会えなかったの」

「そうか、それは残念だったな」

「ううん、でも、もうすぐ会えるの。住んでいるところが分かったから」

「そうか、よかったな」男は八重歯を覗かせた。「まあ、ゆっくりしてってくれよ、昼のピークは過ぎたから」そう言うと、男は厨房に入って行った。入れ替わりで、先ほどのオシャレ眼鏡の女性がオレンジジュースをふたつ持ってきた。

「これ、あの人からです。昨日の御礼って言ってました」女性は、にこっと笑顔を残してから踵を返し、別のテーブルの方に行ってしまった。

「ねえちゃん、やっぱり男に会いに行ってたんじゃねぇか。なんかでも、話がよく分かんなかったけど」

　私は大きく息を吐く。少し考えたあと、俊介にすべてを話すことにした。

　私の話を聞いて、俊介は大笑いする。

「そうやって笑うと思ったから、言いたくなかったのよ」

「いやいや、いいじゃん、素敵だ。ねえちゃんぽい」

「馬鹿にしてるでしょう」

　話をしていると、オシャレ眼鏡の女性がピザを運んできてくれたので、オレンジジュースの御礼を言った。

　早速、出来立てのピザを口に運ぶ。

「んーーー」声が出るほど美味しかった。生地の食感も味わいも絶品だ。厨房の奥にいた男に親指を立ててサインを送る。男も同じサインを返してくれた。

九

記憶はいつの間にか、風に吹かれてどこか見えない場所に消えてしまうことがある。空に浮かぶ雲のように、薄くなったり、濃くなったり、時に形を変えたりしながら、気付くと空のどこかに消えていってしまう。広い空を必死で探しても、もう山の向こうに消えた雲は戻ってこない。だから人は写真を撮るのだろう。日記をしたためるのだろう。その形を忘れないように。

大学の夏休みの終盤に、華子と旅行へ行くことになった。アルバイトから帰ると、テーブルの上には「夕日が美しい里」と銘打たれた旅館のパンフレットが置かれていた。A4サイズの二つ折りのパンフレットを開くと、真っ赤な夕日の写真が全面に印刷されており、その上に温泉の写真や食事の写真が印刷されていた。

「なにこれ」パンフレットを見て僕が言う。

「なにがぁ?」ダイニングテーブルの椅子に座ってファッション誌を読んでいた華子は、視線をそのままで言った。

「連れていけってこと……だよね?」

「べつに」

「行きたいんでしょう？」

「さぁ」

「良さそうな所だね、僕は行きたいけど」

そう言うと、華子はファッション誌を閉じ「じゃあ、私もついて行ってあげる」と笑顔を見せた。相変わらずの、見ているこちらが楽しくなるような笑顔だ。僕もほほ笑み返した。

僕たちはお互い、アルバイトの休みを取り、一泊二日で旅行へ行くことにした。勝矢さんに何度も車を借りるのは申し訳ないと思ったので、電車で行くことを決めた。駅から特急電車で二時間ほどの距離だ。華子は家を出る寸前まで服装を悩んでいたが、最終的にグレーのマキシ丈のワンピースにデニム生地のシャツを羽織った。お昼過ぎに家を出て、駅の売店で駅弁とお茶とお菓子を買い、電車に乗り込んだ。

車窓から見える景色が、駅前の騒々しい町並みから、どんどん遠ざかっていく。三十分も電車が走ると、線路の脇には田園が広がり、遠くの方にはどっしりと構える山々が姿を現した。

「ホイール交換とオイル交換を聞き間違えて、勝手にオイル交換して怒られちゃったんだ」駅弁を食べながら、僕はガソリンスタンドでの失敗談を話す。

「絶対うそでしょ、それ」華子が笑う。

「いや、ほんとなんだって。後から、車の中を見たら、ちゃんとホイールが積まれていて、顔面蒼白だったよ」

僕はもともと、人に話をするのが得意な方じゃないのだが、華子が僕の話を聞き、笑ってくれたり、時には、つまらない、とリアクションを取ってくれるので、華子といる時の僕は饒舌な男になっていた。デートをして会話が続かず、水を飲み過ぎてトイレに籠った自分はもうどこかに消え去っていた。

僕たちは駅弁を食べながら、他愛もない話を続けた。遠くの山の袂には疎らに並ぶ民家が見え、一面に広がる田は、ちょうど稲刈り前の時期で、太陽の光を浴び、黄金《こうべ》の絨毯が敷き詰められているように見えた。収穫のシーズン前に稲穂が黄金色の頭を揺らしている。

電車がより山間地域に差し掛かった時、天候が打って変わり、雲行きが怪しくなってきた。嫌な予感がした。間も無く、予感は的中し、辺りが真っ暗になり、土砂降りの雨が降ってきた。

車窓に雨粒が打ち付けられ、けたたましい音をたてる。

周囲の乗客も嘆息を漏らしていた。僕を含む乗客たちは、せっかくの旅行なのに、と落胆させられた。「いやねぇ」「止むかしらね」と、あちらこちらから聞こえる。

「雨だね」僕は言う。

「そうね」華子は泰然としていた。

「止むかなぁ」

さらに僕が心配そうに言うと、華子は、さぁ、と首を捻った。

そして、「不思議ね」と窓の外の雨にけぶる景色を見ながら、彼女が言った。少し笑っているふうにも見えた。

「生まれた時からずっと雨降りだったら、青空を恋しくならないのに」華子は歌を口ずさむように言う。

「それはそうだけど」

「暖かい場所を知るから、寒いところに行きたくなくなるのよ。また、それを辛く感じる。何かに期待するから、傷つく。人間は欲張りで、愚かで不思議な生き物」

華子は意味の深いことを言ったので、僕も「人間は欲張りだ」と返した。僕も外の景色を眺める。

「華子は、晴れて欲しくないの？」

「いいえ、晴れて欲しいわよ、だって私は青空を知ってるから」彼女は、こちらを向き、はっきりと笑顔を見せた。「私、雨を止ますことができるの」

小学生がつく嘘のようなことを言った。彼女の落ち着き払った態度を見ると、それが本当のことのように思えた。

「まさか、どうやって？」

「こんな話、知ってる？　アフリカに〝雨降らし族〟っていう祈禱《きとう》で百パーセント雨を降らすことができる民族がいるの」

「ひゃくパーセント？　まさか、嘘だ」

「本当よ。極めて降水量の少ないその地域で、絶対に雨を降らすことができるの」

「そんなバカな」僕は真面目な顔で華子を見る。

華子は悪戯っぽい顔をした。

「超能力者の集団なのかな？」ペットボトルのお茶を飲む。

「いいえ」彼女は首を振った。

「じゃあ、どうやって」

「彼らは、雨が降るまで祈り続けるの。一ヶ月でも二ヶ月でも。ただそれだけ。諦めなければ願いは必ず叶う」

「そういうことか」僕は笑った。「じゃあ、雨が止むまで祈ろうか」

彼女も笑顔を見せた。

「天気予報は晴れ、山間部はにわか雨に注意、って言ってたから、すぐに上がるわよ」

「ほんとに？」車軸を流すような雨に半信半疑になり、訊ねると、華子は黙って二度深く頷いた。それから「信じなきゃ」と言った。

しばらくすると電車はトンネルに差し掛かり、長いトンネルを抜けると、雨が上がり、一変して青天井が広がった。

「すごいね、天気予報士、さすが」言っていた本人も驚いた表情をしていたのが、可笑《おか》しかった。

「僕たちの祈りが届いたから、空も泣き止んだんだよ」僕はくさいことを言った。

「止まない雨も、乾かない涙もない。嫌なこともあれば、楽しいこともある」華子ものってきた。

「今日が最悪の日だったら、今日はいっぱい泣いてですね、明日笑えばいいんですよ」さらに僕は言う。

彼女は笑った。「学校の先生みたい」

彼女の笑顔をずっと見ていたい。彼女が笑ってくれるなら、僕はいくらでもおどけることもできる。

「見て見て」彼女が窓の外を指さした。前方の遠くに見える山の峰から上空に突き上げられ、美しい弧《こ》を描き、また遠く離れた山の峰に吸い込まれていく色の光が目に飛び込んできた。

「虹だ」

大きく、美しく、鮮やかで、力強い虹だった。外側から、赤、黄、緑、青。目を凝らすと学校で習った赤色と黄色の間にオレンジ、青色の下に藍色と紫色、の色まで見える気がした。それは、四色にも七色にも十色にもそれ以上にも見えた。これほどまでに、綺麗に見える虹を見るのは、生まれて初めてだった。

「ほら、雨の後は、いいことあるんだって」

華子は綺麗な瞳に光を集め、無言で窓の外を眺めていた。

「目に焼き付けておこう」僕はしっかりと虹を視界にとらえ、呟く。

電車は、近づいても近づいても絶対に潜り抜けることのできない、神秘的なアーチに吸い込まれるように、ゆっくりと走っていく。

※

電車を降りると、駅のロータリーに旅館が用意してくれた十人乗りの送迎バスが待機していた。バスには先に、小学生ぐらいの男の子と女の子を連れた家族が乗っていた。僕たちが乗りこむと、送迎バスは間もなく発車した。バスは山道を行き、何度もカーブを曲がった。その度に男の子が、おおー、と声を上げ、身体を動かしていた。華子もそれを真似て、僕に肩を当ててきた。僕は、はにかんだ表情を誤魔化すために、大袈裟に吹っ飛んで、バスの窓に頭をぶつけた。それが意外と痛く、鈍い音を発したので、二人で笑った。

午後四時過ぎに旅館に着き、チェックインを済ませた。

まだ建てられて間もない、綺麗な旅館だった。僕たちが泊まる建物は別館と呼ばれており、主となる本館に併設されていた。ファミリータイプの部屋ばかりの六階建てになっている。本館の方は宴会場などが設けられ、団体客をメインにしているらしい。

案内された部屋は最上階にある十畳ほどの部屋で、窓から山の景色と眼下に広がる大きな川が一望できた。

広縁の備え付けの椅子に深く腰を沈め、窓から外の景色を眺める。華子のことを想う。星を見に行ったあの夜以来、頭の中で見え隠れする別れの恐怖。いくら時間が流れても、それが消え去ることはなかった。

また、明るい華子を見ていると、胸のものすごく奥の方で何かがミシミシと音を立てた。なぜ、こんな音が聞こえるのだろうと不思議に思っていた。彼女が無理やり元気を見せているると思っているからか？　いつかその彼女の元気が消えてしまうかもしれない、という不安があるからか？　はっきりとは分からなかったが、確実に僕の胸の奥の方で、何かが軋《きし》んでいた。

一方で彼女の元気な笑顔を見ていると、本当にずっとこの幸せな時間が続くのではないかと思うこともあった。その度に僕は強く祈った。華子がずっと生きていけますように、と。

華子が僕に会いに来た本当の目的というのは、彼女が生きていたという痕跡を誰かの記憶に残そうと考えたからだろう。それが僕で良かったと思う。間違いなく、正解だ。僕は、とっくに彼女のことを愛している。そして一緒に過ごす時間が、その気持ちをどんどん濃くしていっている。

ただ、華子はなぜ、僕を選んだのだろうか。僕と彼女の接点は？　なぜ僕の名前を知っていた？　なぜ僕のアパートの住所を知っていた？　その疑問だけは、ずっと解けず、僕の胸中に渦巻いていた。

「お茶、淹れたよ」

華子の声が僕を我に返した。そちらに目をやると、華子が急須でお茶を淹れてくれていた。畳の座椅子に座り、華子の淹れてくれたお茶を啜る。そして急におかしな緊張感に襲われた。いつも僕のアパートで華子と二人で生活をしているのに、旅行先の旅館で二人きり、ということを妙に意識してしまったのだ。華子の顔を眺める。華子は僕に何かを求めているのであろうか。そもそも華子は僕のことをどう思っているのだろう。華子も僕と一緒に時間を過ごすうちに、僕のことを好きになってしまった、ということは考えられないだろうか。可能性はないとは言い切れない。ごくりと唾を飲み込む。華子も自分のお茶を淹れ、それを啜った。僕は熱いお茶をぐっと飲み、ふしだらな思いを流し込んだ。

「夕食までかなり時間があるから、温泉でも入ろうか」と華子が言う。

宿泊の女性客はフロントで浴衣の色が選べるというサービスだった。華子は薄いピンク地に古典花柄があしらってある浴衣を選んでいた。大浴場の入り口で別れ、またそこで待ち合わせる約束をした。

露天風呂と大浴場を行き来し、自分では長い時間、温泉に浸かっていたつもりだったのだが、結局僕は十五分ほど、華子を待つことになった。マッサージチェアでゴリゴリと凝りをほぐしている僕の横に華子が現れた。髪留めで髪を上げており、浴衣姿がとても似合っている。白い肌が火照っていて、艶美な風情を醸し出していた。いつかのように、彼女が潤んだ瞳で唇を寄せてくる妄想が頭を過ったので、すぐさま掻き消した。

「ごめん、待った？」

「いや、僕も今あがったとこ」

華子は、自分の掌を拳でポンと叩いた。

「そうだ、部屋に荷物置いて、河原に行かない？　夕日を見に」

川幅は優に五十メートルを超えている立派な川だった。旅館のすぐそばを流れていて、すぐ近くにも浴衣を着た夫婦と思しき旅館客が散歩をしていた。川に架かる長い橋を渡る。

橋を渡っている時、あることを思い出した。

僕は橋のちょうど真ん中あたりで華子に話しかけた。

「ねぇ、カササギって知ってる」

華子は立ち止まり、こちらを見る。川は土砂降りの雨の音にも似た大きな音で流れ、それに紛れるように、草雲雀《くさひばり》や邯鄲《かんたん》が羽を擦《こす》る音が微かに聞こえた。

「七月七日にカササギの群れが天の川にやってきて、羽を広げて橋をつくるんだって。そして織女はその橋を渡り、牽牛に会いに行くんだ」

華子は何も言わず、静かに笑顔を見せ、頷いた。何か大事なことを考えているような表情だった。

僕たちは橋を渡りきり、河原側に手すりのあるコンクリートの階段を下りた。河原をゆっくりと歩きながら夕涼みを楽しむ。

「綺麗な景色ね」

「そうだね」夕日は遠くの山稜にうすづき、何もかもを緋色に照らす。水面に浮きながら躍る夕日色の光。遠くで鳴くヒグラシ。川の音。夕映えに染まる景色を眺めると、それは僕の生まれ育った地元の河原の風景に似ていて、郷愁にかられた。

「ねえ」

華子の声に足を止める。

「もし、明日、目が見えなくなるとしたら、最後に何を見る？」

「どうしたの、急に」

華子のあまりにも突然の質問に僕は戸惑った。彼女の病気を思い出す。発病してしまうと、身体の感覚が失われ、やがて死に至るという病気だった。

「なんでそんなことを訊くのさ」

「いいから、答えて」

僕は想像する。怖くなる。最後に何を見たいか。目が見えなくなる恐怖と共に、答えが出た。

「好きな人と綺麗な景色を見に行って、その人の顔をその景色と一緒に目に焼き付ける」僕はそう言うと、目に映る華子のいる世界を切り取った。夕日が彼女の瞳をより茶色に輝かせ、とても綺麗だった。

「いいね」華子はそう言うと、笑顔を見せた。

しばらく夕日を眺めていると、華子が「岡部君」と僕の名前を呼んだ。僕は返事をする。

「私が、なぜ岡部君に会いに来たか、教えてあげる」

え、と僕は思いがけない言葉に声を出す。華子が僕の目を真っ直ぐに見つめる。

「タンポポ」華子が魔法の言葉のようにぽつりと呟く。

その瞬間、僕の体中に電流が走った。そして、埋もれていた記憶が勢いよく打ち寄せる波のように蘇る。夕暮れの成北川。タンポポ。二人の子供。一人は僕で、もう一人は女の子だ。僕の記憶にうっすらと残っていた、男の子ではない。一つ年上の、河原でよく遊んでいた女の子。僕はバノンと呼ばれ、女の子のことを……。ミシェル。そう、ミシェルと渾名で呼んでいたのだ。背中と後頭部にぞわぞわとした感覚が走った。

「ミシェル」僕は彼女の昔の渾名を呼ぶ。

さらに記憶が打ち寄せる。さらに全身を震えるような感覚が襲った。ミシェルはどこかの町へ引っ越していった。別れの前日に僕たちは夕暮れの成北川で会った。そして約束した。どんな会話のやりとりだったかは定かではないが、会いに行くということを、確かに約束したのだ。

僕は彼女が引っ越してしまった翌年に彼女を探しに行った。しかし、「ミシェルを知りませんか」と言いながら探す、今考えれば到底見つかりっこない探し方だったので、結局、僕は迷子の扱いを受け、途中で保護されてしまい、家まで〝強制送還〟されたのだった。僕はそれ以来、ミシェルに会うことは無理なことなのだ、と現実を知り、傷つき、探すことを諦めてしまった。

「思い出したよ」後頭部のぞわぞわが激しくなり、唇が震えた。「僕は君と約束したんだ」

「そうよ。あなたと約束したから、会いにきたの」すぐに僕の胸の中は罪悪感で充満した。僕はミシェルと会うことを諦めてしまい、記憶はいつの間にか埋もれてしまい、忘れてしまっていた。バノンという渾名も、ミシェルという渾名も。

「本当にごめん。僕も本当は会いたかったんだ。一度は探したんだけど、諦めてしまった」

「分かってる。あなたを責めるつもりなんてないわよ」彼女は笑顔だった。「それに、会った時にビンタしたから、もういい」

　華子が最初に僕のアパートに来た日のことを思い出した。僕の名前を確認し、強烈な平手打ちを浴びせた。華子は僕がミシェルという名前を覚えていなかったことに怒ったのだ。

「ここに一緒に来たかった理由もそうなの。岡部君がなかなか思い出してくれないから、似たようなシチュエーションなら思い出してくれるかな、と思って。もちろん、純粋に旅行に来たかったってのもあるけどね」

「ヒントをあげてたのに、岡部君、全然思い出さないんだもん」

「そうだったんだ」

「ヒントって?」

「星を見に行ったでしょ」

また、記憶が蘇る。ミシェルが引っ越しをする前日、幼い頃の僕がミシェルに向かって、大きくなったらいっぱいの流れ星を見よう、と言っている。

「そうだ、それも約束した」

「それも忘れちゃってたんだから」華子は柔らかくほほ笑んだ。

「本当にごめん」僕は頭を下げた。

「いいよ、思い出してくれたんだから。これでも思い出さなければ、本当にビンタしてたかもしれないけどね」僕は肩を竦《すく》め、「勘弁してよ」と言った。

「ところで、僕の居場所、どうやって分かったの」

「それは」彼女は一拍間を空け、続けた。

「あなたに会えると信じてたから奇跡が起こったの。カササギが迎えに来てくれたの」彼女の茶色の瞳が優しく揺れた。そして口角を緩やかに持ち上げた。僕は再び、目に映る景色を切り取った。

ずっと気になっていた謎がようやく解けた。彼女が僕に会いに来た理由も、星を見せてと言った理由も。

何よりも、彼女と再会できたことが嬉しかった。

ただ、嬉しいことばかりが続かないのが世の常。沈んで、浮かんで、また沈められて、また浮かぶ。そんなことの繰り返しだ。華子の精神状態が不安定になっていたことに気付いたのは、この夜だった。

部屋に戻り、懐石料理を楽しみ、再び温泉に浸かり、二つ並べられた布団に入った。電気を消し、暗闇の中、彼女が消え入りそうな声で囁いた。

「なんで――」

「どうしたの」僕は上半身を起こし、華子の方を向く。暗がりなので掛布団に包《くる》まる彼女のフォルムがやっと見えるくらいだった。彼女の声は震えていた。

「なんで、私が――」先ほどまで楽しく笑顔で食事をしていたのに、突然何があったのだ、と戸惑った。

「大丈夫？」

「なんで私が」次第に呼吸は荒くなり、やがて息を詰まらせながら、むせび泣いた。

華子が言いたいことは分かった。なぜ、自分が病気にならなければいけないのだと、嘆いているのだ。凶悪なテロリストでも、年寄りを騙してお金をむしりとる詐欺師でもなく、なぜ神様は自分を選んだのだと。心の中では常に当て所《あど》の無い怒りが込み上げ、悲痛の叫びを上げているのだ。僕の前ではいつも明るく振る舞っているが、一人の時はこんな風に泣いているのかもしれない。

実際、僕が彼女の立場になったとしたら、いつ訪れるか分からない死に対しての恐怖を感じながら、ずっと笑っていられる自信は無かった。彼女は心で泣きながら、暗闇の崖《がけ》に爪が剝がれるほどの力でしがみつき、持てる力のすべてを捻出し、這い上がろうとしていた。たとえその崖の上が真っ暗で、なにも見えなくても、歯を食いしばり、不安という名の血をにじませ、崖をひたすら登り続けていたのだ。彼女の発する言葉に僕の胸は圧迫された。息ができないほど苦しくなる。そして、どうしようもできない自分の無力さをまた呪う。

僕はゆっくりと彼女の背中に寄り添い、彼女の肩を掌で「とん、とん」と撫でた。「大丈夫だよ」根拠はなかった。だけど、僕の口からはその言葉しか出てこなかった。祈りを込めて、もう一度言う。「大丈夫だから」

彼女の呼吸が安定するまで、僕は肩を撫で続けた。彼女がスースーと寝息を立てるのを確認してから、僕は眠りについた。

次の朝、昨夜のことがウソだったかのように彼女は明るかった。

「旅館の朝食ってなんでこんなに美味しいんだろう」と言いながら、部屋に運ばれてきた朝食を食べる彼女の笑顔を見て、僕は安堵する。

「あ、そうだ、ゆうべはごめんね」華子がみそ汁を箸で混ぜながら言った。

「ちゃんと寝れた？」僕はマスの塩焼きの身をほぐしながら訊く。華子はコクリと頷いた。化粧をしていないせいで、とても幼い表情に見えた。

「眠れないときは、僕がいつでも、隣にいてあげるから安心していいよ」格好をつけたつもりはなかった。本心でそう言った。

　華子は少し照れた顔で「ありがとう」と言った。

十

　旅行から戻った三日後、勝矢さんと会った。会ったと言ってもアルバイト先のガソリンスタンドや大学の図書館ではなく、華子のアルバイト先のカフェの前で出くわしたのだ。華子がアルバイトに行っていると知っていたので、買い物の帰り道、自転車で華子の働くカフェの前を通った。特に用事があったわけでもない。ただ何の気なしに通ってみた、そんな感じだ。すると、勝矢さんがある日の僕のように、お店の向かい側の建物の陰から、華子の働くカフェの中をぼんやりと眺めていた。勝矢さん、と声をかけると一瞬驚いた顔で僕の方を見て、その後、「おお、岡部」と、すぐに表情を戻した。勝矢さんもちょうどこの辺りに買い物に来ていたらしく、ここを通りかかって華子の姿を見つけたのだそうだ。勝矢さんは僕が質問する前に、そう説明した。

その後、勝矢さんは僕の部屋に来た。勝矢さんは休日で、僕もアルバイトは休みだった。勝矢さんはダイニングテーブルの椅子に座り、旅行のお土産のごませんべいを頬張っている。僕は急須のお茶を湯呑みに注いで、勝矢さんの前に置いた。

「彼女は何時に帰ってくるんだ？」勝矢さんは湯呑みに口をつけ、お茶を一口飲むと熱そうに顔を歪めた。

「八時くらいには帰ってくると思います」僕は答えた。

「じゃあ、ちょうどいいな」

なにがちょうど良かったのか分からなかったが、僕は、そうですね、と返事した。

「あれからどうだ。何か分かったか、彼女のこと」

華子のことを勝矢さんと話すのはすごく久しぶりだった。ガソリンスタンドのアルバイト中に何度も話すタイミングはあったのだが、華子の話題にはならなかった。

「いろいろありましたよ、あれから」僕はこの約二ヶ月の間に分かった華子のこと、華子とどんな時間を過ごしたのか、華子の病気のことも、すべてを勝矢さんに話した。勝矢さんは初め、嘘だろ、と信じていないようだったが、涙をこらえながら話す僕を見て、途中から殊勝な面持ちになり真剣に話を聞いてくれていた。

「大変だったな、それは」目尻に皺を作り、勝矢さんは優しい声を出した。おそらく僕の話は、勝矢さんの想像の範疇《はんちゅう》をはるかに超えていたのだろう。いつものように軽口を叩かない。

「僕なんかより、彼女の方が辛くて、大変ですよ。死の恐怖と毎日戦っているのですから」唾を飲み込み、涙をこらえる。彼女のことを思うと、胸の奥を目には見えないくらいの細い針で何度も突き刺されている感覚になる。

「まあ、そうだな」勝矢さんは静かに言った。「でもよ、いつ死ぬか分からないのは、みんな同じだろう。俺も、岡部も。俺なんてここからの帰りに車の事故で死ぬかもしれねぇし、岡部だって下の部屋が火事になって逃げ遅れて、死ぬかもしれない」

　僕は黙って頷いた。勝矢さんが優しさで言ってくれているのは分かったが、彼女の病気のことをそう簡単には受け入れられない。誰にでも訪れる可能性のあることだから仕方がないことだとも思えない。そう思ってしまった瞬間に、病気が彼女の身体を一気に蝕《むしば》みそうな気がしてくるのだ。

「俺たちって、偶然、生きてるだけなんだよ。人はいつ死んでもおかしくない」勝矢さんは力強く断言した。確かに勝矢さんの言うとおり、人はそう思って生きるべきなのだと思った。華子とも以前そのような話をしたのを思い出す。二十四時間後に、隕石が落ちて地球が終わるとしたら、何をして過ごすかという質問をされたのだ。華子は死ぬ前はいつもどおりの生活を送りたいと言っていた。だから、毎日を後悔しないように過ごすのだと。僕はその質問をもう一度自分に問いかけてみた。考える間もなく、答えは頭に浮かんだ。華子と過ごす。華子と食べたいものを食べて、見たい景色を見て、聴きたい音楽を聴いて、残りの時間を過ごす。僕はそうするだろう。僕には隕石を打ち返す力はない。

「僕は無力です」

勝矢さんは頷いた。

「お前、好きなんだろう？　彼女のことを」

「はい」僕は真っ直ぐ勝矢さんの目を見た。前にも勝矢さんに似たような質問をされたことを思い出した。その時は誤魔化したが、今度は正直に答えた。

勝矢さんは笑った。しかしそこには、嘲笑の色は見受けられなかった。

「そばにいて、元気づけてやれよ」僕を包み込むような、僕自身を元気づけるような、柔らかく、それでいて力強い言葉だった。「それがお前の元気にもなるからな」

勝矢さんを見送るために、開放廊下に出る。もう日が沈み、辺りは暗くなっていた。階段を下りる勝矢さんを呼び止めた。

「なんだ」階段の真ん中あたりで勝矢さんがこちらを振り仰ぐ。

「もし、華子がいなくなってしまったら、僕はどうしたらいいんですか」

もし華子がいなくなってしまったら、僕は誰の声も届かない漆黒の暗闇の深淵に突き落とされるだろう。そして僕は生きることに不信感を抱き、厭世《えんせい》的になるのだ。それが起こらずとも分かる。

勝矢さんは、口角を上げ「俺が救ってやる」と言った。そして「だから、いま、お前は彼女のためにできることを全力でやってやれ、お前は無力じゃない」と続けた。

綺麗な横顔が街頭の光に照らされている。

華子が星空の下で僕に言った言葉を思い出す。

だから私を愛して――。

僕はもう一つ質問をした。

「愛するってどういうことですか」

勝矢さんは数秒空を見上げると、僕の方に視線を向け、答えた。

「相手の求めていることをどんなことをしてでも叶えること、だと俺は思っている」

僕は頷く。

「お前は、彼女の求めることを叶えてきたんだろ？　愛してるなんて言葉は容易《たやす》く使っていい言葉じゃないけどよ、お前にはその権利があるはずだ」

華子を想う。華子が求めることなら僕はどんなことをしてでも叶えようと思った。

華子の屈託のない、見ているこちらが楽しくなってしまう、あの笑顔を見るために。

僕は「ありがとうございます」とお辞儀をした。勝矢さんは片手を上げ、階段を下りて行った。

そして、買い物帰りのはずの勝矢さんが荷物を持っていなかったことに気付き、微かな違和感を覚えた。

部屋の時計を見ると、夜の八時を回っていた。華子がそろそろ帰ってくる時間だった。僕は華子が作っておいてくれた、ひき肉とじゃがいもの入った煮物を温め、ダイニングテーブルの椅子に座り、華子の帰りを待った。

それから時計の長針が一周回っても、華子は帰ってこなかった。煮物もすっかり冷めてしまった。華子の携帯電話に初めて電話をかける。一緒に住んでいるのであまり必要はなかったが、一応交換したものだ。呼び出しボタンを押すと、すぐに留守番電話のアナウンスが流れた。電源が入っていなかった。僕は立ちあがり、部屋を忙しく、ぐるぐると歩きまわる。嫌な不安が胸の奥からぽつぽつと湧き上がる。さらに一時間が経った時、僕は部屋を飛び出した。

駐輪場から自転車を乱暴に引っ張り出し、坂道を全速力で下った。線路沿いを走り、駅のロータリーを突っ切り、駅裏に繋がる地下歩道を潜り抜ける。耳を劈《つんざ》くようなブレーキ音を鳴らし、華子のアルバイト先のカフェに到着した。灯《あか》りは消えており、店内に人の気配はなかった。僕は自転車を方向転換させ、駅前に戻る。ロータリーを一周し、辺りを見渡す。電車が到着したのか、サラリーマンやＯＬなどが三々五々歩いている。その中に華子の姿が無いか目を凝らすが、華子らしき姿は見当たらなかった。駅前のファストフード店、本屋、薬局、コンビニを覗いたが、華子はいなかった。まさかこんなところには、と思いながらも閉店間際のパチンコ屋も覗いた。彼女はどこにもいなかった。

その後、一旦、部屋に戻ってみたが、華子の姿は無く、一気に心配が増幅する。再び、自転車に跨り、アパートの近くの路地を縫うように漕いだ。電信柱の陰なども隈なく探す。華子は一体どこに行ったのだ。シャツに汗が染みこむのを背中で感じる。無事なのだろうか。足の筋肉はとっくに力が入らなくなっていた。

家の近所の小さな公園の前で僕は自転車を急停止させた。シーソーとブランコとジャングルジムがあるだけの小さな公園だ。自転車を停め、公園の中に入った。少し湿った夜の匂いがする。華子はベンチに座り、黒い空を見上げていた。ゆっくりと彼女に近づく。

「寒くないの？」僕は華子に声をかける。華子は驚くでもなく、こちらに視線を向けると、「へいき」と答えた。そして「あなたは暑そうね」と言った。「おかげさまで」と僕は言う。

公園に設置された街灯に照らされ、二人の影が白い地面に映されていた。

「星、見えないでしょ?」僕も空を見上げて言った。街灯の光があるのもそうだが、空には雲もかかっており、星は出ていなかった。

「ね、見えないね」そう言いながらも華子は空を見上げていた。

「部屋に戻ろう。お腹すいたでしょ」僕が言う。

「あの日の星空綺麗だったね」華子は僕の言葉には返事を返さなかった。

華子と見た星空を思い出す。おびただしい数の星が瞬いていて、大きな星がいくつも流れた。

「綺麗だったね」

「次、流星群が来るのいつだろう」

「いつだろうね、でも、またすぐ来ると思うよ」

僕は、「また、見に行こう」と言ったが、華子は返事をしなかった。少しの沈黙のあと、華子が、ねぇ、と言いこちらに顔を向けた。

「私のこと嫌いになるかな?」

「え、どういうこと」僕は訊き返す。

「私が、あなたの知っている、私じゃなくなってしまったら、私のこと嫌いになる?」彼女は自分の病気が発病した時のことを言っているのだろうと察する。

「嫌いになるわけないだろ」僕は、馬鹿なことを言うな、のニュアンスを込めて言った。

「醜い私でも？」

「もちろん」僕は笑顔を作る。

「どんな私でも？」

「もちろん」もう一度言った。

「ありがとう。その言葉だけで充分」華子もほほ笑む。そして深呼吸を何度か繰り返し、真顔を作った。

「今日ね、病院に定期検査に行ってきたんだ」

僕はその言葉の後に続く言葉が直感的に良くないものだと思った。

「もうそろそろなんだって」華子は地面の影に視線を落とす。「私、そろそろダメになっていくらしいの」

「嘘だろ」

華子は首を横に振った。

「ダメってなに」

「普通の生活ができなくなるのよ」

「大丈夫だよ、できる」

「できないよ。岡部君も知ってるでしょ。何を食べても味が分からなくなって、目も見えなくなって、耳も聞こえなくなって、匂いも分からなくなって、何に触れてもなんとも感じなくなる。そして、歩けなくなって、ひとりで何もできなくなって、最後には死ぬのよ」華子はよどみなく説明した。

「大丈夫だよ……」僕は声を振り絞る。彼女は、もう一度首を振った。

「一週間後に入院することになったから、今晩、アパートを出ていくね」華子は笑顔を作った。無理をして作られたその笑顔に胸が裂けそうになる。

「本気で言ってるの？」

華子が頷く。

「ちょっと待ってよ、急すぎるよ」

「ごめんね」

「いやだ」自分の発言がものすごく幼稚だということは、分かっていた。ただ、そんな言葉しか出てこなかった。

「仕方ないでしょう」華子が困った顔をする。僕は全身の力が抜けて、今にも座り込んでしまいそうだった。

「お世話になりました」彼女の大きな目に涙が溜まり、溢れそうになっていた。それを見て、僕も視界がぼやける。「あなたと過ごせて、本当に楽しかった」

華子はそう言うとベンチから立ち上がり、僕の胸に顔を寄せた。彼女の温もりを感じ、そっと抱きしめる。

　僕にできることはなんなのだ。

　——そばにいて、元気づけてやれよ。

　勝矢さんの言葉が蘇る。

「お願いがある」僕は華子を抱きしめたまま、震える声で言う。「なに」と彼女のくぐもった声が腕の中で聞こえた。

「入院するまでの一週間を僕にくれない？　あと、一週間、僕と一緒にいてほしい」

　華子は黙って、動かなかった。

「たまには、僕のお願いも聞いてよ！」

　華子はしばらく動かず僕の腕の中でじっとして、やがて、首だけをゆっくりと動かした。

　そして華子は、堰を切ったように声を出して泣き出した。小さい頃から溜め込んでいたすべてを吐き出すようだった。

「なんでなの……。なんで……。私がこんな目に……。遭わなければいけないの……」

　華子が僕の胸で嗚咽《おえつ》する。彼女のぬくもりと涙の温度がシャツを伝い、皮膚を通り抜け、骨を貫いて、僕の胸の中に浸透してきた。胸の中が苦しさでいっぱいになり、溺《おぼ》れそうになる。苦しい。涙があふれ出す。何も言葉が出ず、僕はただ、華子を抱きしめた。本当に時間が止まって欲しかった。切実にそれを願った。

夜の公園で僕たちは、しばらく立ち尽くした。

※

その日は朝の五時に起きた。まだ、外は薄暗く、遠くで新聞配達のカブのギアチェンジの音が聞こえた。冷たい水を乱暴に顔にかけ、目を覚ます。ベッドを見遣ると、華子は静かな寝息を立てて眠っていた。「よし」と気合いを入れ、キッチンに立つ。まず、容器に卵を割り、牛乳、塩、胡椒《こしょう》を入れ、大きな音が立たないように気を遣いながら、それを攪拌《かくはん》した。次にフライパンを弱火で温め、バターをひいた。攪拌した卵を一気に流し込み、ゆっくりと混ぜる。スクランブルエッグの完成。のはずだった。本来ならこれでスクランブルエッグの完成のはずだったが、焦げてしまったのだ。失敗だ。きつね色になってしまった卵を口に入れてみる。塩辛くて思わず、ぺっと吐き出す。味も見た目同様、出来損ないだった。気を取り直して、もう一度挑戦する。また失敗した。三度目の挑戦でようやくそれなりの物が出来上がった。続けてベーコンをカリッとするまで焼き、スクランブルエッグの載っているプレートに盛り付ける。カットしたフルーツとサラダも盛り付ける。キャベツ、玉ねぎ、ジャガイモ、ウィンナーの入ったコンソメスープも作った。コーヒーとオレンジジュースをテーブルに用意した後、食パンをトースターに入れ、やっと準備が完了した。時計を見ると、七時前だった。慣れない作業だったので、かなり時間を費やしてしまった。

華子を起こすためにベッドの前に立つ。スースーと寝息を立てている。綺麗な寝顔だった。白い肌が朝の光を浴びて透明感をより際立たせ、触れると透き通りそうだった。誰にも見せずに、ひとり占めにしたくなる。何年もかけて作られた壮大な美術作品を壊すような、そんな感覚で眠る華子の肩を揺する。長い睫毛がゆっくりと動く。華子は、ベッドの上で上半身を起こすと、どうしたの、と寝惚け眼をこすった。

「朝ごはん食べよう」僕がそう言うと、華子はテーブルを見て、なにこれ、と飛び起きた。

「え、すごーい、岡部君が作ったの？」両手を胸の前で組み、頬を紅潮させた。

「美味しいか分からないけど、作ってみた」

僕たちはテーブルに向かい合って座り、いただきます、と合掌をした。華子がフォークでスクランブルエッグを口に運ぶ。目を大きく開き、「美味しいっ」と感嘆の声を上げた。僕もスクランブルエッグを口に運ぶ。思いのほか上出来だった。華子が嬉しそうにしてくれているので、僕は満足だった。

「ところで、お昼は何が食べたい」華子に訊く。

「もう、お昼ご飯のはなし？」華子はコーヒーカップを口に運んだ。

「先に決めておこうよ」

「うーん」華子は片方の頬を膨らませ、考えている仕草をした。

「なんでも食べたいものを食べさせるよ、リクエストして」

「そうね、じゃあ、ピクニックに行きましょ」

「ピクニック？」

「そう。サンドウィッチ作って、ピクニック」

　僕たちは朝食を済ませると、華子のそんな突飛な思いつきから、冷蔵庫にある食材――トマト、卵、レタス、キュウリ、シーチキン、ベーコン、チーズを使って、色々なサンドウィッチを作り始めた。実際に、二人で料理をしていると、楽しくて、あっという間に時間が過ぎ、予定よりも多くサンドウィッチを作ってしまった。サンドウィッチを入れるバスケットはなかったが、お誂え向きの大きさのスポーツバッグがあったので、それに保冷剤を入れ、ラップで巻いたサンドウィッチを詰めた。そして、支度を済ませ、僕たちはお昼前に家を出た。

天気は良く、見事な秋晴れだった。駅まで歩き、電車を乗り継ぎ、一時間ほどかけて大きな池のある公園に到着した。平日なので人は少ない方なのだろう。池の周囲をジョギングする人たちや、学生のグループやカップル、それぞれが思い思いのことをして時間を楽しんでいる。ボート乗り場には手漕ぎボートとアヒルのボートが係留されているのだが、誰もそれには乗っていなかった。

僕たちはコンクリートの柱で囲まれた神殿のような作りになった日陰の休憩スペースに陣取る。コンクリートのベンチに座ると、少しお尻がひんやりとして気持ちよかった。

突然、華子がバドミントンをしているカップルを見て、あれやりたい、と言いだしたので、売店に行ってバドミントンセットを購入し、二人でバドミントンをすることになった。運動しても大丈夫なの、と念を押すと、全く問題ない、と華子はラケットを素振りした。

華子は運動神経が良く、僕の打ったほとんどの羽根を打ち返した。白い羽根が何度も青い空を舞う。とても楽しかった。本当に彼女とずっと一緒にいたいと思った。このまま、ずっと。離れたくない。心の底からそう思った。

打ち損じた羽根が池の縁のギリギリに落ちた。僕がそれを拾おうとした時、後ろから華子に背中を押された。普通ならそこで、おい、あぶないじゃないかー、と言い、追いかけっこにでもなるのだが、僕はそのまま頭から池に落ちた。華子は呆然としていた。ついでに、そのままバタフライをした。さすがに華子は笑った。ひと泳ぎして、池の縁から地面に上がった。他の学生グループのギャラリーもびしょ濡れになった僕を見て笑っていた。

いいんだ、笑ってくれれば。僕はそうやって、出かかっていた涙を誤魔化した。

売店でタオルとTシャツとパンツとスウェットのズボンを買う。売店のおばちゃんがびしょびしょの僕を見て、たまにいるあんたみたいな馬鹿用よ、と言って池にはまった人用の一式を渡してくれた。服を着替え、髪を乾かした。着ていたワイシャツとジーパンは日当たりの良いコンクリートの上で乾かした。

身体を動かして遊んだせいか、お腹が空いたので僕たちはサンドウィッチを食べることにした。水筒に入れていた温かいコーヒーを紙コップに注ぐ。

「トマトとレタス」華子はサンドウィッチの中身を確認して、それを頬張った。「うん、美味しい」

「よかった、じゃあ僕も」タマゴサンドを頬張る。やはり美味しい。笑顔を向けあう。

急に華子が真顔に戻った。

「ねぇ、私のこと好きだった？」

唐突な質問に動揺し、咽《むせ》てしまった。「あちっ」慌ててコーヒーを口に運んだら、口を火傷した。反射的に紙コップを口から離したので、持っていた手にコーヒーがこぼれる。紙コップを思わず放り投げてしまいそうになったが、歯を食いしばり堪えた。顔がゆがむ。

「コント?」

華子が初めて僕の家に来た時のことを思い出した。冷蔵庫でかかとをぶつけ、手鍋が頭を直撃したときも、彼女はそう言った。

そんな古臭いコントみたいな僕を見て、華子は笑った。それが、だいぶ昔のことのように思えて、懐かしかった。

「いきなり、そんなことを訊くからさ」

僕は華子が渡してくれたポケットティッシュで口と手を拭う。

「突然現れて自分勝手なことばかりしたり、わがまま言ったりする私のことどう思ってたのかなって思って」

「いきなりビンタしたり、僕のベッドを占拠して僕を寝袋で寝させたり、部屋の模様替えを勝手にしたり、そりゃ言いたい文句は山ほどだよ」

「そうよね、ごめんなさい」

「でも、感謝の方が多くて、そんな些細なことどうでもいい気がしたよ。華子が来てくれてから僕の生活は本当に毎日楽しくなったから」

少し離れた場所で水鳥の鳴き声が聞こえた。

「愛してるよ」言葉がポンプで吸い上げられたかのように、さらっと出てきた。素直な気持ちだった。僕は現在進行形で答えた。華子は今にも泣きだしそうな顔で、ほほ笑んだ。そして、「ありがとう」と言うと、綺麗な茶色の瞳で彼女は池の方を見遣り、無言になった。

あと何日かで華子と別れなければいけないと思うと、また胸が苦しくなった。ただ、それは僕の力ではどうにもできない。僕は無力だ。だけど、僕にだってできることはあるはずだ。僕にできることを全力でしよう。そう心に決めたのだ。

「買い物に行こう」

「え」華子が驚いた表情をする。

「いいから、行こう」

※

干していた服に着替え、駅までの道を戻った。目的地までの切符を二枚買い、一枚を彼女に渡した。構内アナウンスと共に滑り込んできた電車に乗り込む。

「ねぇ、どこに行くの？」華子は不思議そうな顔をしていた。僕は、まあまあ、とはぐらかす。

十分ほど電車に揺られると、目的の駅に着いた。改札を出ると平日の昼間とは思えないほど人が往来していた。僕は華子に、ちょっと待ってて、と告げ、改札の横に設置されたATMの前に向かった。そして現金をあるだけ引き出した。

華子の元に戻ると、はぐれないように華子の手を握り、目的地に向かった。華子は手を握る僕を見て、驚いた顔をしていたが、何も言わなかった。パンケーキ屋さんに並ぶ長蛇の列。黒縁メガネに真っ赤な口紅を塗った女の子。カットモデルをハントしようと女性に声をかける美容師。クレープを食べながら歩く女子高生。手を繋ぎ歩くカップル。高級バッグを持った幸せそうなマダム。外国人の旅行者。雑踏の中、人の間を分けて進む。僕は、彼女が読んでいる雑誌によく載っているブランドのお店に向かった。

「え、なに、どこ行くのよ？」

「ドレスを買おう」

「どういうこと？」

「今晩、フランス料理のお店を予約しているんだ。カジュアルに楽しめるところらしくて、ドレスコードは別に無いんだけど、折角なら気分も味わいたいでしょ」昨日の夜、公園で華子と話した後、部屋に戻った僕は、彼女がお風呂に入っている間にフランス料理のお店を予約した。味覚を失ってしまうと言った彼女に、美味しいものを食べてもらいたかったからだ。

　テレビでよく見るモデルの大きなパネルが展示されている路面店に、華子を引っ張り込む。

「え、本気なの？」華子は少し困った顔をしていたが、僕は店員を呼び、華子に似合いそうなドレスを全部持ってきてもらった。試着室の前に行き「これから着てみようか」とロイヤルブルーのドレスを華子に渡した。華子は不承不承といった面持ちで試着室のカーテンを閉めた。

　華子が着替えを終え、カーテンを開ける。隣で待機していた店員が「おお」と声を漏らし、僕もつられて、おお、と漏らした。店員は、これよろしければ、と試着用の黒色のパンプスを差し出した。膝から下の綺麗な足がすうっと伸び、今にもレッドカーペットを歩き出しそうだった。華子は最初躊躇っていたものの、一枚着ると、気分がのってきたのか、笑顔になってポーズを決めだした。カーテンが閉まっている間、店員が僕に「彼女さんモデルさんですか」と訊いてきたので、僕は「いやあ」と曖昧な返事をしておいた。

　一通り試着した後、店員さんが、どうですか？　お気に入りはありましたか？　と華子に訊いた。華子は、一番初めに着たロイヤルブルーのドレスが良いと言った。すると、店員も、私もそう思ってたんですよー、と洋服店の店員がよくする追従《ついしょう》を見せた。

「これ、買おうかな」と華子が言う。実際に着てみると、気分が上がったようだ。

「じゃあ、これください。着て帰ります」と僕は店員さんに言う。「あと、ネックレストとストールとハンドバッグ、それと靴も良いのを選ばせてください」

　華子は自分で買うと言ったが、彼女が着替えている間に店員に支払いを済ませた。彼女が試着室から出てくると、他の買い物客も彼女に視線を集中させた。同じ女性でも思わず見惚れる雰囲気と美しさだ。勝手に支払いを済ませていたことに不服そうな顔をしていたが、後で返すからね、と言って、機嫌を直した。

「あ、そうだ、ヘアサロンにも行っておいでよ。予約しておいたから。セットとかした方がいいでしょ、せっかくだから」華子が試着している間に予約の電話を済ませておいた。華子は再び驚いた顔を見せた。「岡部君、なんか別人みたい」

　もう嫌そうな顔はしていなかった。ここまで来たら、とことんやった方が楽しいと華子も思っているのだろう。

「僕もスーツに着替えるから、あとで合流しよう」僕はそう言うと、華子の荷物を預かり、一旦、別行動をすることにした。池に落ちたままだったので、ネットカフェでシャワーを浴び、スーツ屋に行った。髪の毛の横を刈り上げ、オシャレなヒゲを生やした店員が勧めた紺色のスーツを買った。シャツと靴と、ついでにチーフも買った。試着室でそのまま着替え、持っていた荷物をコンビニからアパートに送った。急いで華子のいるヘアサロンへ向かう。ヘアサロンに着くと、セット面に座る華子の姿が見えた。美容師さんがスプレーを使い、仕上げに入っていた。スタッフさんを呼び、お会計を済ませ、待合のソファに腰を下ろす。しばらくすると、華子が目の前に現れた。綺麗に髪の毛がセットされていた。

「どう」とくるりと回転して見せた。声が出ないほど綺麗だった。世界中の宝石をそこに凝縮したかのような眩しさがある。深呼吸をして、「綺麗だよ」と言うと、華子は、ありがとう、と軽く会釈した。

そして僕が「支払いは済ませたから」と言うと「もう」と眉間に皺を寄せ、頬を膨らませた。

お店は駅からも少し離れており、タクシーに乗ってフランス料理のお店に向かった。住宅街の中にひっそりと佇む隠れ家的なフレンチレストランだった。お店に入るなり、懇切丁寧な女性の店員さんに席を案内され、コースの説明を受け、ドリンクを注文した。僕がスパークリングワインを注文すると、「私も今日は飲もうかな」と言って華子も同じものを注文した。

「大丈夫？　飲めるの」

「大丈夫よ、お酒が弱いだけで、全く飲めないわけじゃないから」華子はそう言うと、上品に笑みを湛《たた》えた。スパークリングワインが運ばれてきて、僕たちは乾杯をした。

店内の他の客の年齢層は高く、僕たちは大人びた服装をしていたものの、やっぱり一番若く見えた。店内にはクラシックが背景画のように静かに流れていて、それがまた上品な雰囲気作りを手伝っていた。

初めに三種類のひと口サイズの料理が出され、その後、フォアグラ、鴨《かも》のロース、オマール海老、サラダ、真鱈《まだら》、フルーツ、フィレステーキ、最後にチョコレートケーキが出てきた。僕たちはゆっくりと会話をしながら、ゆっくりと食事を楽しんだ。すべての時間がゆっくりと流れていた。華子は料理を口に運ぶ度に〝んー〟と感嘆の声を上げた。

食後のコーヒーを味わっている時に、店員さんがデジタルカメラを持って現れた。「記念にいかがですか」と言う。撮影した写真を帰りに貰えるサービスらしい。僕たちはカメラに向かって、笑顔を見せた。帰り際に渡された写真には、ぎこちなく笑う僕と上品に笑う華子が写っていた。

お腹もいっぱいになり、お酒も飲んでいたので、電車で帰るのが億劫《おっくう》になり、タクシーを拾って帰ることにした。タクシーの中で華子は何度も、美味しかったね、と言ってくれた。

部屋に着くと、華子はドレスを着たまま、ダイニングテーブルの椅子に座った。岡部君も座って、と言われたので、対峙して座った。僕が目を合わせると、華子は居住まいを正した。僕もつられて背筋を伸ばす。そして、華子はゆっくりと話し出した。

「今日は本当にありがとう」華子は僕に頭を下げた。華子のそんな態度を見慣れてない僕は戸惑い、どうしてよいか分からず、僕も頭を下げた。

「私が昨日、味覚が無くなっちゃうって言ったから、気を遣ってくれたんだよね？」

僕は何も言わなかった。

「だから朝からご飯を作ってくれたり、フランス料理を食べに連れて行ってくれたりしたのよね。本当にありがとう」

華子はもう一度頭を下げた。

「スクランブルエッグもベーコンも、二人で作ったサンドウィッチも、オシャレをして食べたフランス料理も全部美味しかった」

僕は黙って頷いた。

「絶対に忘れないからね」

華子の目が潤んでいる。それを見て僕の喉のあたりが、きゅうっと締まった。

「もちろん、いままでもそう。あなたとする食事が楽しかった。あなたのガソリンスタンドでの失敗の話だったり、大学の面白い教授の話だったり、他愛もない話をしながらする食事がとても楽しかったし、何より美味しかった」僕は華子が来るまでの生活を思い出していた。暗い部屋のローテーブルでする一人の食事は何を食べても味気なかったのだ。華子が僕の家に来てくれたことに本当に感謝している。

「本当にありがとう。あなたが私に優しくしてくれたから、お金では決して買えない、とっても大切なものができた」

「ぼく」喉が締め付けられ、声が詰まった。「僕もだよ」

彼女がゆっくりと頷く。

「これからの人生で、スクランブルエッグを食べる度に、朝起こしてくれた君の優しい顔を思い出す」

彼女がもう一度、ゆっくりと頷いた。

「そしてサンドウィッチを食べたら、びしょ濡れになった僕を見て大笑いしていた楽しそうな君の顔を思い出す」

喉が苦しくなり、言葉に詰まる。頑張って続ける。

「ちょっとおしゃれなお店でスパークリングワインを飲んだ時は、息をするのも忘れてしまうほど綺麗な……」堪えていた涙があふれ出して、言葉が涙に流された。

「ありがとう。本当にありがとう」

涙で視界が塞がり、顔は見えなかったが、華子の声も震えていた。そして何度も、ありがとう、と繰り返していた。僕たちは、しばらく泣いた。

シャワーを浴び、寝る準備をして、いつもどおり華子はベッドに入り、僕は寝袋の上に寝転がった。ほどなく、灯りの消えた部屋で華子の声が響いた。

「ねぇ」

僕は、どうしたの、と返事をする。

「なんでもない」と彼女が言う。

少しして彼女はもう一度、ねぇ、と言った。

僕が返事をすると、

「一緒に寝てほしいんだけど」と彼女は言った。子供のような言い方だった。僕は少し戸惑ったけれど、うん、と言い、華子がいるベッドに入った。平静を装っていたが、緊張していた。何かをしようなんて気持ちは、さらさらなかった。華子も同じ気持ちだと分かっていたからだ。華子は僕の腕を伸ばし、自分の首の下のスペースに誘導した。彼女が再び、ねぇ、と言う。

「質問していい？」

「いいよ」

「もし、明日、匂いが分からなくなってしまうのだったら、どうする」この間、旅行に行った時に、もし目が見えなくなるとしたら、最後に何を見る、という質問をされたのを思い出した。

　僕は少し考え、

「南国の果実の香りがする匂いを嗅ぐかな」と答えた。

「なにそれ」華子が微かに笑う。

「好きなんだ、その匂い」

　華子が少しだけ、頭の位置を動かした。

「ねえ」

「うん？」

「匂い、嗅いでいい？」

　僕は口を閉じたまま、うん、と言った。

　華子は僕の首筋に顔を寄せた。すんすん、と鼻を鳴らしていた。鼻頭が皮膚に当たり、ひんやりとした感触を感じた。鼓動がトクトクと速くなっていく。華子の鼻先はそのまま、顎を伝い、耳のあたりを通り、頬の匂いを嗅いだ。華子の南国の果実の香りがして、その後、頬に近づいた時には、華子の肌の匂いがした。華子の肌は冬の空気のような匂いだった。鼻腔の奥を通り脳に溶け込むような匂いだ。僕は彼女を抱きしめ、うなじの匂いを嗅ぎ、そのまま首を通り、胸元の匂いを嗅いだ。彼女の吐息が荒くなるのを感じた。彼女も僕の頭を胸元に抱き寄せ、頭に鼻を寄せた。僕たちは、ひとしきり、お互いの匂いを嗅ぎ合った。そして、照れを隠すように二人で笑った。

「じゃあさぁ」華子が耳元で言う。

「うん」

「明日、味覚が無くなるんだったら、何が食べたい?」

考える間もなく、答えが出た。

「そりゃ、華子のハンバーグかな。あれは絶品だからね」僕が言うと、華子は、ふふっ、と笑った。それから、嬉しい、と言った。華子がハンバーグの作り方を嬉しそうに説明する姿が浮かんだ。無邪気な彼女が愛おしくてたまらなかった。

「じゃあ、明日、耳が聞こえなくなってしまったら?」

「好きな音楽を聴いていたい。っていうのもあるけど、やっぱり、好きな人の声を聞いていたいな」

「ねぇ」華子が僕を見つめる。暗闇の中でだいぶ目が慣れてきた。「私のこと好き?」

「愛してる」耳元で囁いた。今日、二回目の台詞だった。

「もう、一回」

「愛してる」

僕は華子の頬に自分の頬を寄せ、もう一度、愛してる、と言った。華子は、ありがとう、と言い、僕の耳元で「私も愛してる」と呟いた。胸の温度が一気に上昇した。初めて人に言われる言葉だった。僕はその言葉を、声を、頭の中で何度もリピートさせ、脳内に焼き付けた。その言葉は、世界で最もすてきな言葉のような気がした。

「それじゃあ、なにに触れても何も感じなくなってしまうとしたら？」華子が耳元で訊く。

「もちろん、好きな人にずっと触れているよ」僕はすぐに答えた。

華子は、一度、僕の顔を眺め、それから僕の頬に触れた。

「やわらかい」と言った。

僕が頷くと、華子は僕のＴシャツの袖から出る腕に触れた。そして優しく、さすった。それから華子は僕の手を握った。僕の手を自分の口元に持っていき、唇を手の甲につける。華子の唇はほどよく湿っており、なにより柔らかく、気持ちよかった。僕も彼女の頬に触れ、指で唇に触れる。急に胸が苦しくなった。僕はその苦しさを紛らわすように、華子を強く抱きしめ、華子の唇にキスをした。

※

次の日の朝、目に映る部屋の位置から、自分が久しぶりにベッドで寝たことを思い出した。腕の中にいる華子への緊張は結局ほぐれることは無く、朝まで眠れなかった。ようやく眠りについたのは、窓の外が白んできた頃だった。

時計を見ると、朝の九時だった。テーブルの上に視線を移す。ハンバーグのプレートが置かれていた。マグカップとお箸、ご飯茶碗も並べられている。僕は飛び起きる。いつもと違う状況に、胸騒ぎが起こる。いつも二人分の食事が載っているテーブルに、一人分の食事しか載っていないのだ。しかも、いつも朝食は決まってスクランブルエッグなのに、今日はハンバーグが皿に載っている。風呂場とトイレを見に行った。玄関には華子の靴は見当たらない。華子がいない。

僕は一目散に部屋を飛び出し、階段を駆け下りた。通りに出たところで、ちょうど車が来ていて、盛大にクラクションを鳴らされた。僕はそちらに見向きもせず、走った。

前に華子がいなくなった夜に、華子を見つけた公園に到着する。公園には誰もいなかった。嫌な予感が外れてくれることを願いながら、部屋に戻る。

部屋のドアを開け、息を整え、部屋を見渡し、僕は一気に沈鬱な気分になる。華子の荷物が一切合切消えていることに気付く。ベッドの上を見ると、おかきもおこげも無くなっていた。洗面所からは赤色の歯ブラシが消え、ハンドタオルは以前僕が使っていたものに戻され、シャンプーやトリートメントも華子のものではなく、僕が使っているものがその場所に戻されていた。

僕は、力なくダイニングテーブルの椅子に座る。

目の前のランチョンマットの下に何かが挟まっているのに気付く。

茶色の封筒だった。封筒を開けると、何枚かのお札と手紙が入っていた。華子からの手紙だった。

岡部君

突然のことでごめんなさい。そして、驚かせてごめんなさい。

あと一週間、一緒にいるって言ってたのに、約束を守れなくてごめんなさい。

あなたの優しさが辛くて逃げ出してしまいました。

あなたに、これ以上、私が壊れるのを、

私の醜い姿を見られることに耐えられませんでした。

好きな人には好きなままでいてほしいから。

あなたと過ごせて、本当に幸せでした。
色々なところに連れて行ってくれてありがとう。
たくさん話をしてくれてありがとう。
私のようなわがままな女と一緒に過ごしてくれてありがとう。

昨日、あなたが「愛してる」と言ってくれたのが、どれだけ嬉しかったか。
それだけで、生まれてきた意味があったな、と思えた。本当に。
人に愛される喜びを教えてくれてありがとう。
優しさを教えてくれてありがとう。

これだけは分かってください。これは私の本心です。
私は岡部君の幸せを誰よりも祈ってます。

封筒に立て替えてくれていたお金をいれてます。
カーペットとか布団カバーとかは持って帰れなかったので、処分してください。

ごめんね。
多分、これでもう、本当にさよならだと思います。
ごめんなさい。ありがとう。元気でね。さよなら。
もっといっぱい一緒にいたかった。

涙があふれ出て、僕はそのまま床に倒れこみ、子供のように声をあげて泣いた。
彼女が再び僕の目の前に現れることはなかった。

十一

何日が経ったのかも分からなかった。アルバイトにも全く行く気にならなかった。携帯電話は誰かからの着信をしつこく受け、すぐに充電がなくなり、静かに眠っていた。部屋には焼酎やウィスキーの空き瓶が散乱している。華子がいなくなった日の午後、前日にコンビニから送った荷物が届いた。僕の着ていた服と華子が着ていた服だ。

僕は彼女の服に顔を埋め、ひとしきり匂いを嗅いだあと、それをゴミ箱に捨てた。そしてテーブルに載せられていたすっかり冷めてしまった華子の料理を泣きながら食べた。それから近くのコンビニで酒を買ってきて、ひたすら飲み続けた。腹が減れば、千鳥足で近くのコンビニに食料を買いに行き、それを肴《さかな》にまた酒を飲む。朝が来て、酒を飲み、夜まで寝て、酒を飲み、また朝まで寝る。朝差し込む光も月明かりもアルコールの匂いに染まった。晴れの日は胸が苦しくなり、雨が降るとなぜか安心した。夕焼けが窓にへばりつく度に、叫びたくなった。そんな生活を繰り返した。ただ、アルコールをどれだけ摂取しても、華子のことを忘れることはできなかった。眠れば夢の中で彼女に会ってしまう。起きている時は、彼女のことを考えてしまい、彼女の顔が浮かんでくる。こんな辛い想いをするのなら、人を好きになるのじゃなかった、そんなふうに思った。

僕は華子に一週間の時間を貰うはずだった。本当は彼女がいなくなった日から、旅行に行く予定だったのだ。日本の南の島だ。華子の好きな匂いと波の音に包まれて、夕日を眺められたらいいなと思っていた。華子の笑っている時間が一秒でも増えれば良いと思っていた。それも叶わなかった。本当に僕は無力だった。

おそらく、予約していた宿からも電話がかかってきていたのだろう。迷惑をかけているということは理解していたが、本当に何もやる気が起こらず、動けなかった。

このまま、アルバイトにも大学にも行かないだろう。

特に大したことではない。そう、人生を狂わすほどの恋をした。ただそれだけだ。

このまま、僕は死ぬのだろうとも思った。死んでもいいとも思った。

ガタンという音がして、部屋の中に誰かがいることに気付く。そちらに視線をやると、勝矢さんだった。

「おい、岡部！　大丈夫かっ」力なくベッドに凭れる僕の顔を覗き込んでいる。

僕は定まらない視点を頑張って、勝矢さんに合わせる。

「かつやさん」僕は声を振り絞った。声は擦れていた。

「ひどい顔だな」勝矢さんが憂い顔を見せる。

「今日、何月何日、ですか」勝矢さんが今日の日にちを教えてくれた。華子がいなくなってから、三週間が経っていた。

「ごめんなさい、アルバイトを休んでしまって」僕は座り込んだまま、頭を動かした。

「いや、大丈夫だ。大体のことは、分かっている」勝矢さんは、悲しそうな笑顔を見せた。大体のことは、分かっている。やっぱりこの人は探偵が言いそうな台詞を言うな、と思った。

「華子の弟に会ったんだ」

「え」その言葉で、思考が少しまともになる。「華子の弟ですか？」

勝矢さんは、そうだ、と頷いた。

「昨日、ガソリンスタンドに来たんだ。本当はお前に会うつもりだったらしい。ところがお前に電話しても繋がらないから、俺が預かることにしたんだ」

あれを、と言い僕の部屋の沓脱ぎを指さした。見覚えのあるものが置かれていた。靴を見下ろすシルバーの高層ビル。それは、華子のスーツケースだった。

「なぜ?」僕は声を張ったつもりだったが、発せられた声は、しわがれていた。

「今のお前に話すのは酷かもしれない」相変わらず、心配そうな顔つきだった。

「大丈夫です。なんでも受け入れます。もう、大丈夫なんです」僕は、もう死ぬことすら怖くない。華子がいなくなってしまった今、怖いものなど何もなかった。

勝矢さんは大きく息を吸い込み、

「華子が死んだ」と言った。

華子は四日前に死んだらしい。最期は病院で家族全員に看取られ、静かに息を引き取ったそうだ。昨日、無事葬儀も終わったらしい、と勝矢さんは言った。華子の笑顔が、僕の大好きだったあの笑顔が、目の前のスクリーンに映し出される。そして、瞬きする度にシーンを変えていく。何十枚もあるスライドの最後は、ロイヤルブルーのドレスを纏い、目を三日月型にして笑う、とても綺麗な華子だった。あんなに元気そうだった彼女が本当に死ぬなんて、とにわかに信じられなかった。信じたくもなかった。

「うそでしょ?」

「岡部、本当なんだ」勝矢さんは悲しげな表情を浮かべていた。「ここを出て、家族の元に戻り、お前の話をたくさんしていたらしい。本当に楽しい毎日だったって。宝物ができたって」

勝矢さんにティッシュを渡され、自分が涙を流していることに気付いた。ティッシュを受け取り、涙と鼻水を拭った。

僕はスーツケースを見遣る。

「それでだな、あのスーツケースを開けて欲しいらしいんだ。弟さんはお前ならロックの番号を知っているんじゃないかと思ったのだとよ」

僕はかぶりを振った。「わからないです」と声を頑張って出した。

「そうか」勝矢さんは残念そうな顔をした。しかし、すぐ後で、「ひょっとしたら」と言った。勝矢さんは、スーツケースを部屋の中に運び、横に倒した。「ずっとそうじゃないかと思っていた数字があるんだ」そして何かを思い出すような仕草をすると、ダイヤルを動かしだした。二つのダイヤルを合わせ、シャッターロックをスライドさせた。

シャッターロックは開かなかった。

「逆か」

勝矢さんは、もう一度ダイヤルを合わせ、シャッターロックをスライドさせた。

すると、カシャン、と音がして、ロックが解除された。

「やっぱり」と勝矢さんが言った。

「どうして」僕も驚く。「どうして、分かったんですか?」

「華子は七夕伝説を引き合いに出して、お前に会いに来たって言ったんだろ。織姫の星はベガ、彦星はアルタイル。星には色々別の呼び方があるんだ。その中で二つとも数字の三桁で表されるのが、星の位置を表す基本星表だ。ベガは699、アルタイルは745。それを試しにやってみたんだ。そしたら、ビンゴ」

僕は度肝を抜かれた。この人は、すごい。本当に探偵になればいいんじゃないかとも思った。

僕がそう思ったと同時に、勝矢さんはスーツケースを開けてしまった。

「あ」僕と勝矢さんの声が重なる。開いたスーツケースの中には一冊の本しか入っていなかった。

「なんか軽い気がしてたんだが、これだけか」と勝矢さんは残念そうな顔をした。ほとんどの荷物は華子が出したのだろう。

勝矢さんはスーツケースから本を取りだし、パラパラと捲った。そして、「日記だ」

と言った。

勝矢さんはそれに目を通すと、最後のページで動きを止め、そのページを凝視した。

そして、華子の日記を僕に渡した。

「いや」僕は逡巡する。勝矢さんは、「絶対に、お前は見た方がいい」と言った。

僕は日記を捲った。人の日記を読むのは趣味が悪いと思ったので、僕は勝矢さんが食い入るように見ていた最後のページを開いた。そこには文章が羅列されていた。

「たぶん、彼女のやりたかったことリストだろう」勝矢さんが言う。

色々な文章が書かれており、その横には丸印が記されていた。〝バノンに会う〟や〝バノンと流れ星を見る〟という文章や、僕と一緒に観たあのアランとエレンの映画のタイトルも書かれていた。そして、一番下に、唯一丸印のついていない文章を発見した。

――いっぱい愛して、いっぱい愛される、そして今よりもっと幸せになる――

と書かれていた。

「華子の本当の目的はそうだったんじゃないか？」勝矢さんがとても悲しそうな顔をした。「誰かを愛して、誰かに愛されたかったんだろ。うわべのそれではなく、心から愛されたかったんだ。その相手の人生にずっと刻まれるような愛が欲しかったんだ」

「ぼくは彼女を愛しました」

勝矢さんは僕のアパートを出て行ったのだろうか。

僕が愛していると言ったから、彼女は僕のアパートを出て行ったのだろうか。

勝矢さんは僕の顔をじっと見つめた。僕の気持ちを透視しようとしているようだった。

勝矢さんは頷いた。

「僕はどうすれば、いいんですか」僕は訊いた。「生きているのが辛いです。起きている時は彼女のことを考えてしまい、眠ったら彼女の夢をみる。彼女のことを忘れられる気がしないです。それに彼女がいない人生がつまらないものだって僕は知っているんです。彼女と一緒にいた毎日が幸せすぎて、彼女に出会う前の平凡な生活がくだらないものだと感じてしまう。彼女がいない人生なんて生きている意味がないです」

「お前は生きろ」勝矢さんは力強くそう言ってから、続けた。「彼女のことを本当に愛していたのなら、彼女が生きたことを忘れずに、生きるんだ。俺にはこんな紋切り型なことしか言えないけど」勝矢さんは優しく笑った。「愛する人がいない世界で愛する人を忘れずに生きることこそ、本当にその相手を愛していた証拠になる」

もう何も分からなかった。どうしていいのかも分からなかった。勝矢さんが言ってくれたことも理解できるが、本当にそれが正解なのかも分からない。

「ちょっと、色々と考えます」僕が言う。

「そうだな」選ぶのは岡部だ、そう言っているようだった。

「これは、俺が華子の弟に返しておくから」勝矢さんはそう言うと、スーツケースを引っ張り、部屋から出て行った。

　ふと、アランとエレンの映画が頭に蘇った。彼らは先の未来に絶望し、キスをするためにマスクを外し、二人で死ぬことを選んだ。

　不思議と気分は良かった。自分の中で答えは出ていたからだ。

　僕は携帯電話を充電した。複数回の着信は、やはり旅館からだった。電話をかける。従業員の人が出たので、旅行に行けなかったことを謝罪し、キャンセル料を振り込むことを約束し、近所のコンビニから入金をした。次に、アルバイト先のガソリンスタンドに電話した。所長が出た。出るなり、「今とても忙しいから、一度店に来い、会って話をしよう」と言われた。それを丁重に断り、迷惑をかけたことを謝罪した。すると、所長は、また遊びに来いよ、と言ってくれた。本当に器の大きい人だと思った。涙がこぼれた。

　僕の身辺整理はこれぐらいだ。

　僕の死を知った親は悲しむだろうか。ただ僕の心は壊れてしまったのか、そのことは、あまり気にならなかった。

　僕は携帯電話をポケットに入れ、アパートを出た。華子の携帯電話に電話をかける。すぐに留守番電話のアナウンスが流れた。まだ、解約はされていないようだった。電話を切り、メールを打ち込みながら歩く。『今から行くね』というメールだ。打ち込んだメールを消す。どうせならいきなり行って驚かせよう。あの日のお返しだ。初めて彼女が僕のアパートに来た時の。

坂を下り、線路沿いを歩き、一番近くの踏切の前に到着する。遮断機は上がっているが、立ち止まった。普通なら、おかしな行動だが、今の僕には正しい行動だ。遮断機が下りたら、進む。そういうことだ。幸い、周りに人はおらず、おかしな行動を咎められることもなかった。

〝カンカンカンカン〟というけたたましい警報器の音が鳴り響き、遮断機が下りた。右手方向、遠くから電車が迫ってくる。僕は右足を一歩前に出す。電車がどんどん近づいてくる。遮断機に手をかけ、持ち上げる。意外と簡単に浮き上がる。

そのまま、線路内に入ろうとした、その時、ズボンのポケットで携帯電話が震えた。華子？　頭の中でありえない考えが過った。遮断機から手を離し、ポケットの携帯電話を取り出す。

母親からの着信だった。一瞬、出るのを躊躇ったが、最後に声を聞くのも悪くない、と通話ボタンを押し、五月蠅《うるさ》い踏切から足早に離れた。

母親は悲しそうな声だった。どうしたの、と訊ねると、

「タンポポが死んだの」と言った。頭がおかしくなっているのか、それほど驚きはな

かった。そうか天国にはタンポポもいるのか、と楽観的に思う。死ぬと決めれば、周りの出来事は、すべて大したことではなくなる。悲しみも恐怖もすべて消え去る。そうか、それは悲しいね、と答え、電話を切ろうとした。

「そういえば」と母親が何かを思い出したかのように言った。「華子ちゃんがあなたに会いに行ったでしょ。会えた？　ずっと気になっていたの」

なるほど、華子は僕の実家を調べ、僕のアパートの住所を知ったのだ。

「去年の夏に華子ちゃんがあなたに会いに来たのよ」母親は理解のできない言葉を発した。

去年の夏？　頭が混乱する。全く理解ができなかった。なぜだ。どういうことだ。受話器から母親の「もしもし」という声が繰り返されている。そして徐々に遠くなっていく。もしもし、もしもし、もしもし……もしも……も……。

気付くと、僕は携帯電話を持った手をだらりと下げ、呆然と立ち尽くしていた。再び、携帯電話が手の中で震える。通話ボタンを押す。母親の声が聞こえた。

「もしもし、聞こえる？」

「ああ」と返事をする。

「もう、びっくりするじゃない、いきなり話さなくなるから」

「悪かったよ、とりあえず、今からタンポポのお墓を作りに帰るから、またあとで」

僕は携帯電話をポケットにしまう。どういうことだ。母親が何を言っているか分からなかった。

急いで部屋に戻り、シャワーを浴び、髭を剃った。不思議なことにどんなに生きる気力を失っても、髪の毛や爪が伸びる。準備を終え、再び部屋を出た。生まれた町へ向かう電車に乗り込んだ。電車の中でひたすら考える。ただ、謎は解けず「どういうことだ」の言葉が、ぐるぐる回る。


実家に到着すると、庭にタンポポのお墓を作った。老衰だった。最期は母親に撫でられながら、呼吸の回数をゆっくりと減らすように、静かに死んでいったらしい。お線香を立てて、手を合わせた。タンポポと河原で出会った時のこと、一緒に遊んだたくさんの思い出が蘇ると、涙がボロボロ流れた。

実家に帰るのは、実家を出て初めてのことだったが、何も変わっていなかった。庭には白くて小さな花が咲き、リビングのソファでは父親が爪を切っていた。

リビングに戻ると、母親がお茶を淹れてくれた。お茶を飲みながら、気になっていたことを母親に投げかけた。

「華子が来たのは一年前、ってどういうこと？」

「一年前の夏に華子ちゃんがあなたに会いに来たのよ、ここに。突然会いに行って驚かせるって言ってたから、あなたには言わなかったんだけど」母親が、言わなかったことをおこってるの？　と訊いてきたので、べつに、と答えた。こちらもずっと連絡をしていなかったので、仕方ない。華子は一年前に僕のアパートの住所を知って、その一年後に僕のアパートにやってきた。なぜ、一年後だったのだろう？

自分がいつ発病するかわからないのにも拘らず、なぜ一年という期間を空けたのだ。〝バノンに会う〟ことは華子が絶対にやりたかったことの一つのはずだ。何か理由があったのだろうか。

「あ、そうそう」そう言うと母親は一旦部屋を出て、別の部屋からアルバムを持ってきた。「その時にこの写真を見てね、懐かしいって話してたの、懐かしいでしょ？」母親はアルバムを開き、一枚の写真を指さした。幼い頃のバノンとミシェルが写っていた。見覚えのあるような、無いような、でもとても懐かしい感じがした。

「なるほど」と僕は言う。謎は謎のままだったが、一つ大きな事実を理解した。

「一時間ぐらい話して帰って行ったわ。で、会えたの？」

「ありがとう、電話をくれて。久しぶりに会えてよかった。来たばっかりだけど、明日帰るね」僕は母親の質問には答えなかった。

※

次の日、昼前に実家を出て、僕の住む町へと戻った。一度部屋に戻り〝あるもの〟を手に取り、再び駅の方へ向かう。地下通路を通り、駅の裏へ出る。

お店に入ると、有閑マダムが一人、隅っこの席で読書をしながらコーヒーを飲んでいた。席に着くと、オシャレ髭を生やした男性の店員が注文を聞きにきたので、ホットコーヒーを頼んだ。店内には木彫りのウサギの人形や英字で書かれた本などが飾られている。しばらくすると、男性店員がコーヒーを運んできた。僕は、「すみません」と彼に声をかけた。店員は注文を取るためにポケットから伝票とペンを取り出した。

僕は、注文じゃないんです、と謝り、

「華子さんは今日、シフト入ってますか？」

と訊いた。

すると、オシャレ髭の店員は、顔に疑問符を浮かべた。

「華子さんは今日、休みですか？」と畳み掛けるように訊く。

店員は首を傾げ、

「こちらには、カコという店員はおりませんが」と言い、少し不機嫌そうな色を見せた。

「あ、失礼しました」僕は謝る。

そして、それじゃあ、と続け、ポケットから〝あるもの〟を取りだした。

「この子、ここで働いてますよね？」と訊ねた。フレンチレストランで撮ってもらった僕と華子の写真だ。

すると、オシャレ髭の店員は、ああ、と頭を掻き、「辞めちゃったんだよ、三週間くらい前に」と困った顔をみせた。「彼女目当てで来てた男性客がいなくなっちゃって困ってるんだよ」その言葉で僕はオシャレ髭の店員がお店の経営者だと知る。

「彼女、人気だったんですね」

「そりゃ、あれだけ綺麗だったら、お客さんも気に入るだろ。あ、てかあんたも？」

どこか小馬鹿にするような視線をこちらに向けた。

「いや、僕はここに来るのは初めてです」

「じゃあ、あんたなに？」オシャレ髭経営者は怪訝そうな顔をした。

「彼女に騙されたんですよ」

「騙されたって、結婚詐欺とかか？」オシャレ髭経営者が下品に笑う。

「まあ、そんなもんですね。それで彼女を調べてるんですよ」

※

夕方前のガソリンスタンドは混雑していなかった。僕は所長を見るなり、深く頭を下げ、迷惑をかけてしまったことを謝罪した。所長は、「よぉ岡部、よく来た」と言って、快く事務所に招き入れてくれた。そして所長は椅子に座ると同時に煙草に火を点け、「どうだ、いつから復帰できるんだ?」と言った。漁師のように日焼けした顔をニコニコさせている。

僕はその言葉に驚く。

「無断欠勤した僕を許していただけるのですか?」

「まぁ、細かいことはどうでもいいだろう」所長は煙を吐いた。

「もちろん、明日からでも復帰させていただきます」そう言うと、所長は、にっと笑い、やにの付着した黄色い歯を見せ、よろしくな、と言った。そして「いま、人手が足りていなくてな」と言った。

「申し訳ありません」と僕はもう一度謝った。

「いや、お前だけのせいじゃない」

「どういうことですか?」

「なんだ、お前、何も聞いてないのか」

「なんのことでしょうか」僕は首を傾げる。

「勝矢が辞めたんだよ。お前が来なくなった時期と全く同じだったから、お前も知ってるもんだと思ってたんだけどな」僕は、その勝矢さんにも会うために、ここに来た。頭の中で謎が浮かび、また事実を一つ理解した。

「なんで辞めたんですか、勝矢さん」

「地元に戻るって言ってたな。元気にしてると良いけどな」

「そうなんですか……」

「俺、お前とあいつのコンビ好きだったんだよなぁ。なんかあいつの方が兄貴みたいだったけど、偉そうで」所長は少し寂しそうな顔を見せた。

「ところでお前、なんで、あいつに敬語だったんだ？　あいつより一つ上だろ」

「先輩ですし、社員さんなんで」所長は律儀だなぁ、と言って笑った。

僕は、「明日からまた宜しくお願い致します。本当に申し訳ございませんでした」と言い、事務所を辞去した。

僕の中で、分かった事実がいくつかあった。だが、すべてが繋がらない。ただ、この〝出来事〟を勝矢さんが仕組んでいたということは確かなことだった。

※

僕は華子の携帯電話に電話をかけた。やはりすぐに留守番電話のアナウンスが流れた。電話を切らずに、留守番電話にメッセージを吹き込む。携帯電話を握りしめながら、自分の住む町を歩いた。華子と行った雑貨屋やスーパーなどを眺めながら、歩く。歩いていると携帯電話が鳴った。通話ボタンを押すと男の声がした。

「どうしたんだ?」男はそう言うと「聞き覚えのある声が留守番電話に入ってたぞ」と笑った。

「実はあれから色々と考えていたのですが、なかなか答えがでないんです。それで相談をしたくて。まあ、電話で話すのもあれですから、会って話せませんか」僕がそう提案すると、彼は快く受け入れてくれた。

一時間後に僕のアパートの近くの公園で待ち合わせすることにした。華子が行方を暗ませた時にいた公園だ。僕は早めに公園に行き、勝矢さんを待つことにした。公園の遊具が夕日に照らされ、それぞれの影を東に伸ばしている。空には羊雲が浮かび、ピンク色に染まっていた。美しい秋空だった。

ちょうど一時間後に勝矢さんは現れた。

「よお」と片手を上げた。いつものようにツナギの作業着だった。僕は、どうも、と頭を下げる。

「元気そうな顔つきになったな」

「元気ではないですけど。色々分かったことがあったので」

「そうか」

勝矢さんはベンチに座った。この間、華子が座っていたのと同じベンチだ。

「なにか飲みますか」僕は近くの自動販売機を指さした。勝矢さんが、ああ、と言ったのでコーヒーを二本買った。ブラックとカフェオレにした。

「どっちがいいですか」と訊くと、甘いのが苦手だから、と言ってブラックを選んだ。

勝矢さんはプルトップを引き、缶に口を付けた。

「で、どうしたんだ」勝矢さんが言う。

「いや、色々と考えていたんですが、分かったことと、分からないことがあって、探偵の勝矢さんに助けてもらおうと思いまして」僕は笑顔を作る。いいぞ、と勝矢さんも笑った。

「まず、なぜ、僕に嘘をついたのですか」

「なんのことだ」勝矢さんは空嘯《そらうそぶ》く。

「なぜ、華子の弟と会ったって嘘をついたんですか」僕がそう言うと、勝矢さんは黙った。

「さっき、スタンドに行ってきたんです。無断欠勤したことを謝罪しに。そしたら、勝矢さんも辞めたって言ってました。僕が無断欠勤しだした同じタイミングで。勝矢さんは華子の弟が〝昨日、ガソリンスタンドに来たんだ〟って言ってたんですよ。そして会ったと。なぜ、そんな嘘をついたのですか」

勝矢さんは、何も言わず、僕の方を見ていた。何かを考えている様子だった。

「あと、僕の部屋で僕と生活していた華子と名乗る女性は一体誰なんですか」勝矢さんの片方の眉毛がひくりと動く。

「なぜ勝矢さんが彼女の携帯電話を持っているのですか」勝矢さんの表情を窺いながら僕は続ける。「彼女は華子ではなかった。僕、実は昨日、あの後、実家に帰ったんです。その時に、小さい頃の僕と華子の写真を見たんです。その少女の顔は僕と生活を共にしていた華子と名乗る女性の顔と全く違う顔をしていたんです」

「そりゃ、小さい頃からだったら顔も変わるだろう」勝矢さんは鼻で笑った。

「そうですね、それに勝矢さんが言うように今の時代、整形もできますからね。だから一瞬、それかなと思ったのですが、彼女と別人だという決定的な部分がありました」

「決定的な部分？」勝矢さんが言う。

「はい、瞳です。目の色が写真の華子は真っ黒でした。僕と生活を共にしていた華子だろう」と言った。

「ふん」と勝矢さんが笑う。そして、「たまたま、その写真が黒く写っていただけは、〝生まれつき〟目が茶色いと言っていました」

「まあそれなら、それでいいです。目の色は」僕は大きく息を吸う。それから静かに吐き出す。「僕と生活を共にしていた彼女、駅裏のカフェでアルバイトしてますよね？　そこの店長に聞いたんですけど、彼女の名前、華子じゃなかったんです」

勝矢さんは、眉間に皺を寄せ、ばつの悪そうな顔をした。

「〝アオヤマ　トモミ〟という名前で働いていました。彼女はいったい誰なのでしょうか」

そこまで言うと、勝矢さんは、ふう、とため息を吐き、両手を上げた。

「降参だ。全部話すよ」勝矢さんは白い歯を覗かせた。

「ありがとうございます」僕も頑張って笑顔を作った。

※

「俺の名前は勝矢俊介」

勝矢さんは初対面の相手に自己紹介するように、丁寧に言った。

「知ってますよ」今更、自己紹介をするふざけた態度に不気味さを感じた。しかし、勝矢さんの次の言葉は、僕の頭の中に一気に電流を走らせた。

「俺は、勝矢華子の弟だ」

心臓の鼓動が速まった。

突如飛び込んできた言葉によって頭の中がかき乱された。ただ、分裂させられた液体時計の油がどんどん繋がっていくような感覚があった。一度はぐちゃぐちゃになっていたものが次第にしっかりとした形を成していく。

「勝矢華子は俺の姉。姉は難病を患っていた。おかしな病気だ。発病するまでは、普通の人間と同じ生活ができるんだが、ひとたび発病してしまうと、身体の感覚を失い、歩くことが不可能になり、会話することはおろか、自分で呼吸することすらもできなくなって死んでしまう病気だ」勝矢さんは、かつて僕が聞いた忌まわしい病気のことを説明した。

辰砂《しんしゃ》色の夕日が勝矢さんのすうっと伸びる鼻梁を染めている。

「その勝矢華子さん——あの、小さい頃に僕と遊んでいた彼女はどこにいるんですか」

勝矢さんは、僕のその質問には答えずに、話を続けた。

「じゃあ、すべてを話すぞ。一から、ちゃんと」勝矢さんはコーヒーを一口飲んだ。

僕はカフェオレの缶を開けずに、握りしめていた。その缶の温度や感触で、いま自分がここにいるということを確かめていた。

「ねえちゃんは、会いたがっていたんだ、お前に。自分がいつ動けなくなってしまうか分からないことに焦りすら感じ、あることをきっかけにお前を探す旅に出た」

「あること？」僕は唾をのみ込む。

「きっかけはタンポポって犬だ。タンポポをテレビで見たらしい。そこに昔住んでいた町の風景が映ったんだとよ」昔、僕と河原で遊んでいた華子は、タンポポが出たあのニュース番組を見ていたのだ。無言で頷く。

「けどな、ねえちゃんは会えなかったんだよ、お前に」

胸の鼓動がより一層、速くなった。

「お前の実家まで行き、お前が今住むアパートの住所までは突き止めたんだけど、会えなかった」

「会えなかった……」

「色々あったんだ」

「色々ってなんですか」

勝矢さんは一瞬、苦しそうな顔を見せた。勝矢さんは〝色々〟の詳細は話してくれそうになかった。

「色々あって、その後すぐに発病してしまったんだ。それから間もなく会話もできなくなり、歩くこともできなくなった。そして死んだ」

死んだ。その言葉がやたらに頭の中で大きく響いた。僕は今にも、逃げ出しそうだった。そんな弱い自分をこの場に止めるため、足でしっかりと地面を踏みしめた。缶を強く握る。胸が苦しくなる。

本当の華子と、僕は会えなかったのだ。華子は僕に会う前に死んでしまった。もう、どうすることもできない無力な自分。果たされない約束。罪悪感が胸の中に充満して、胸の苦しさに拍車をかける。

「そうだよな、そんな顔にもなるよな」勝矢さんは僕の方を見遣った。「じゃあ、0から1の部分を説明してやるよ」

缶コーヒーを啜り、勝矢さんは再び話し出した。

「俺とお前が出会った時のことを覚えているか？」

「覚えてます」あの時、勝矢さんに助けてもらっていなかったら、僕は今頃裁判所の法廷に立っていたかもしれない。大袈裟ではなく、彼がいなければ僕は冤罪《えんざい》で捕まっていたに違いない。「もちろん、今でも感謝していますよ」声が震える。

勝矢さんは、ははっ、と乾いた笑い声を出した。

「感謝か。本当におめでたいな岡部は」

「どういうことですか」

勝矢さんがなぜ笑っているのか、理解できなかった。

「あれは俺が仕組んだことなんだよ。全部」

え、とか細い声が出る。それからすぐに背中のうぶ毛が逆立つような感覚がした。

「俺はねえちゃんの日記を読んで、お前のアパートの住所を知った。ねえちゃんが会いたかった男のな。それから、俺はお前の住むこの町に引っ越し、お前の生活をしばらく観察していたんだ。お前が何時に起きて、何時に家を出て、何時の電車に乗るか。そして何時に帰宅するか。どんな友達がいて、付き合っている彼女がいるのかいないのか、まで」

「まさか、そんな」勝矢さんの口から滔々《とうとう》と語られる言葉たちを、すぐには信じることができなかった。

「それで俺は、お前に近づく方法を思いついた。しかも俺に対する恩という気持ちを植え付けられる方法で」

「うそだ……」

「本当だ。あの時、満員電車でお前の腕を摑み、電車の外へ引きずり出した女と男は、俺が仕込んだ人間だ。恩というのは便利だ」

僕は恐怖で腰が砕け落ちそうだったが、必死で堪える。

「〝返報性の原理〟って知ってるか。人は何かをしてもらったら、何かを返さないといけない心理になるんだ。俺は前に、そいつらを助けてやった。だから、快くひきうけてくれたよ、あんなことでも」

僕は再び黙り込む。

「俺は色々な計算をして、お前を嵌《は》めようとしてたんだ」

「計算？」

「〝カリギュラ効果〟って知ってるか」

僕は首を傾げる。

「人間は禁止されたことに反発したくなる生き物なんだ。しかも〝絶対に〟って言葉をつけると、かなり効果的になる」

僕はあることを思い出す。華子と名乗る女性が、初めて僕のアパートに来た次の日、わざわざ勝矢さんは図書館に現れた。

「そうだ、お前と図書館で話した時、〝絶対に深入りはするな〟と言っただろ、あれもそれが狙いだ」勝矢さんは笑って見せた。「あと、右利きの男性に話しかけるのは、右側からの方がいいんだ。お前は右利きだったよな」華子、いやアオヤマ　トモミとの生活が始まった夜、彼女が僕の右側に座り、泊めるように言ってきたのを思い出す。あれも、勝矢さんの指示だったのだろうか。

「なぜそんなことを……」心臓を強く握られている感覚になる。友達だと思っていた人間が実は僕を騙して近づいていたなんて。悪い夢を見ている感覚だった。月並みだが、夢なら覚めてほしかった。

「なんでそんなことを？　そりゃあ、お前にねえちゃんのことを思い出させて、約束を守らせるためだ。そしてねえちゃんのやりたかったことを全部叶えるためだ」

息苦しく、呼吸のリズムもおかしくなってきた。

「あと、アオヤマトモミはおれの〝カノジョ〟だ。もちろん、死んでもいないし病気でもない」

僕は視線だけで、彼を見る。声は出ない。

「お前が生活を共にしていたあの女は、おれの付き合ってる女だ。もちろん、ねえちゃんとも仲が良かった。お前を惚れさせてくれって頼んだんだ。見事に惚れたみたいだったから、あいつは大活躍だ」

「自分のカノジョにそんなことを……」

「いや、むしろ、あいつは、ねえちゃんそのものだった」

耳鳴りがして、吐き気もした。その言葉が怖かった。気付くと手に持っていたカフェオレは地面に落ちていた。もう拾う力もなかった。

「あいつがお前のアパートに訪れた日は、ねえちゃんがお前の住所を知った、ちょうど一年後だ」

全部仕組まれていたこと。あの楽しかった生活も、彼女の言葉も、彼女の涙も。僕は地面に膝を落とす。

「あいつ、夜、寝る前に携帯電話を触っていただろ？　あれは俺にメールしてたんだ。たまに会ったり、メールで連絡を取り合っていた。もちろん、お前があいつに何か変なことをしようとしたら、俺にすぐ連絡するようにも言っていた」勝矢さんはポケットから携帯電話を取り出した。彼女が持っていたものだった。「このケータイも俺があいつに渡してたものだ」

彼女が安心して、僕の家に泊まっていたのは、いつでも助けを呼べる状況だったからなのだ、と合点した。

「星を見に行っただろ？　あの日だって初めからお前に車を貸す予定だった。お前がレンタカー屋に電話して車が借りれなかったことも、あいつから聞いて知っていたからな。だからお前の家に行って、お前たちが星を見に行くことを知る必要があったんだ。カレンダーに細工をさせたのも俺だ。あと、あいつにあの映画を観たいと言わせたのも俺だ。映画を観に行った日、あの日はちょうどアルバイトの人数が多かっただろ、あれも俺がシフトに細工したんだ。お前が休めるように。あーそうだ、ねえちゃんが使っていた荷物をお前の部屋に運び込んだのも俺だ」

彼は自分のカノジョに自分の姉の名前を名乗らせ、姉としての生活をさせた。自分の姉の姿を投影し、姉が叶えられなかったことを自分のカノジョがすることで満足感を得ていたのかもしれない。ひょっとすると、本当に彼女のことを姉だと思いこんでいたのかもしれない。勝矢さんがカフェの前で彼女の姿を眺めていたのを思い出した。恐怖とショックで歯の根が合わない。

「あいつのスーツケースの鍵がなぜ開けられないようになってたかは、もう分かるよな？」勝矢さんが畳み掛ける。

僕は地面に視線を落とし、そのまま動けなかった。

「免許証とか、保険証とかの身分証であいつの名前が華子じゃないってことをばらしたくなかったんだ。だから、アオヤマトモミの身分が分かるものはすべて、スーツケースに入れて鍵を掛けて管理させていた。もちろん、あのロックナンバーも俺が考えたものだ。俺が解けて当たりまえだよな」くくく、という笑い声が聞こえた。

色々なことを考えた。僕を探して会いに来ようとしてくれたが、あと少しのところで会うことができなかった本当の華子のこと。一年前から、その華子の無念を晴らすために僕に近づき、計画を実行した姉想いの勝矢さんのこと。彼氏に頼まれて、僕と一緒に生活したアオヤマトモミのこと。すべてが一気につながった。

本当の華子のことを想う。

ごめんね、と心の中で謝る。

僕が会いに行けなくてごめんね、と。大変だったはずだ。とっても貴重な時間を僕に費やし、僕を探してくれたのだ。タンポポを抱きかかえる女性の姿が浮かんだ。涙がポタポタと地面にこぼれる。

次に勝矢さんを想った。本当に姉のことを愛していたのだと思った。姉との約束を忘れ、のほほんと生きていた男を見つけたら、それは憎いだろう。自分のカノジョを利用してまで、そんなことができるほど、僕を憎んでいたのだろう。僕が勝矢さんを恨む資格は無い。むしろ謝るべきだ。

最後に、アオヤマトモミを想う。彼女と過ごした生活は本当に幸せだった。彼女もまた、勝矢さんと華子のことを愛していたのだろう。だからこそ、あれだけ何度も涙を流したのだろう。彼女は華子という人間になりきることで、華子のことを常に思っていたはずだ。華子として生きる時間には、必ず華子がいる。その度に華子のことを想い、涙を流していたのだろう。映画館で瞳を充血させていたことや、星空の下での涙、旅行先での涙、公園での涙、彼女の涙がたくさん思い出される。そして、彼女も同じく僕が憎かったのだろう。

三人のことを想うと、僕の身に起こったことは、当然の報いのような気がした。

「申し訳ございませんでした」

僕は膝をついたまま、掌と額を地面につけた。勝矢さんはどんな顔をしているか分からなかった。ただ、自分が今するべきことは謝ることだと思った。約束を忘れていたのは事実だ。華子と、華子を想う勝矢さんとアオヤマトモミへの謝罪だ。

「もういいよ」勝矢さんが言った。僕は顔を上げなかった。もう一度、申し訳ございませんでした、と言った。すると、勝矢さんは「もういい」と語気を強めて言った。

僕は立ち上がり、膝についた砂を叩いた。勝矢さんを見る。勝矢さんの目に少し涙が溜まっている気がした。沈黙が流れ、勝矢さんが口を開く。

「死ぬ間際まで約束を守ろうと、お前を探していた女性がいたことを忘れないでほしい。お前に辛い想いをさせたのは、約束を忘れてたお前を憎んでいたってのもあったけどな、忘れられない記憶にしたかったたってのもある」

僕は頷く。勝矢さんの言うとおり忘れられないだろう。自分の命の時間を削り、僕を探してくれた女性がいたことを。この何ヶ月間の出来事を。

「あと、ねえちゃんの約束を叶えてやれなかった自分への償いでもあった」

「自分への償い？」

「ああ」

勝矢さんはそう言ったあと、口を噤んだ。

勝矢さんはそのことについても話したくなさそうだった。先ほど言っていた〝色々〟と〝自分への償い〟は何か関係があるのかもしれないと思った。深く訊くのはやめておいた。

「申し訳ないです」僕はもう一度謝る。

「昨日、お前に見せたあの日記は、ねえちゃんが実際に書いていたものだ。ねえちゃんが自分で〝いっぱい愛して、いっぱい愛される、そして今よりもっと幸せになる〟と書いたんだ。俺はそれを叶えてやりたかった。もちろん、お前に会うことも、映画を観に行くことも、星を見に行くことも全部叶えてやりたかった」

僕は深く頷く。勝矢さんの気持ちが痛いほど伝わった。そして一つ疑問が浮かんだ。

「日記にはタンポポをテレビで観た日のことも書いてあったんですか？」

「ああ、書いてあった」

「だったら」

勝矢さんは僕の言葉にかぶせるように言った。

「そう、あの日記には少し細工もしていた。適当にしか見ていないお前は気付かなかっただろうけど、タンポポをテレビで観た日以降のページは破っておいたんだ。一年前のことだと気付かれないように。まあ、数枚だけどな」

「気付きませんでした」

「そうだろう、わざと最後のページに注目して、そこだけをお前にも読ませるように仕向けたからな」〝数枚〟という言葉が〝運命〟という醜悪な言葉と共に僕の頭にべっとりとこびりつく。華子はタンポポをテレビで観てすぐに僕を探してくれたのだ。そして、住所を突き止めて、すぐに日記が書けないようになってしまったのだ。

「トモミもお前のアパートの住所が分かった理由を、最後まで言わなかったはずだ。同じ理由でな」

「そうだったんですね」夕日の見える温泉でそのことについて訊ねた時、彼女が「信じてたから奇跡が起こったの。カササギが迎えに来てくれたの」と言ったのを思い出した。その言葉が美しすぎて、僕はそれ以上訊くのをやめてしまったのだが、今なら分かる。アオヤマトモミは、華子が朝のニュース番組で観たタンポポのことをカササギと言っていたのだろう。本当のカササギはどこにいたのだろうか。勝矢さんであり、アオヤマトモミでもあったのだろうか。

　公園の中を、学生服を着たツインテールの女の子と、日焼けしたスポーツバッグを背負った男の子が手を繋ぎ、通り過ぎて行った。

「トモミのことを好きだったか？」と勝矢さんは訊いた。勝矢さんからこの質問をされるのは、何度目だろうか。もちろん、彼女のことを〝トモミという名前〟で訊かれたのは初めてだった。

「好きでした」

　彼氏を前にしてだったが、僕は正直に答えた。

「愛してました」

勝矢さんは白い歯を見せ、笑った。相変わらず、美形だった。

「じゃあ、いい」

勝矢さんは目を閉じて頷いた。

「お前には好きな人を失う辛さを味わわせることができた。もういい、それでいい」

彼女との幸せだった日々が一瞬頭に蘇った。

「勝矢さんはアオヤマトモミのことを愛しているんですか」

勝矢さんは少し表情を戻しただけで、何も答えなかった。

その後、不意に勝矢さんのあの時の言葉が思い出された。僕が「愛するってどういうことですか」と質問した時の言葉だ。

――相手の求めていることをどんなことをしてでも叶えること、だと俺は思っている――

「勝矢さんは、アオヤマトモミを試していたんですか?」

公園に沈黙が流れ、どこかで学校のチャイムの音が聞こえた。

「さあな」

そう言うと、勝矢さんはベンチから立ち上がり、公園の入り口に歩き出した。そして途中で立ち止まった。それから背を向けたまま、

「あいつには、お前にねえちゃんとの約束を思い出させ、〝愛する人を失う辛さを味わわせる〟のが目的だと伝えていた。初めはやる気満々だったんだけどな、あいつ途中からもうやめたいって言いだしたんだ」と言った。

勝矢さんは空を見上げる。まだ星の出ていない空だったが、まるでそこに星があるかのように仰ぎ見ていた。

勝矢さんが再び歩き出す。彼がどんな表情をしていたか、分からなかった。

小さくなっていく勝矢さんの背中を見ながら、彼と僕は、もう二度と会わないのだろう、と思った。

〝ずっと雨降りだったら青空を恋しくならないのに〟

誰もいなくなった公園で、立ち尽くす。

ひとりになってしまった。

茜色に染まる西の空を見て、不意にピンク色の浴衣を着たアオヤマトモミの姿が蘇った。

茶色の綺麗な瞳で、柔らかく笑っている。

「五感で思い出される記憶は、押しなべて切ない記憶だ」と僕はひとりごちた。

十二

店内のお客さんは最後に入店した私たちだけになっていた。マチェライオというピザをぺろりと完食した俊介は満足そうにお腹を擦っていた。私も最後の一切れのマルゲリータを食べた。

オレンジジュースを飲みながら少し休憩したあと、お会計のためレジに向かうと、奥の厨房で夫婦が何やら神妙な面持ちで対峙《たいじ》していた。

「あのぉ」と声をかけると、男がこちらに気付き、レジの方にやってきた。

「すまんすまん、ちょっとトラブって」

「どうしたの？」と私が訊く。

「いや、業者の手違いでな、窯《かま》にくべる薪が足りなくなってしまって、夜の営業に間に合わないっぽいんだよ。だから、今日の夜の営業はなしだな、って話してたんだ。団体の予約が入っていたのに」男は後ろに整えていたパーマの髪をくしゃくしゃと崩した。

「薪って売ってないの？」

「売っているんだけど、量も量だし電車で買いに行けないだろ」男性が顔を顰める。

「車はあるのはあるんだけど、運悪くパンク中で」

「そうなんだ」と私も顔を顰める。

「スペアタイヤは？」

俊介が私の横から顔をにゅっと出す。

「え」私と男性が俊介の方を見る。

「あったら、交換してやるよ」俊介は親指を立てた。

男の表情は曇ったままだった。

「ありがとう。ただ、スペアタイヤはあるんだけど、工具がなくてな」

「ジャッキと六角レンチがあればできるって」

「いや、それがなくて困ってるんだ」

「俺の車にあるんだって」

俊介は自分の車から工具を取ってきて、男性の車を停めている月極めの駐車場に現れた。そして、ものの五分もしないうちにパンクのタイヤをスペアタイヤに交換した。

「よし、これでオッケー」俊介は軍手で額の汗を拭う。「といっても、スペアタイヤで長距離走っちゃだめだぜ、早めに修理に出しな」

この子は年上の人に対して、なんでそんなに偉そうなのだ、と思ったが、なかなか頼りになったので、今回だけは咎めないでおいてやった。

げた。

「本当にありがとう」男は俊介と握手を交わし、オシャレ眼鏡の女性も深々と頭を下
「こちらこそ有難う、めちゃくちゃ美味しかった」と私はお礼を言った。

「また、来てくれよな」男は笑顔を見せる。

「絶対、また来るよ」俊介が言い、私も笑顔で返した。

その場で二人とは別れた。不思議な出会いだと思った。

俊介の車が停めてあるコインパーキングに戻る。少しの距離を歩いただけなのに、汗の粒子が身体中に浮き上がった気がした。黒いステーションワゴンが太陽の光を吸収している。車内の温度は容易に想像できた。

「くるま、あつくなってるかなー」と私がだらけながら言う。

「うるせぇなー」俊介はトランクに工具をしまうと、まだ乗るなよ、と言って、車のエンジンをかけた。すぐに運転席以外の窓がすべて開けられた。

「なにしてるの？」私が訊くと、俊介は、まあまあ、と運転席のドアをバタンと閉めた。そしてすぐにもう一度開け、またすぐに閉めた。それを何度も繰り返した。

「ちょっと、なにしてるのよ。頭おかしくなったの？」

「よし、そろそろいい」しばらくその行為を繰り返した後、俊介はそう言い、車に乗り込んだ。私も助手席に乗り込む。想像していた暑さが無く、拍子抜けする。

「え、すごーい」

「すげぇだろ」と俊介は鼻を擦る。「女はだいたいそんなリアクションをする」

※

私は目を覚ます。そこが俊介の車の助手席だということに気付く。どうやら高速道路は下りたようで、車は夜の国道を走っている。帰りの道のりも、智ちゃんの話を聞いて冷やかしたり、昔に流行った音楽を聴きながら昔話をしたりしながら、ドライブを楽しんでいたのだが、私は知らぬ間に睡魔に導かれ、眠ってしまっていた。

小さい頃の私とバノンが、河原で約束を交わしている夢を見た。再会の約束と星を見に行く約束だ。

「おい、大丈夫か」ぼうっとする私を横目で見て、俊介が言う。私は夢現《ゆめうつつ》の思考を必死に覚醒させようとしながら、笑顔で返事する。

夢の中でバノンが歌っていた鼻歌――〝七夕の歌〟を口ずさむ。

「懐かしいなそれ」

「七夕の歌」

「今年の七夕も曇りだったよな、会えたかかな、織姫さんと彦星さんは」

「会えてるよ、きっと」

「そうだといいな」

「約束まもれるかな、私」

「は?」

視線をフロントガラスに向けた。

「俺も約束まもるぞ」俊介が言う。

今日一日、俊介が煙草を吸っていないことに気付いていた。昨日の俊介の「俺、真面目になるわ」という言葉が思い出された。

「あのね、俊介」

「なんだよ」

「私、幸せだよ」

「なんだよいきなり」

「生まれてきたことだけでも奇跡なのに、大好きな、大好きな人たちに囲まれて、本当に幸せ」

「なんだよそれ」

「お父さん、お母さんのことを宜しくね」

「縁起でもないこと言うなって」

「もし、死んじゃったらの話よ。お父さんもお母さんもあなたのことが大好きなのよ」

　俊介は黙って、道路の先を見据えている。車は高速道路を下りた田舎道を走っていた。

「人って死んだらどうなるんだろうね？」私が呟く。

「死んじゃったらとか、死んだらとか、まじで縁起の悪いことばっか言ってるんじゃねぇよ」

「でも、人っていつか死ぬじゃない。私も、俊介も、お母さんもお父さんもいつかは死ぬでしょ」

　俊介は黙った。

「生まれ変わるのかな？　それとも星になるのかな？」

「さあな」

「もし、生まれ変わったら、会いに行ってあげるね」

「そりゃどうも」

「もし、星になるんだったら、いつも見守っててあげる。だから悪いことしちゃダメよ。すぐに分かるからね」

「悪いことするなら昼間にしてやるよ」

「だめ。お星さまは昼間は見えないだけで、ちゃんとそこにはあるのよ。どこで見てるか分からないから、気をつけなよ」

「へいへい」俊介は鼻をこすった。

「ありがとうね」

「なんだよ、急に改まって」

「別に」私は笑顔で言う。「今までいっぱいありがとう」

「気持ち悪ぃな」

「俊介のお姉ちゃんで良かった」

すごく穏やかな気持ちだった。私はたくさん愛されている。幸せだ。まだまだ生きたいと思った。生きて、いっぱい笑ったり、泣いたりしたいと思った。私はバッグから日記を取りだし、最後のページを開いた。ペンで文字をしたためる。これは生きるための目標だ。周りの愛してくれる人をいっぱい愛し、もっともっと幸せになってやる。そしてずっと生きてやる。

「今度はなんて書いたんだ」

「ひみつ」

「なんだよそれ」俊介は笑っていた。私も笑った。

私は日記をバッグに戻し、フロントガラスに視線を戻した。

すべてが一瞬の出来事だった。

フロントガラスに視線を戻した瞬間、車の十メートルほど先を左から右に移動する白い物体が目に入った。

私は声を上げ、俊介は咄嗟にハンドルを切った。

ギリギリのところで車の前をすり抜けていったその白い物体が子猫だと気付く。

急ハンドルで車が進行方向を見失い、タイヤがアスファルトに擦れ、獣の悲鳴のような音がした。

車体が不安定に大きく揺れる。

そして車は歩道に乗り上げ、電信柱に激突した。

ドゴン、という音がし、フロントガラスが粉々に砕けた。粉のような煙が上がり、私の意識は薄れていった。すべてが一瞬の出来事だった。

アオヤマ　トモミ

この二ヶ月間で私の精神状態は今まで以上にボロボロになったに違いない。精神科の先生は「解離性障害の一種かもしれませんね、症状はそれほど重くないので入院もお薬も無しで、しばらく様子をみましょう」と言ったが、自分ではそんなふうには思えなかった。

初めは岡部君を騙すことに抵抗はなかった。だって、彼が華子ねぇとの約束を忘れてしまっていたのだから。彼と出会った時に思わず思いっきりビンタをしてしまったくらいだ。華子ねぇがどんだけあなたに会いたがっていたか思い知れ、って。

華子ねぇには、とても可愛がってもらった。俊介のいないところで会って、お茶したり、ランチしたり、映画も観に行った。写真を撮って〝姉妹〟って書いて遊んだりもした。私は一人っ子だったから、本当のおねぇちゃんができたみたいで嬉しかった。

そんな大好きな華子ねぇが死んじゃった。

俊介はずっと泣いていた。部屋にこもり、出てこなくなった。このまま、俊介は立ち直れなくなるのじゃないかと心配に思った。だけど、俊介は、ある日、霧が晴れたような顔で私の前に現れた。

「ある男を嵌《は》めようと思う、ねえちゃんのために。手伝ってくれるよな」と計画を私に話し出した。私は賛成した。華子ねぇが好きだったから。そして大好きな俊介の頼みだったから。嘘もつけたし、自分の人格を変えることすら容易《たやす》くできた。好きでもない男と一緒に生活するのにも耐えられた。

でも、俊介からは私に対する愛は一切感じられなかった。それは、華子ねぇが元気だった頃からずっとだ。私はそれが何よりも辛かった。俊介と食事をする時、ドライブをしている時、寝る前、どんな時であっても俊介は華子ねぇの話をするのだ。楽しそうに。俊介とどんなに近くに一緒に居ても、私はいつも寂寥《せきりょう》感に包まれていた。ある時、私は気が付いた。俊介は華子ねぇを好きなのだと。姉としてでなく、一人の女性として。そして、私のことは全く愛していないのだと。私は俊介から一度も愛してると言われたことがなかった。

俊介が私にこの計画を話した時にそれは確信に変わった。自分の彼女を知らない男の家に送り込み、何日もその男と生活させるなんて尋常じゃない。ましてや、華子ねぇになりきるように言ってきた。〝愛する人を失う辛さを味わわせる〟のが目的だと言っていたが、それにどう関係があるのか。私が使用するシャンプーやトリートメントなどの日用品からアルバイト先まで指定した。華子ねぇが使っていたのと同じ銘柄のシャンプーとトリートメント。アルバイト先はお店こそ違ったものの、華子ねぇがやっていたカフェのアルバイトだった。もし岡部君のアパートが華子ねぇの働いていたカフェのある町にあったのだったら、華子ねぇが働いていたそのお店に面接を受けに行くよう言われていたに違いない。お化粧や服装や髪の色も華子ねぇに合わせた。しかも華子ねぇの日記に書いてあったという、華子ねぇがやり残した、死ぬまでにやりたいことリストの項目を私が代わりに実行するように言われた。星を見に行くことや、映画を観に行くための指示を出した。俊介は、それをしないと、この計画の意味がないとまで言った。

違うでしょ、と私は心の中で思った。本当は、死んでしまった華子ねぇを私という人間を通して、感じたかっただけでしょ、と。

彼は華子ねぇを愛していて、私のことは何とも思っていなかったのだ。私は彼を愛していたから分かる。悲しかった。辛かった。眠れなくなった。だけど、華子ねぇのことも好きだし、そんなふうに思われていても、やっぱり俊介のことも好きだった。だから、俊介の計画を手伝うことにしたのだ。こんな私も尋常じゃないのだと気付きながら。

ただ一つ、目の色だけは変えなかった。俊介は黒色のカラーコンタクトレンズを用意していたが、それだけは断った。俊介に対する些細な反抗であり、届くかも分からないほど弱々しいシグナルでもあった。

岡部君に会い、華子ねぇを演じ始めると、自分のことが誰なのか分からなくなることが増えた。華子ねぇなのか、青山智美《あおやまともみ》なのか、はたまた、全く別の誰かなのか。たまに青山智美の身体をまた別の誰かとして俯瞰《ふかん》して見ている。そんな感覚に襲われた。

しかし驚くことに、私が俊介に愛されていないことに対して抱いていた、悲しく辛かった気持ちは岡部君と生活をするようになって、和らいでいった。そして、岡部君と一緒にいる時間を重ねるにつれ、いつの間にか俊介の愛を感じないことに対しての辛さを感じなくなったのだ。それは岡部君と共に過ごす時間の中で、岡部君が私を見てくれていて、私に優しい言葉をかけてくれていたからだと思う。岡部君はいつでも私を気にかけてくれていた。私はそんな時間がとても幸せだった。

岡部君と生活をして、男性に愛されるということは、こういうことなのだと気付いた。岡部君と一緒にいると、温かくて、居心地が良かった。

同時に、また自分が誰なのか分からなくなることが増えた。岡部君は、昔、河原で遊んでいた、自分を探しに来てくれた華子という女性のことを見ている。それは、青山智美ではない、と考えるようになった。

じゃあ、いったい、私はどこにいるのだ。そんなふうに、自分がどこにいるのかも分からなくなってしまった。

月日が経つにつれて、私も岡部君を好きになった。岡部君を好きになればなるほど、また別の悲しみと辛さが訪れた。せっかく、人に愛してもらえたのに、この恋には幸せな結末などは無い。なぜなら、私は彼の前から消える役割だから。

岡部君にすべてを話そうかとも考えた。すべてを話し、謝り、青山智美を愛してほしいと言おうかとも思った。けれど、岡部君がそれを知ってしまったら、私に幻滅するだろう、そう思った。しかも、青山智美という私を好きになどなってくれない、とも思った。岡部君が優しく接しているのは、あくまで、勝矢華子なのだから。

色々なことを考えていると、なぜ、私がこんな目に遭わなければいけないのか、という悲しい気持ちになった。そして気付くといつも涙を流していた。

私は耐えられなくなり、俊介に、もうこんなことをしたくない、と言った。けれど、俊介は、「ダメだ、もっともっと惚れさせなければいけない。まだまだだ」と言った。

私は岡部君に嘘をつくこと、騙すことに耐えられなくなり、岡部君の前からも俊介の前からも逃げ出してしまった。

もう、二人に会うことはないのだと思うと、寂しかった。

十三

僕は前に住んでいたアパートの裏の小川のほとりを散歩していた。開花時期は違ったはずだが、今年は珍しく、ソメイヨシノと八重桜がほとんど同時に満開を迎えていた。こんなことは滅多になく、大変珍しいことだという。

去年の春は、ここに来なかった。春だというのに心は重かったからだ。そしてその年の夏が来る前、何かから逃げるかのように僕は、引っ越しを決めたのだった。あれから二度目の春が来て、僕の心は少しだけ軽くなっていた。不思議と、ここに来たくなった。

天気が良く、太陽の光が桜のトンネルを温めていた。僕は、ほとりに設置されている木製のベンチに座り、あの時、彼女と話した会話を思い出す。

ちょっと座ってお話ししましょうか。大切なお話を……。

「サクラも七夕に似てるよね」と彼女が言った。

「年に一度しか見れないところが？」

「そう。だってどう頑張っても来年の春まで見れないでしょ」

「来年の春までの楽しみにすればいい。来年一緒に見よう」

「一緒に見れる保証なんてないじゃない」

「それは……」

「でも、もし――」

彼女の顔が目の前に映し出される。茶色の瞳に涙を浮かべている。そして泣き顔のような笑顔を見せた。

「あなたが私を本当に愛してくれたなら、奇跡が起こって見れるかも。いつか……」

しばらくして、僕は立ち上がり、あの時と同じように下流に向かい歩き出した。少し歩いたところで、見覚えのある女性が反対側のほとりを歩いていることに気付いた。目を凝らす。間違いない。彼女はこちらに気付いていない。僕は地面を蹴り、少し先のコンクリートの橋がある場所まで走り、それを渡り彼女を追いかけた。

目の前に現れた僕を見て、彼女は一瞬、驚いた顔を見せると、「おひさしぶりですね」と言って足を止めた。ベビーさんだった。ベビーカーを押していた。スカーフはしていない。ベビーカーの日よけの中を覗くと、小さな赤ちゃんがいた。円《つぶ》らな瞳で僕の顔を見ていた。

「お子さんですね」

「今年の一月に生まれました。私は二人のこどもの親になりました」ベビーさんは嬉しそうな顔をしていた。

「可愛いですね」

「男の子です」ベビーさんの笑顔が濃くなる。ベビーさんはとても幸せそうだった。

僕はベビーカーの中の赤ちゃんを笑かそうと、唇を尖らせたり、頬っぺたを膨らませたりしたが、赤ちゃんは笑ってくれなかった。ベビーさんが顔を覗かせ、赤ちゃんにほほ笑む。赤ちゃんはつられるように笑った。やはり母親の力は偉大だ、と思った。

「ところであの後、あの親子、どうなったんですか。会いに行ったんですよね？」僕はずっと気になっていたことを訊いた。コンビニの向かいのアパートでしゃがみこんでいた男の子とその母親のことだ。

かなり前の話だったので、言葉が足りないかと思ったが、「ああ」と、ベビーさんは何の話かすぐに気付いてくれたようで、大きく頷いた。

「あの後、あのお母さんに会いに行きました。そして、ベビーカーに人形を乗せて歩いていた女性が自分であることや、なぜそんなことをしていたのか、お腹のこどもが亡くなった時の悲しみ、私の思っていること、彼女のこどもがお母さんと離れたくないと私に訴えていたこと、全部話しました。もちろん、彼女が一人で子育てを頑張っているということも知っていると伝えました。そして、私はあなたの味方だと伝えました。だから、困ったことがあれば、一人で悩まず、相談するように言いました」

「彼女の反応は、どうだったんですか」

「その時、彼女は何も言いませんでした。ただ、何かを考えているようでもありました。数日後、あのアパートの近くで手を繋いで歩くあの親子を見たんです。男の子は幸せそうに笑っていました。それを見て安心したのですが、その後、あの親子はしばらくして引っ越して行ってしまったみたいでした。今もまた別の町で幸せに暮らしていることを祈っています」

「今日も手を繋いで散歩しているんじゃないですかね、天気もいいですし」

「そうですね」

「さっきあなたのカノジョにもこの話をしましたよ」ベビーさんは笑顔を見せた。

「かのじょ？」

「ええ、以前お会いした時に、あなたと一緒にいた白いワンピースを着ていた女性です。あなたとはぐれてしまった、と言ってました。彼女に聞いて私を追いかけてきてくれたのではなかったのですか」

え、と僕は驚く。

「彼女はどこにいました？」

「向こうのベンチのところで話しましたよ」

ベビーさんは下流の方を指さした。

「ありがとうございます！」僕は、ではまた、と言って下流の方向に駆け出した。

生きる意味を失うことは誰にだって訪れることだ。しかし、生きる意味は生きている限り、また、しっかりと廻《めぐ》ってくるのだ。たとえ何年かかったとしても。それがどんなカタチだとしても、必ず。季節が廻るように。

僕はピンクのトンネルの中を走った。しなやかな風が吹き、花弁を散らしている。あまりにも幻想的な景色に、夢を見ているのではないかと疑ってしまいそうになる。

どこまでも続く、奇跡的な確率で同時に花をつけた二種類の桜並木の道は、やたらと長く感じた。

刊行にあたり、第十四回『このミステリーがすごい！』大賞最終選考作品「カササギの計略」を加筆修正しました。

この物語はフィクションです。もし同一の名称があった場合も、実在する人物、団体等とは一切関係ありません。

〈解説〉人の想いの強さがもたらす功罪

宇田川拓也（ときわ書房本店）

第十四回『このミステリーがすごい！』大賞最終選考において、惜しくも受賞には及ばなかったものの、全面改稿のうえ編集部が推薦する「隠し玉」として二作品の刊行が決定した。どちらも終盤に驚きの返し技が仕掛けられていることから、茶木則雄選考委員の「前者はホワイトどんでん返し、後者はブラックどんでん返しとでも呼びたい趣で、忘れがたい印象を残した」という選評を受け、今回は〝白いどんでん返し〟と〝黒いどんでん返し〟の同時発売と相成った。本作――才羽楽『カササギの計略』は、その〝白〟にあたる作品だ（ちなみに〝黒〟は、枝松蛍『何様ですか？』。あわせてお手に取っていただきたい）。

私は第八回から一次審査委員を務めさせていただいているのだが、本作を一読し、まずその〝摑《つか》み〟に感心させられた。

大学生の岡部《おかべ》がアルバイトを終えて帰宅すると、アパートの部屋の前に髪の長い見知らぬ美女が座り込んでいる。恐る恐る近づくと、美女は「ミシェル」と名乗り、いきなり岡部の左頬を張り飛ばすや、馴《な》れ馴れしくこういうのだった――はやく、開けてよ。

これからいったいなにが始まるのか、彼の身にどんな災難が待ち受けているのか、じつに興味をそそられる出だしではないか。岡部は仕方なくこの凶暴な美女を部屋に上げ、さらにこう続く。

どうやら美女は岡部と何らかの約束を交わし、ここにやって来たらしいのだが、岡部にそのような記憶は一切ない。すると美女は明日の夜にまた来るといい、去り際に突然、じつは自身の名前が「華子《かこ》」であることを明かす。では、先ほど名乗った「ミシェル」とはいったい何だったのか……?

これまで拝読した応募原稿だけでなく、歴代受賞作と比較しても決して引けを取らない強烈かつ魅力的なオープニングである。わずか十九ページで、こんなにも「先を追わねば!」という気持ちにさせられたのは今回が初めてだ。

こうして翌日の夜から、予告どおりふたたびやって来た華子と岡部の奇妙な同棲《どうせい》生活が始まり、華子の正体と秘めている意図が気になって、ひたすらページをめくり続けることになるのだが、出だしの〝摑み〟とともに本作の美点といえるのが挿話の上手さと会話を知識や情報で適度に彩るセンスだ。

岡部がアルバイト先のガソリンスタンドの社員――勝矢《かつや》さんに頭が上がらないきっかけとなった、電車内での痴漢冤罪《えんざい》騒動。子供を亡くした現実が受け止められないから――とウワサされる、顔をスカーフで覆い、ベビーカーに人形を乗せて歩く〝ベビーさん〟。夜の遅い時間までアパートのドアの前で母親の帰りをじっと待ち続ける幼い少年。華子がずっと観たかったという荒廃して特殊なマスクと防護服なしでは生きられない二百年後の地球を舞台にした映画など、これらのエピソードが物語のなかで具体的にどう機能していくかの言及は避けるが、ここで描かれる痛快さや切なさは本筋に負けないくらい印象に残る。

会話については、たとえば、まだ〝ミシェル〟と名乗っていた華子が岡部にいう七夕伝説（タイトルの〝カササギ〟とは、七月七日になると天の川に群れで現れ、翼を広げて橋を造るといわれるカラス科の鳥のこと。読者のなかには某作家の連作を思い出す向きもあるかもしれないが、内容に共通する点はないことを念のために付け加えておく）。学食で勝矢さんが岡部に語る「五感で蘇《よみがえ》る記憶」。流星群を見上げながら華子が口にする「星が一生を終えた後、どうなるのか」など、新人賞応募作には意味のない無駄な会話を書き連ねたものが少なくないなか、模範として挙げたくなるくらいひと際センスよく光っていて、たちまち好感を覚えた。

さて、ここからは少々書き方に気を遣わねばならない領域に踏み込むとしよう。

冒頭で紹介したとおり、本作は〝終盤に驚きの返し技が仕掛けられている〟作品だ。選評で大森望選考委員も述べられているのでさらに割ってしまうと、ある一行のセリフによって世界がくるりと転じる、かなり高度な技術と演出に挑んだ構成になっている。

どんでん返しによって明らかになる〝カササギの計略〟が何を意味するのかは、その目で実際にご確認いただくとして、本作のテーマについて遠回しに触れるなら、それは「人の想いの強さがもたらす功罪」だ。

どれだけ強く願い続けても、必ずしも想いが届くわけではない残酷な現実。

そして、想いの強さゆえに、その現実に抗《あらが》おうとしてしまう盲目的なまでの切実さ。

しかし、強く想い続けるからこそ訪れる〝計略〟を超えた奇跡の可能性。

本作の〝白のどんでん返し〟の〝白〟たる所以《ゆえん》を目の当たりにしたとき、必ずや温かな気持ちで読後の余韻に浸ることができるとお約束しよう。

応募時の原稿から充分なブラッシュアップを経《へ》て、本作は、本屋の店員として大賞受賞作と同じくらい――いや、それ以上にオススメできる作品となった。

今後の大きな活躍が愉《たの》しみでならない新たな才能――才羽楽の記念すべきデビュー作が広く歓迎されることを確信している。

二〇一六年六月

宝島社
文庫

カササギの計略
（かささぎのけいりゃく）

2016年7月20日　第1刷発行

著　者　才羽 楽
発行人　蓮見清一
発行所　株式会社 宝島社
〒102-8388　東京都千代田区一番町25番地
電話：営業 03(3234)4621／編集 03(3239)0599
http://tkj.jp
振替：00170-1-170829（株）宝島社
印刷・製本　中央精版印刷株式会社

ISBN 978-4-8002-5747-5